Andy McNab • Robert Rigby
Operation Meltdown

cbt

DIE AUTOREN

Andy McNab war als britischer Geheimdienstagent weltweit an militärischen Operationen beteiligt. Als er 1993 den Dienst als Special Agent quittierte, begann er, Agententhriller zu schreiben, und wurde damit binnen kürzester Zeit zum Bestsellerautor.
Robert Rigby begann sein Berufsleben als Journalist, arbeitete dann mehrere Jahre lang in der Musikbranche und schreibt seither vor allem für Radio, Fernsehen und Theater.

Mit ihren gemeinsam verfassten Jugendbuchthrillern um Danny Watts (Band 1: »Enttarnt«, Band 2: »Zahltag«, Band 3: »Spur im Netz«) haben McNab und Rigby sich auch unter Jugendlichen eine große Fangemeinde geschaffen.

»Eine Adrenalin ausschüttende und süchtig machende Lektüre!« *Publishing News*

Andy McNab / Robert Rigby

Operation Meltdown

Aus dem Englischen
von Tanja Ohlsen

cbt

cbt – C. Bertelsmann Taschenbuch
Der Taschenbuchverlag für Jugendliche
Verlagsgruppe Random House

FSC
Mix
Produktgruppe aus vorbildlich bewirtschafteten Wäldern und anderen kontrollierten Herkünften

Zert.-Nr. SGS-COC-1940
www.fsc.org
© 1996 Forest Stewardship Council

Verlagsgruppe Random House FSC-DEU-0100
Das für dieses Buch verwendete FSC-zertifizierte Papier *München Super Extra* liefert Arctic Paper Mochenwangen GmbH.

1. Auflage
Deutsche Erstausgabe März 2010
Gesetzt nach den Regeln der Rechtschreibreform

Die englische Originalausgabe erschien 2007 unter dem Titel »Meltdown« bei Doubleday, an imprint of Random House Children's Books, London

Übersetzung: Tanja Ohlsen
Lektorat: Kattrin Stier
Umschlagabbildung: James Fraser
Umschlagkonzeption: init.büro für gestaltung, Bielefeld
st · Herstellung: AnG
Satz: Uhl + Massopust, Aalen
Druck: GGP Media GmbH, Pößneck
ISBN: 978-3-570-30555-3
Printed in Germany

www.cbt-jugendbuch.de

Prolog

Glasgow

Das Blitzeinsatz-Team nutzte bei der Annäherung an das Zielobjekt so gut wie möglich die Schatten und bereitete sich auf den Angriff vor. Auf dem nahen Clyde pflügten zwei gedrungene Schlepper in entgegengesetzten Richtungen durch das tiefschwarze Wasser.

Von einer Position zweihundert Meter vom Zielgebäude, einem einstöckigen Lagerhaus, entfernt, gaben die vier Scharfschützen aus ihren schallgedämpften 7,62-mm-Gewehren Feuerschutz. Sie beobachteten alle Seiten sowie das Dach, um rechtzeitig warnen zu können, falls sie im Zielobjekt eine Bewegung wahrnahmen, die darauf hindeutete, dass das Team bei seinem Angriff gefährdet sein könnte.

Scharfschütze Eins konnte alle vier Zugangspunkte sowie die Eingreiftrupps sehen, die sich ihnen näherten. Er hielt das gesamte Team sowie den Einsatzleiter, der sich mit seinem Signalgeber hinter dem Zielobjekt aufhielt, ständig auf dem Laufenden. Er war das Verbindungsglied zwischen dem Team, dem Helikopter und London.

»Sierra Eins: keine Veränderung. Kein Licht, keine Bewegung.«

Drei der vier Eingreiftrupps hatten ihren Zugangspunkt erreicht, und jeweils der erste in den Trupps begann damit, sorgfältig zwei 10 x 15 cm große Sprengstoffpäckchen mit den selbstklebenden Unterseiten an der Tür anzubringen.

Die ziegelsteingroßen Sprengsätze wurden dicht an den Angeln am Türrahmen befestigt.

»Sierra Eins: Keine Veränderung.«

Die sichere Stimme beruhigte das Team: Sie hatten die Gewissheit, dass alles glatt lief und jemand über sie wachte, während sie mit ihrer Arbeit fortfuhren. Sie konnten es sich nicht leisten, die Sache zu verbocken. Mit Spezialkräften Einsätze gegen nicht-terroristische Ziele in Großbritannien zu führen, war eine ernste Angelegenheit, und die Erlaubnis für eine derartige Aktion konnte nur an höchster Stelle erteilt werden.

Die erschreckenden Ausmaße der Meltdown-Krise und die damit einhergehende Bedrohung für die nationale und internationale Sicherheit waren bislang nur sehr wenigen Personen bekannt. Die Mission, die Drogenfabrik zu suchen und zu zerstören, war zwar dringend, musste jedoch vollkommen geheim bleiben. Als daher Informationen über die genaue Lage einer mutmaßlichen Drogenfabrik bekannt wurden, musste man schnell Maßnahmen ergreifen. Der Premierminister wurde zu Rate gezogen und um Erlaubnis gebeten, das SAS-Terrorabwehrteam von der Basis in Hereford hinzuzuziehen. Er gab seine Zustimmung.

Die Mitglieder eines Blitzeinsatz-Teams müssen in der Lage sein, bei Alarm innerhalb von einer halben Stunde im Lager zu erscheinen. Sobald sie die Nachricht erhielten, ließen sie wie die freiwillige Feuerwehr alles stehen und liegen und machten sich auf den Weg.

Gleichzeitig hob an der RAF-Basis ein Chinook-Helikopter ab, um das Team aufzunehmen. Als die Männer im Camp angekommen waren und den Crew-Raum betraten, in dem ihre Ausrüstung fertig gepackt lag, schrieben die Einsatzleiter bereits die Instruktionen auf weiße Tafeln.

In roten Großbuchstaben erschienen die wichtigsten Informationen zum Auftrag:

HELIKOPTER-ABHOLUNG
VERDECKTE OPERATION GROSSBRITANNIEN

Sofort war dem Team klar, dass es eine Operation in Zivilkleidung war, in Jeans und Stiefeln, und dass sie in keiner Datenbank je auftauchen würde, so als ob sie nie stattgefunden hätte.

Nach dreißig Minuten befand sich das gesamte Team inklusive zweier Range Rover im Chinook in der Luft. Jedes Team-Mitglied hatte eine MP5-SD, die schallgedämpfte Version einer Maschinenpistole, und trug Kopfhörer und ein Mikro, damit ihr Einsatzleiter ihnen während des Flugs nach Norden weitere Befehle geben konnte.

Der Chinook landete drei Meilen vom Zielgebiet entfernt flussabwärts in einem einsamen Sumpfgelände. Schnell wurden die Wagen ausgeladen, und wenige Minuten später war das Team auf dem Weg zu einem Gebiet mit leer stehenden Lagerhallen und Werften.

Es hatte insgesamt kaum vier Stunden gedauert, das gesamte Team zum Zielobjekt zu bringen und jetzt waren drei der Einheiten bereit zum Angriff, während Scharfschütze Eins die Lage kommentierte.

»Sierra Eins: Rot Eins, Zwei und Drei fertig!«

Rot Vier nahm den Zugangspunkt, der am weitesten von ihrem Ausgangspunkt entfernt lag; langsam schlichen sie unter das hinterste Fenster, um an die Feuerleiter zu gelangen, über die sie eindringen wollten.

Der Mann mit dem Sprengstoff ging zur rechten Seite der Tür und brachte die Sprengladungen an, während die anderen ihre Angriffsposition einnahmen. Nummer Eins stand nur dreißig Zentimeter von den Sprengsätzen entfernt, Nummer Zwei und Drei standen dicht hinter ihm. Das war notwendig, damit sie alle so schnell wie möglich durch die Tür kamen, um sich den Gegnern dahinter zu widmen.

Der Sprengstoffexperte begann das Zündkabel abzurollen, damit er auf der linken Seite stehen konnte. Er brachte den elektrischen Zünder am Kabel an und nickte Nummer Eins zu.

Jetzt blieb nur noch eins zu tun, bevor der Angriff starten konnte. Die Nummer Zwei der letzten Gruppe zog den Stift von einem sprühdosengroßen *Flash-Bang*, einer Granate, die mit solch blendenden Blitzen und ohrenbetäubendem Knallen explodierte, dass sich die Opfer vor Schmerz am Boden wanden. Die Angriffsgruppen mussten zuschlagen, sobald die Flash-Bangs losgingen, um die Initiative zu behalten. Sie hatten lange mit den Granaten geübt, sodass sie auf sie kaum mehr eine Wirkung hatten.

Nummer Zwei streckte den Arm vor, damit Nummer Eins den Flash-Bang sehen konnte, denn die Leute hinter ihm wussten sowieso, dass er fertig war.

Scharfschütze Eins konnte erkennen, dass die letzte Gruppe in Position war.

»Sierra Eins: Rot Vier fertig. Alle Gruppen bereit.«

Der Einsatzleiter verschwendete keine weitere Zeit und wollte nicht riskieren, von Dritten oder von einem der Gegner, die drinnen in unbekannter Zahl auf sie warteten, bemerkt zu werden.

»An alle Stationen, ich übernehme das Kommando! Stand by! Stand by! Los!«

Die ersten Männer der vier Trupps drückten auf ihre Knöpfe, und mit ohrenbetäubenden Explosionen wurden die

Türen fortgefegt. Die Teams zuckten nicht zurück, obwohl ihnen die Holzsplitter um die Ohren flogen. Die Zweiten in den Reihen warfen ihre Flash-Bangs, während die ersten bereits ins Zielobjekt eindrangen.

Die Taschenlampen auf den extra dick gedämpften Läufen ihrer MP5s durchdrangen den Rauch und Ziegelstaub, während die Blitze und das Knallen Schockwellen durch ihre Körper jagten und die anderen ihnen folgten. Sie hielten den Mund offen, damit ihnen von den Druckwellen der Explosionen nicht die Trommelfelle platzten, und sahen sich nach Zielen um.

Es gab keine. Nicht ein einziger Gegner.

Und keine Spur von einer Drogenfabrik – das Gebäude wirkte vollkommen verlassen.

Als Rot Vier schließlich weiter ins Dämmerlicht vordrang und die Flash-Bangs aufhörten, stolperte ihre Nummer Eins über einen Toten. Einen ziemlich Toten.

Der Mann war scheinbar Anfang Zwanzig. Er lag auf dem Rücken in einer Lache aus Blut, das ihm aus Mund, Augen und Ohren kam. Sein Gesicht war aufgedunsen und zu einer Maske aus Schmerz und Furcht verzerrt.

Nummer Eins griff in die Tasche und holte eine Kamera hervor. Er machte ein paar Aufnahmen des blutüberströmten Körpers, dann nahm er ihn und schleppte ihn aus dem Gebäude.

Innerhalb weniger Sekunden wurde die Nachricht von dem gescheiterten Angriff nach London gemeldet.

Dort wurde eine Entscheidung getroffen.

Man musste eine völlig andere Taktik anwenden.

GEHEIMSACHE – GEHEIMSACHE – GEHEIMSACHE

OPERATION MELTDOWN – ZUSAMMENSTELLUNG DER »SPEZIALEINHEIT MELTDOWN«

HINTERGRUND UND AKTUELLE LAGE

Meltdown (auch bekannt als »M« oder ein »Melt«): Chemische Designerdroge, die 2006 das erste Mal in Großbritannien und Europa auftauchte. Man weiß, dass sie in Großbritannien erfunden und hergestellt wurde. Die Tabletten (mit einem »M« gekennzeichnet) werden in erschreckendem Tempo produziert und vertrieben: Herstellungsort(e) und Vertriebsmethode(n) unbekannt.

WIRKUNG

Es handelt sich aus verschiedenen Gründen um die möglicherweise gefährlichste Droge, die je erschaffen wurde. Man nennt sie offenbar Meltdown, weil sie durch eine Verlangsamung des Herzschlags ein Gefühl der Entspannung, der Ruhe und des Wohlbefindens hervorruft. Eine übermäßige Einnahme führt jedoch zu gegenteiliger Wirkung, unkontrollierbarer Aggression und gewalttätigem Verhalten. Die Droge macht schnell süchtig. Laboruntersuchungen zeigten, dass Meltdown zur Zersetzung der Hirnzellen und einem »Abschmelzen« der inneren Organe führt. Eine Autopsie am einzigen bislang bekannten Opfer (männlich, 23 Jahre), dessen Tod man der langfristigen Einnahme von Meltdown direkt zuschreibt, bestätigt offenbar diese Annahmen. Das Opfer, ein ehemaliger Armeeangehöriger, der zuvor bei bester Gesundheit war, litt an massiver Zerstörung des Gehirngewebes, schweren Nieren- und Leberschäden und einer enormen Vergrößerung des Herzmuskels. Der Autopsiebericht schließt daraus, dass das Herz des Opfers bei seinem Tod buchstäblich »geplatzt« ist. Der vollständige Autopsiebericht liegt bei (Dok. MDO/574688C).

CHEMISCHE ZUSAMMENSETZUNG, FORMEL UND HERSTELLUNG

Unsere Wissenschaftler haben zwar die chemischen »Zutaten« herausgefunden, doch bislang sind die genaue Formel und die Herstellung der Droge völlig unbekannt. Einfach gesagt lässt sie sich am besten mit Coca-Cola vergleichen, von der man ebenfalls weiß, was sie enthält, jedoch nicht, wie oder mit welchen Hilfsmitteln sie hergestellt wird.

NATIONALE UND INTERNATIONALE BEDEUTUNG

Eine eigens von der Regierung in Zusammenarbeit mit unseren europäischen Partnern dafür eingerichtete Expertenkommission sagt voraus: Falls Meltdown sich weiterhin mit der bisherigen Geschwindigkeit verbreiten kann, könnten die Gesundheitssysteme in ganz Europa innerhalb von zwei Jahren vollständig zusammenbrechen und die Gewalt auf den Straßen unvorstellbare Ausmaße annehmen, bis hin zur Einsetzung des Kriegsrechts. Die Kommission betont außerdem die Gefahr, dass die Formel von Meltdown Terrororganisationen in die Hände fallen könnte. Zu den schlimmsten möglichen Szenarien gehört die Vorstellung, dass Meltdown in flüssiger Form produziert wird, um die öffentliche Wasserversorgung zu vergiften oder in ein hochkonzentriertes Spray verwandelt wird, das in engen Räumen, zum Beispiel öffentlichen Verkehrsmitteln, angewendet wird. Ausführlicher Bericht der Kommission liegt bei (Dok. GTT/829745a).

LAGE DER NATIONALEN UND INTERNATIONALEN SICHERHEIT

Die zusätzliche Bedrohung durch mögliche terroristische Interessen oder Beteiligung bei dieser Droge setzt voraus, dass der Öffentlichkeit die vollständige Wirkung von Meltdown so lange wie möglich verschwiegen wird. Achtung: Diese Anweisung kommt von höchster Stelle mit ungeteilter Zustimmung seitens der europäischen Partner. Öffentlichkeit, Presse, Medien, Polizei und andere Sicherheitsorgane dürfen nichts von der Operation erfahren.

AUGENBLICKLICHER STAND DER OPERATION (GROSSBRITANNIEN)

Der komplett fehlgeschlagene Angriff auf die mutmaßliche Drogenfabrik und das Fehlen weiterer ernst zu nehmender Informationen hat dazu geführt, die bisherigen Taktiken und Strategien zu überdenken sowie die Bildung einer Spezialeinheit Meltdown voranzutreiben. Die Überwachungsaufgaben zur Feststellung von Meltdown-Konsumenten und Dealern laufen weiter. Sie haben zu einigen neuen Spuren geführt, doch an höchster Stelle wurde entschieden, vorerst keine weiteren Maßnahmen einzuleiten, bevor die Spezialeinheit Meltdown einsatzbereit ist. Es ist von äußerster Wichtigkeit, dass diese Spezialeinheit sofort einsatzbereit ist.

OPERATIONSZIELE

Die Organisation zur Herstellung der Drogen infiltrieren, die Produktionsstätten zerstören, Netzwerk und Kontakte europaweit erkennen und ausschalten. Alle ausschalten, die die Formel von Meltdown kennen, die Formel selbst vernichten.

GEHEIMSACHE – GEHEIMSACHE – GEHEIMSACHE

1

Kanada

»Los, zum Notfalltreffpunkt!«

Danny kannte die Einsatzroutinen mittlerweile gut genug, um seinem Großvater zu gehorchen, ohne Fragen zu stellen.

Er suchte nicht erst nach Dingen, die er mitnehmen wollte. Alles, was er in den nächsten Stunden und gegebenenfalls in den nächsten Tagen brauchen würde, befand sich am Notfalltreffpunkt.

Geräuschlos entfernte er sich von dem Holzhaus am Rand des großen, dunklen Sees und verschwand zwischen den hohen Bäumen. Der Notfalltreffpunkt lag einen Kilometer weit im Wald, und Dannys erste Absicht war, dorthin zu gelangen und zu warten. Sechs Stunden lang. Wenn bis dahin sein Großvater Fergus nicht aufgetaucht war, dann musste er andere Pläne in die Tat umsetzen. Aber das kam erst später.

Durch den Fensterladen vor einem offenen Fenster spähte Fergus auf die unbefestigte Straße, die etwa hundertfünfzig Meter weit leicht anstieg. Auf der Kuppe stand ein schwarzer Geländewagen.

Fergus hatte bereits das Jagdgewehr mit dem Zielfernrohr von der Wandhalterung über dem Kamin genommen, hob vorsichtig den Bolzen und zog ihn zurück, um die glänzende Kugel zu sehen, die bereits in der Kammer lag. Er schob den Bolzen zurück, unterließ es jedoch, das Gewehr zu sichern.

Er zielte durch den Fensterladen und konzentrierte sich auf den Geländewagen. Das starke Fernglas zeigte ihm die Gesichtszüge der Person hinter dem Steuer deutlich, ein Gesicht, das Fergus sofort erkannte.

Er war überrascht, er hatte nicht damit gerechnet, dass sie so kommen würden. Er hatte einen plötzlichen Anschlag von einem ganzen Team erwartet. Doch er blieb ruhig, während er alle Möglichkeiten durchging. Seine Jahre im Regiment und seine spätere Arbeit als verdeckter Agent bedeuteten, dass er stets auf alle Eventualitäten vorbereitet war.

Er legte das Fadenkreuz genau über das Gesicht. Es würde ein einfacher Schuss sein, wie an einer Jahrmarktbude.

Danny erreichte den Treffpunkt und machte sich, ohne auch nur zu verschnaufen, direkt an die Arbeit.

Er besaß keine Ausbildung beim Militär oder beim Geheimdienst, doch er verhielt sich wie ein Profi – aber schließlich hatte er ja auch einen guten Lehrer gehabt. Den besten sogar. Und Danny hatte schnell gelernt. Es war notwendig gewesen, um zu überleben.

Jetzt schien ihr Leben schon wieder in Gefahr zu sein, doch wie sein Großvater hatte Danny gelernt, in einer Krise nicht in Panik zu geraten.

Sie hatten den Ort für den Treffpunkt gewählt, weil er zu allen Seiten gute Sicht bot und weil der große, umgestürzte Baum ein ausgezeichnetes Merkmal war. Dicht daneben lag ein großer, flacher, grauer Stein. Da davon sehr viele in dieser Gegend herumlagen, wirkte er völlig unauffällig.

Danny hob den Stein an einer Seite hoch und schob die alten Blätter fort. Mit den Händen grub er den Boden darunter auf und beförderte bald zwei schwarze Plastiktüten ans Tageslicht. In jeder Tüte befand sich ein Tagesrucksack mit Dosenessen, Wasserflaschen, frischer Kleidung und einem Bündel Geldscheine.

Schnell und methodisch zog Danny die Rucksäcke aus den Schutzhüllen und überprüfte ihren Inhalt, wobei er die ganze Zeit darauf achtete, ob sich durch den Wald jemand näherte.

Aber es kam niemand. Die einzigen Geräusche, die er vernahm, waren das Gezwitscher der Vögel und der leichte Wind, der in den Baumwipfeln rauschte. Danny füllte das Loch, das er gegraben hatte, wieder auf und arrangierte das Laub und den flachen Stein darüber. Wenn er und Fergus fortgingen, würde nichts davon zeugen, dass sie je hier gewesen waren.

Danny stand auf und überprüfte den Bereich, in dem er gearbeitet hatte. Er sah wieder genauso aus wie bei seiner Ankunft. Sein Großvater würde zufrieden sein. Falls er überhaupt zum Notfalltreffpunkt kam. Sie hatten oft über ihre möglichen Fluchtpläne gesprochen. Obwohl er nicht in Panik geriet, war Danny doch ziemlich besorgt.

Jetzt konnte er nur abwarten. Wenn sein Großvater nach Ablauf der sechs Stunden noch nicht aufgetaucht war, war er auf sich allein gestellt. Aber darüber wollte er nicht nachdenken. Noch nicht.

Er setzte sich mit dem Rücken zum Baumstamm und spähte zwischen den Bäumen in die Richtung, aus der er gekommen war. Nichts. Niemand. Der Himmel über ihm war so grau und kalt wie die Steine, die überall um ihn herum verstreut lagen.

Er wusste nicht, ob er seinen Großvater überhaupt je wiedersehen würde. Vielleicht war er schon tot. Sie kannten sich erst seit knapp einem Jahr, aber in diesem einen Jahr war so viel geschehen. Die meiste Zeit waren sie auf der Flucht gewesen und hatten versucht, Fergus von den falschen Anschuldigungen reinzuwaschen, die gegen ihn erhoben wurden.

Jetzt waren sie wieder auf der Flucht. In den vier Monaten, seit sie aus New York geflohen waren, war es zwischen Danny und Fergus nicht wirklich gut gelaufen. Fast waren sie wieder zu Fremden geworden.

Danny seufzte. »Immer lässt er mich abhauen. Als ob ich noch ein Kind wäre, als ob er mir immer noch nicht traut. Ich hätte bleiben und ihm helfen können.«

Wieder sah er zu den Bäumen hinüber, und im Grunde seines Herzens wusste er, dass sein Großvater ihn beschützt hatte. Fergus konnte nicht mehr rennen, zwei Schusswunden im gleichen Oberschenkel machten schnelle Bewegungen für ihn unmöglich, während Danny ein erfahrener Langstreckenläufer war. Fergus war geblieben, um zu kämpfen und seinem Enkel die Flucht zu ermöglichen.

Wieder seufzte Danny. »Wahrscheinlich hat er sich umbringen lassen.«

2

Fergus hätte beinahe gelächelt, als er den kleinen älteren Mann aus dem Geländewagen aussteigen und seinen Mantel zuknöpfen sah.

Diese Gewohnheit kannte Fergus. Durch das Zielfernrohr des Gewehrs beobachtete er, wie der Mann beide Arme hob, um anzuzeigen, dass er näher kommen wollte. Fergus behielt ihn bei jedem Schritt den ganzen langen Weg im Visier.

Der kleine Mann schien zwar harmlos und allein zu sein, doch Fergus war ein viel zu erfahrener alter Kämpfer, um dem äußeren Anschein Glauben zu schenken. Er beobachtete und wartete ab, mit dem Finger am Abzug des Jagdgewehrs.

Die ersten Schritte des Mannes auf dem langen Weg waren zögernd, doch je näher er kam, desto zuversichtlicher schien er zu werden. Auch wenn er weder Fergus noch Danny sehen konnte, wusste er sehr gut, dass von irgendwo her eine Waffe auf seinen Kopf gerichtet war. Doch je näher er der Hütte kam, desto sicherer war er sich, dass Fergus ihn reden lassen würde, anstatt ihn niederzuschießen, bevor er auch nur den Mund aufmachen konnte.

Fünfzehn Meter vor der Hütte blieb er stehen. Mit immer noch ausgestreckten Armen begann er laut und deutlich zu sprechen.

»Guten Morgen, Mr Watts. Sie haben mein Wort, dass

ich vollkommen allein und unbewaffnet bin. Ich wäre Ihnen sehr dankbar, wenn Sie es mir erlauben würden, meine Arme zu senken und in die … äh, Hütte zu kommen.«

Er bekam keine Antwort.

Er seufzte. »Ich bin zu alt für so was, Mr Watts. Ich will nur mit Ihnen reden, das ist alles.«

Danny sah auf die Uhr. Seit fast zwei Stunden saß er nun schon am Notfalltreffpunkt und es war noch nichts von seinem Großvater zu sehen.

Mit jeder Minute, die verrann, wurde er nervöser und begann zu überlegen, ob er nicht von den geliebten Einsatzroutinen seines Großvaters abweichen und zur Hütte zurückschleichen sollte, um zu sehen, was da vor sich ging.

Es würde Fergus wütend machen, aber daran hatte sich Danny mittlerweile gewöhnt. Seit sie nach Kanada gekommen waren, hatte es Momente der Wut und Zeiten langen Schweigens gegeben, doch keiner von beiden hatte es geschafft, das, was zwischen ihnen zu Bruch gegangen war, wieder in Ordnung zu bringen.

Dannys Gedanken wanderten zu Elena. Sie war seine beste Freundin gewesen, seine engste Vertraute, und noch viel mehr: Er hatte sie geliebt. Er tat es immer noch. Das war ihm mit jedem Tag klarer. Und er vermisste sie.

Er musste noch immer daran denken, wie sie miteinander geredet und gelacht und ihre Zukunft geplant hatten, als das leise Knacken eines Zweiges ihn aufhorchen ließ.

Er sah auf und erblickte seinen Großvater.

Mit einem Lächeln registrierte Fergus den erleichterten Ausdruck im Gesicht seines Enkels. »Was habe ich dir darüber gesagt, dass man jederzeit wachsam bleiben soll? Du hättest mich schon vor ein paar Minuten bemerken müssen.«

Danny brachte selbst ein kleines Lächeln zustande. »Ich … ich habe nachgedacht.«

»Ja«, nickte Fergus. »Scheint so, als müssten wir noch ein wenig mehr nachdenken.«

Danny stand auf. »Wer war denn das – der Kerl in dem Geländewagen?«

»Dudley.« Fergus merkte Danny die Überraschung an. »Du solltest mitkommen und dir anhören, was er zu sagen hat.«

Dudley war einer der Topleute beim MI5. Er war der Leiter der Operation Black Star gewesen, die mit Elenas Tod in New York so katastrophal geendet hatte. Und er war letztendlich für den früheren Plan, sowohl Fergus als auch Danny zu töten, verantwortlich gewesen. So war es dann auch kein Wunder, dass sie beide vor ihm auf der Hut waren.

Jetzt war er mit einem neuen Plan für die Operation Meltdown gekommen. Es war gefährlich und riskant, aber das spielte für Dudley keine Rolle. Jetzt nicht mehr. Sie hatten ihn dazu überredet, seinen wohlverdienten Ruhestand aufzuschieben, dann würden sie sich auch mit seinen unkonventionellen Methoden abfinden müssen. Er hatte sich auf seine Pensionierung gefreut, doch das Gefühl, gebraucht zu werden, sowie die Aussicht auf einen möglichen Ritterschlag durch die Queen, sollte die wichtige Operation erfolgreich verlaufen, waren eine mehr als ausreichende Entschädigung für den Aufschub.

Über Designerdrogen wusste Dudley nicht viel, aber wenn die Expertenkommission Meltdown als die gefährlichste Mischung bezeichnete, die je aus einem illegalen Labor gekommen war, dann ging er davon aus, dass drastische Maßnahmen ergriffen werden mussten. Tausende, möglicherweise hunderttausende Leben standen auf dem Spiel. Dazu kam noch die Warnung davor, dass die Formel in die Hände von terroristischen Organisationen fallen könnte.

Operation Meltdown würde eine komplexe, gefährliche und schmutzige Operation werden, und Dudley hatte beschlossen, dass Fergus Watts der Mann sein sollte, der die Spezialeinheit leitete.

3

Langsam rührte Dudley den dampfenden, starken, schwarzen Kaffee um. Er sah müde aus; der Flug aus England und die lange Fahrt hatten ihren Tribut gefordert. Als er am Kaffee nippte, spürte er die belebende Wirkung des Koffeins.

Nachdem er Danny die groben Einzelheiten der wachsenden Meltdown-Krise vermittelt und ihm von der geplanten Spezialeinheit erzählt hatte, schien Dudley auf einmal sehr müde zu werden. Er hatte den Mantel aufgeknöpft, den er ständig trug, und um einen Kaffee gebeten.

Während Fergus das Gebräu zubereitete, warf Dudley einen Blick auf Danny, der über das nachdachte, was er soeben gehört hatte. Egal, welche Entscheidungen auch fallen würden, sie würden nicht von Fergus allein getroffen werden.

»Warum wir?«, wollte Danny wissen.

»Zum einen wegen der großen Erfahrung, die dein Großvater im Kampf gegen den Drogenhandel hat. FARC in Kolumbien, die IRA-Drogenhändler in Nordirland. Er kennt diese Organisationen von innen, er weiß, wie sie funktionieren. Dieses Wissen ist von unschätzbarem Wert.«

Danny zuckte mit den Achseln. Das allein reichte nicht aus, um Dudley den ganzen Weg aus seinem bequemen Büro in London hierher zu locken.

»Und dann die Leute, auf die wir es abgesehen haben«, fuhr Dudley schnell fort. »Sie sind eingebildet und arrogant.

Sie lieben das Luxusleben und mischen sich gerne unter die Berühmten oder auch die Berüchtigten. Sobald sie Probleme bekommen, werden sie sich mit Sicherheit von so prominenten Persönlichkeiten wie euch angezogen fühlen.«

»Prominent?«, fragte Danny. »Wir?«

»Oh, das werdet ihr sein«, sagte Dudley und griff in die Innentasche seines Mantels, zog ein zusammengefaltetes Blatt Papier hervor und legte es auf den Tisch, damit Danny es lesen konnte. Es war die Imitation einer Zeitungsschlagzeile.

Verräter erweist sich insgeheim als Held

»Das habe ich mir selbst ausgedacht«, meinte Dudley, bescheiden die Achseln zuckend. Der heiße Kaffee tat seine belebende Wirkung. »Aber ich bin sicher, dass meine Experten mit noch viel fetteren Schlagzeilen kommen werden, mitsamt den dazupassenden Geschichten.«

Danny sah zu seinem Großvater hinüber. »Das verstehe ich nicht.«

»Lass es ihn erklären«, riet ihm Fergus ruhig.

Schnell legte ihnen Dudley seine Pläne dar. »Dein Großvater hat eine Geschichte. Die will ich nutzen, um unsere Zielpersonen anzulocken.«

»Aber warum? Wieso benutzen Sie nicht einen Ihrer eigenen Männer?«

»Weil wir dafür keine Zeit haben, Danny. Die Meltdown-Krise gerät außer Kontrolle. Wir haben keine Zeit, eine glaubhafte Geschichte für einen nicht existenten Helden zu schaffen. Die Geschichte deines Großvaters ist fix und fertig, schwarz auf weiß in den Unterlagen.«

Danny hörte zu, wie Dudley erklärte, dass er bereits eine sorgfältig geplante Pressekampagne vorbereitete. Ein absichtlich durchsickernder Bericht vom MI5 würde zeigen, dass Fergus bei der Beendigung einer weltweiten Anschlagsserie von minderjährigen Bombenlegern eine tragende Rolle gespielt hatte, nachdem er heimlich für die Operation Black Star angeworben worden war.

Er würde als Nationalheld gefeiert werden und daher würde der Regierung nichts anderes übrig bleiben, als ihm öffentlich seine früheren Verbrechen gegen das Land zu »verzeihen«. Fergus wurde seit Langem beschuldigt, ein Verräter zu sein, der den Drogenbaronen der FARC in Kolumbien geholfen hatte, anstatt zu ihrer Vernichtung beizutragen. Jeder wusste, dass die Anschuldigung falsch war, aber sie würde in den Berichten stehen bleiben.

»Aber er ist doch unschuldig«, warf Danny schnell ein. »Das wissen Sie. Das haben wir doch schon vor der Operation Black Star bewiesen.«

Dudley nickte geduldig. »Natürlich weiß ich das. Aber wir wollen, dass unsere Zielpersonen genau das Gegenteil annehmen. Wir wollen sie glauben machen, dass er schuldig ist, dass er korrupt ist und bereit, sich auf ein schmutziges Geschäft einzulassen, vorausgesetzt, die Kohle stimmt. Das wird ihn für sie attraktiv machen.«

»Aber warum …?«

»Bitte lass mich ausreden«, verlangte Dudley und hob die Hände. »Wir werden eindeutig klarstellen, dass wir zwar dafür dankbar sind, was dein Großvater getan hat, dass er jedoch von keiner Regierungsstelle je wieder eingestellt werden kann. Das ist sehr wichtig.« Er lehnte sich zurück, offensichtlich zufrieden mit seinem Plan. Dann hob er die Augenbrauen zum Zeichen, dass er Dannys Fragen erwartete.

»Diese Zielpersonen, von denen Sie reden, wer ist das?«

Der ältere Mann schüttelte den Kopf. »Ich fürchte, diese

Information müssen wir noch geheim halten, bis wir wissen, ob ihr mitmacht.«

Danny schob den Stuhl zurück und stand auf. »Ich habe die Schnauze voll von dem ganzen Geheimkram.« Er starrte seinen Großvater an. »Und von strategischen Geheimnissen.« Damit ging er zur Tür.

»Warte, Danny!«, sagte Fergus. Als Danny an der Tür stehen blieb, fixierte Fergus Dudley. »Die Zielpersonen? Wer sind sie?«

Dudley seufzte. »Es sind zwei junge Brüder – Zwillinge namens Headingham.«

»Wenn Sie einen Namen haben, warum verhaften Sie sie dann nicht einfach?«

»Weil es so nicht funktioniert, das weiß ich jetzt. Es gibt keine neuen Hinweise auf die Lage der Drogenfabrik – wir haben ein Lagerhaus von einer Spezialeinheit stürmen lassen, in dem wir den Laden vermuteten, doch es war absolut leer. Wir wissen nicht, wo und wie sie Meltdown herstellen. Auch die Vertriebswege sind uns ein großes Rätsel. Ich bin mir ganz sicher, dass es irgendwo in Europa noch mindestens einen wesentlich größeren Fisch gibt, den wir ausfindig machen und einfangen müssen. Ich bin davon überzeugt, dass die einzige Möglichkeit, alles zu bekommen, was wir wollen, darin liegt, das Netzwerk der Zwillinge zu unterwandern. Aber das muss schnell geschehen.«

Danny stand immer noch an der Tür und lehnte sich jetzt an die Wand. »Wir? Ich verstehe, warum Sie ihn wollen, aber wo passe ich ins Bild?«

Bevor Dudley etwas sagen konnte, beantwortete Fergus Dannys Frage. »Wir sind ein Team, Danny. Ohne dich gehe ich nirgendwo hin.«

»Wir werden in der Zeitung auch darüber berichten, dass

du ebenfalls eine bedeutende Rolle in der Operation Black Star gespielt hast«, beeilte sich Dudley, zu sagen. »Du könntest sehr nützlich sein.«

Danny lachte höhnisch auf. »Nützlich? Was Sie eigentlich sagen wollen, ist, dass Sie auch mich nehmen müssen, wenn Sie meinen Großvater haben wollen. Und da ist wohl noch etwas, das Sie nicht erwähnt haben, oder?«

Dudley wusste, was kommen musste, doch er wartete, dass Danny fortfuhr.

»Was ist mit Deveraux? Wird sie dabei sein?«

Dudley seufzte. »Weißt du, das mit deiner Freundin, Miss …, das tut mir wirklich sehr leid.«

»Ja, klar«, unterbrach ihn Danny. Er wollte mit Dudley nicht über Elena sprechen. Schließlich war der zumindest teilweise an ihrem Tod mit schuld, auch wenn er es nicht selbst gewesen war, der abgedrückt hatte. »Deveraux … ist sie dabei?«

»Nein, ist sie nicht. Miss Deveraux arbeitet nicht mehr beim MI5.«

»Wo ist sie denn dann?«

»Ich denke, sie war davon ausgegangen, meinen Posten zu übernehmen. Da das nicht geschehen ist, ist sie zum MI6 gegangen, der sich mehr mit den Problemen im Ausland befasst als mit denen bei uns. Man sagt mir, dass sie außerordentlich gute Arbeit leistet. Aber das hier geht auf meine Initiative zurück, und wenn ihr den Job annehmt, dann untersteht ihr mir direkt. Wenn es vorbei ist, könnt ihr, wenn ihr wollt, gehen, und euer Name ist ein für alle Mal reingewaschen. Ihr seid frei zu tun und zu lassen, was ihr wollt, und zu gehen, wohin ihr wollt. Ihr müsstet euch nicht mehr umschauen, um zu sehen, wer euch möglicherweise verfolgt.«

Fergus stellte seinen Kaffeebecher ab und sah Dudley an.

»Ich muss mich mit Danny allein unterhalten.« Mit einem Kopfnicken zur Kaffeekanne, die noch auf dem Herd blubberte, fügte er hinzu: »Bedienen Sie sich.«

Draußen war es kalt und die Schatten wurden bereits länger. Sie gingen zum See, und erst, als sie weit außer Hörweite der Hütte waren, begann Fergus zu sprechen.

»Es eröffnet uns eine Chance, Danny. Wir können es tun und dann neu anfangen.«

»Weil wir ein *Team* sind?«, wiederholte Danny bitter die Worte, die sein Großvater in der Hütte gebraucht hatte. »Tja, das hatte ich auch gedacht, bis du mich und Elena in New York im Stich gelassen hast. Wenn du uns erzählt hättest, dass Deveraux Elenas Vater ermordet hat, dann wäre Elena nie gegangen. Wir wären abgehauen und sie würde noch leben.«

»Schon gut!«, fuhr Fergus auf. »Ich habe getan, was ich zu diesem Zeitpunkt für das Richtige hielt! Strategisches Geheimnis. So funktioniert es nun einmal. Und wenn du das nicht in deinen Schädel kriegst, dann kannst du dir auch gleich einen Job als Kistenstapler im Supermarkt suchen!«

Danny schlug zurück, als sein eigener Zorn hochkochte. »Ja, vielleicht ist das besser, als hier mit dir zusammenhocken zu müssen! Ich bin nur deinetwegen hier! Ich tue gar nichts, latsche nur diesen blöden See rauf und runter, bis ich jeden Baum und jeden Stein kenne.«

Er nahm einen Stein und warf ihn, so fest er konnte, weit auf den See hinaus. Sie sahen ihn aufklatschen und beobachteten die Wellen, die sich kreisförmig in alle Richtungen ausbreiteten.

»Aber das hier ist ein Ausweg«, lenkte Fergus milder ein. »Lass ihn uns nutzen.«

Danny hielt den Blick aufs Wasser gerichtet, während er,

nun wieder ruhiger, weitersprach. »Warum sollten wir Dudley nach allem, was passiert ist, vertrauen?«

»Weil er hier ist. Nachdem sie uns gefunden hatten, hätten sie uns umbringen können, Danny, sie hätten ein ganzes Team schicken könne, um uns zu töten. Dudley ist hier, weil er uns tatsächlich braucht.«

»Er braucht dich«, wandte sich Danny wieder seinem Großvater zu. »Ich bin nicht wichtig.«

»Für mich schon.« Fergus sah seinen Enkel aufmerksam an. »Wir müssen weiter, Danny. Wir können nicht in der Vergangenheit leben. Wie Dudley sagt: Wir machen diesen Job und dann sind wir weg.«

»Und was ist mit Deveraux? Glaubst du wirklich, dass sie weg vom Fenster ist?«

Fergus nickte. »Ich glaube, nicht mal Dudley würde daran denken, uns wieder mit ihr zusammenzubringen.«

Als sie die Hütte wieder betraten, saß Dudley genau an der gleichen Stelle wie zuvor und starrte trübe in seine leere Kaffeetasse.

Sie setzten sich an den Tisch und Fergus kam sofort zur Sache. »Nach dem ganzen Heldenquatsch in der Zeitung, was kommt dann?«

Dudley nickte lächelnd. »In einer nachfolgenden Geschichte werden wir berichten, dass Sie Ihre eigene unabhängige Sicherheitsberaterfirma gründen. Das wird mit Sicherheit das Interesse der Zwillinge wecken, wenn Phase Zwei der Operation beginnt.«

Bevor sie die Einzelheiten der Operation besprachen, wollte Fergus noch ein paar Sachen klarstellen. »Ich wähle den Rest des Teams aus.«

Etwas anderes hatte Dudley auch nicht erwartet. »In Ordnung.«

»Und Danny ist noch nicht dazu bereit. Er hat nie in einem Team gearbeitet. Er braucht ein Aufbautraining.«

Dudley stand auf und bürstete sich den Mantel ab. »Wir haben nur wenig Zeit. Die Meltdown-Krise ist eine tickende Zeitbombe. Maximal zehn Tage, aber ich brauche Sie so bald wie möglich vor Ort.«

Fergus sah seinen Enkel an, und als er sprach, lag eine Spur von Stolz in seiner Stimme. »Danny lernt schnell.«

4

SAS-Trainingscenter bei Hereford, England

Früher hatte man sie »Schlachthäuser« genannt, doch als in den 90er-Jahren die Presse von dieser Bezeichnung Wind bekam, hatte das Regiment beschlossen, politisch korrekt zu werden. Jetzt benutzte man nur noch den offiziellen Namen: CQB, *Close Quarter Battle* – Nahkampfübungsplatz.

Auf den ersten Blick wirkte das Gelände wie eine bizarre Mischung aus einer kleinen, verlassenen Stadt und einem Kriegsgebiet. Zwischen Einfamilienhäusern und kleinen, roten Ziegelsteinbauten standen geparkte Flugzeuge und eine Reihe von Autos. Alles schien trostlos, verlassen und zufällig, und doch diente alles einem bestimmten Zweck.

Fergus hatte gewollt, dass Danny ein Spezialtraining erhielt, und das bekam er auch. Wie ein Nichtschwimmer, den man am tiefen Ende ins Becken stößt, blieb Danny nichts anderes übrig, als zu schwimmen oder zu ertrinken; und er schwamm – oder behielt zumindest den Kopf über Wasser. Es war hart, aber das musste es auch sein. Beim Regiment gab es einen Spruch: *Hart trainieren, leicht kämpfen – leicht trainieren, hart kämpfen … und sterben.* Während sie in Kanada gewesen waren, war Danny achtzehn geworden, und wenn es nach Fergus ging, dann musste die Ausbildung seines Enkels genauso hart sein wie die eines jeden anderen SAS-Soldaten, da er jetzt zu einem professionellen Team gehörte.

Die Ausbilder nahmen also wenig Rücksicht auf Dannys Jugend und seine Unerfahrenheit. Sie mussten einen Job erledigen und das taten sie auch. Wenn Danny die Ziele nicht erreichte, dann sollte es jedenfalls nicht an ihnen liegen.

Fergus war nicht einmal dabei, um Dannys Fortschritte zu überwachen. Er war in Manchester und arbeitete an Phase Zwei der Operation Meltdown; Phase Eins mit der Zeitungskampagne war bereits gelaufen und hatte das erwartete Interesse der Massenmedien hervorgerufen.

Während dieser Zeit hielt sich Danny mit den beiden anderen Mitgliedern der Spezialeinheit in Hereford auf. Ihre Deckgeschichte besagte, dass sie für Fergus' Sicherheitsfirma arbeiteten, und Fergus hatte darauf bestanden, dass mindestens ein Mitglied des Teams richtige Erfahrungen in diesem Bereich vorweisen musste.

Phil Reddington war ein ehemaliges Regimentsmitglied. Er war zehn Jahre jünger als Fergus, aber ihre Wege hatten sich schon häufig gekreuzt. Fergus hatte ihn angefordert und mehr Referenzen brauchte Dudley nicht. Es war nicht schwer gewesen, ihn von seinen Arbeitgebern, einer privaten Sicherheitsfirma, wegzulocken, als Fergus ihm das Honorar für den einmaligen Job genannt hatte. Wenn es vorbei war, konnte er jederzeit zurückkehren; gute Männer wurden immer gebraucht.

Phil hatte fast zwei Jahre in Bagdad gearbeitet, VIPs bewacht und zugesehen, wie sich die Einheimischen gegenseitig zerfleischten, während der größte Teil des Landes unter den Augen der hilflosen Koalitionskräfte, die nur den Kugeln ausweichen und die Trümmer einsammeln konnten, in einer Abwärtsspirale in völlige Anarchie verfiel. Manchmal traf es unschuldige Passanten, manchmal Aufständische, und manchmal – am schlimmsten für Leute wie Phil – traf es Freunde. Leute wie ihn.

Phil befasste sich nicht viel mit Politik oder der Entscheidung, ob eine Sachlage richtig oder falsch war; normalerweise hatte er zu viel damit zu tun, selbst am Leben zu bleiben und seinen Job zu machen. Seine Lebenseinstellung lautete: »Nichts erklären, nicht beschweren.« Er blieb lieber für sich, aber Fergus gefiel gerade das.

Das vierte Mitglied des Teams hatte Dudley vorgeschlagen, auch wenn Fergus die letzte Entscheidung über die Auswahl vorbehalten blieb. Er hieß Leroy Simmons und genoss mit fünfundzwanzig Jahren beim MI5 bereits hohes Ansehen. Fergus hatte sich mit ihm getroffen, ihn ausgequetscht und schnell erkannt, dass Dudleys Einschätzung korrekt war. Er war drin, und damit war das Team komplett.

Und jetzt bekamen Phil, Leroy und Danny in Hereford den letzten Schliff.

Phil musste nicht mehr viel lernen – er hätte den Ausbildern selbst ein paar Dinge beibringen können –, aber es war wichtig, dass die drei sich kennen und einander vertrauen lernten, und das erreichte man am besten, wenn man miteinander trainierte und als Team zusammenarbeitete. Fergus wollte außerdem, dass Phil ein Auge auf Danny hatte und in geringerem Maße auch auf Leroy, dem man Fertigkeiten im Umgang mit Waffen beibrachte, die er beim MI5 nie gelernt hatte.

Jetzt war das zehntägige Aufbautraining fast vorüber, und Danny war nicht nur körperlich und geistig, sondern auch emotional völlig am Ende. Es gab so viel Neues. Aber dafür hatte er nicht nur seine persönliche Fitness unglaublich gesteigert, er hatte auch in einem Crash-Kurs Autofahren gelernt, und zwar auf normalem wie auf fortgeschrittenem

Niveau, und er hatte die allgemeinen Kenntnisse und Fähigkeiten verbessert, die ihm Fergus seit über einem Jahr einzutrichtern versuchte.

Sie hatten den Zugriff geübt, und Danny hatte gelernt, wie man heimlich in Objekte eindringen kann, um Erkundungen aus nächster Nähe durchzuführen.

Und es hatte intensives Waffentraining gegeben: Wenn Danny alt genug war, eine Waffe zu tragen, dann war er auch alt genug, sie zu benutzen. Und es war völlig sinnlos, ihm zu zeigen, wie er sie benutzen musste, wenn er nicht dazu fähig und bereit war, den Abzug zu drücken – um sein eigenes Leben oder das von jemand anderem zu retten. Er musste akzeptieren, dass er, wenn er je die Waffe auf jemanden richtete, bereit sein musste, denjenigen zu erschießen, damit »Hände hoch oder ich schieße« keine leere Drohung war. Wenn er so etwas sagte, musste er es auch genau so meinen.

Er machte sich mit einer ganzen Reihe von Waffen vertraut: von der neuesten 9-mm-Pistole über das 5,56-mm-Sturmgewehr bis zu den Dingern, die von den Streetgangs verwendet wurden – Revolver und Schrotflinten.

Jetzt stand Danny ein letzter Tag mit Tests bevor. Er hielt eine halbautomatische 9-mm-SIG-Pistole in der Hand. Sie war ihm bereits vertraut, und bislang hatte er sich auf dem Schießstand und in verschiedenen Übungen ganz gut gemacht.

Doch diese Übung sollte sich völlig von allen anderen unterscheiden, an denen er bislang teilgenommen hatte. Er sollte in einen Raum platzen und eine Reihe von lebensgroßen Papp-Gegnern mit schnellen Doppelschüssen in den Kopf ausschalten.

Danny hatte gleichzeitig mit den Fähigkeiten auch neue Wörter gelernt. Es gab *X-Rays*, die Gegner, und *Yankees*, das waren die Guten, die auf seiner Seite. Aus seiner Zeit mit Fergus kannte er den Begriff *Dritte* bereits. Das waren Hinz und Kunz – jeder, der nicht mitbekam, was auf der Straße um ihn herum vorging. Solche Codewörter wurden von den SAS-Leuten verwendet, um Informationen per Funk schneller verständlich zu machen.

Bei dieser Übung würde ein mit rotem Kreidestaub gefüllter Luftballon Danny anzeigen, ob er mit seinen Kugeln die X-Rays getroffen hatte.

Das hörte sich ziemlich einfach an, doch es gab eine weitere Schwierigkeit. Unter den Zielen befand sich eine reale Person: Phil Reddington saß irgendwo auf einem Stuhl im Zimmer. Dazu kam noch, dass Danny keine Ahnung hatte, wo sich die X-Rays befanden. Sie könnten direkt vor Phil oder knapp neben ihm stehen.

So lag Phils Leben buchstäblich in Dannys Händen.

Mit solchen Übungen baut das Regiment Selbstsicherheit und Vertrauen auf, und während Danny darauf wartete, dass ihm der Trainer den Befehl zum Anfangen gab, hoffte er inständig, dass Phils offensichtliches Vertrauen in ihn nicht unbegründet war.

Der stämmige SAS-Instruktor sah Danny scharf an.

»Denk dran, nur Kopfschüsse.«

Danny nickte.

»Nicht nicken, ich will wissen, warum.«

»Weil die X-Rays Schutzkleidung tragen könnten.«

»Genau. Da kommt heutzutage jeder dran. Und nicht nur das: Wenn du auf jemanden triffst, der voll auf Droge ist, braucht es möglicherweise drei oder vier Körpertreffer, bis der Trottel endlich merkt, dass er tot ist.«

Danny lächelte schwach über den noch schwächeren Witz. Er hatte sich an die spezielle Art von Humor an diesem Ort gewöhnt. Die Jungs hier wurden in der Kunst zu töten unterrichtet, und die schlechten Witze und die Kameradschaft halfen ihnen, nicht verrückt zu werden, wenn sie ihrem tödlichen Geschäft nachgingen.

»Ein Doppeltreffer in den Kopf lässt sie umfallen wie einen Sack Mehl«, fügte der Trainer hinzu, tippte Danny mit dem Zeigefinger zwei Mal vor den Kopf und nickte zu der geschlossenen Tür hinüber. »Da drin ist dein Kumpel. Sieh zu, dass er noch dein Kumpel ist, wenn das vorbei ist.« Er trat ein Stück zurück, bereit, den Befehl zu geben.

»Stand by! Stand by!«

Danny spannte sich an und nahm die Pistole in beide Hände.

»Los!«

Danny holte tief Luft, hob den rechten Fuß und trat die Tür auf. Mit der Pistole im Anschlag und weit offenen Augen, damit er alle notwendigen Informationen so schnell wie möglich aufnehmen konnte, rannte er hinein und registrierte dabei die unmittelbaren Bedrohungen.

Zwei X-Rays befanden sich zu seiner linken, einer zwei Meter entfernt, der andere etwas weiter. Den ihm am nächsten Stehenden erwischte er mit zwei Kopftreffern, da er die unmittelbarste Bedrohung darstellte, und der Klang der Waffe dröhnte in seinen Ohren, als der kurze, scharfe Knall des Hochgeschwindigkeitsgeschosses von den Wänden widerhallte. Der Ballon explodierte und verteilte den roten Staub in der Luft, während Danny, die Augen bereits auf den Kopf des nächsten Gegners gerichtet, weiter vorging.

Dannys Kopf begann wie in Zeitlupe zu arbeiten, obwohl er wusste, dass er schnell agierte. Das Ziel verschwamm vor seinen Augen: Seine Augen konzentrierten sich auf das Objekt vor seiner Pistole, die sich auf den Kopf eines weiblichen

X-Rays richtete. Nur das erste Glied seines Fingers lag am Abzug, er drückte zweimal kurz und knapp ab, und der Ballon explodierte in einer roten Staubwolke.

Sein Kopf zuckte nach rechts. Hinter einem Tisch saß eine Gestalt. Dahinter war noch jemand. Er sah etwas Rotes an der ersten Gestalt und zielte darauf, richtete Körper und Waffe auf das Ziel und brachte die Pistole in eine Linie mit dem Kopf, auf den er zielte. Es verschwamm, als er sich noch einmal konzentrierte und den Druck auf den Abzug verstärkte.

Aber da stimmte etwas nicht. Das Rot war auf der Brust des Ziels, nicht auf dem Kopf. Es musste Phil sein!

Danny lief weiter auf das Ziel hinter Phil zu.

»Runter! Duck dich!«

Er brauchte freies Schussfeld. Phil ließ sich wie befohlen zu Boden fallen, und Danny schoss zwei Mal auf den letzten, etwa sieben Meter entfernten X-Ray. Da seine ersten Schüsse fehl gingen, schoss er weiter in Zweier-Folgen, wobei er auf den Gegner zuging, bis die rote Staubwolke in den Raum platzte.

Der Trainer hielt die Übung an. »Stop! Entladen!«

Es war vorbei. Es hatte nicht länger als zehn Sekunden gedauert. Dannys Herz trieb ihm das Adrenalin in wilden Schlägen durch den Körper. Seine Finger am Abzug der SIG zitterten leicht, als er die Waffe entlud und sicherte. In seinen Ohren klingelte es noch vom Lärm der Hochgeschwindigkeitsgeschosse.

Phil Reddington stand auf, offenbar völlig unversehrt, abgesehen von dem roten Kreidestaub in seinen Haaren. Es schien, als hätte er nichts Bedrohlicheres als ein Gewitter abgewartet. Doch Phil war von der alten Schule, er gab nicht viel von sich preis. Er konzentrierte sich bereits auf den nächsten Teil seines Jobs, die Abschlussbesprechung mit Danny.

»Nicht schlecht«, meinte er mit einem Achselzucken. »Aber für den Kerl hinter mir hast du zu viele Kugeln gebraucht, meinst du nicht auch?«

Danny nickte. »Ja, tut mir echt leid.«

Phil wies auf den Stuhl. »Setz dich. Du bist dran«, meinte er lächelnd.

Danny und Lee, wie Leroy lieber genannt werden wollte, kamen von Anfang an gut miteinander aus, was günstig war, da sie während der Operation die meiste Zeit als Partner zusammenarbeiten mussten. Und Danny war froh, dass wenigstens einer aus dem Team ungefähr in seinem Alter war.

Jetzt saßen sie zusammen in einem Fahrzeug auf dem Schießübungsplatz. Sie sollten ein Anti-Hinterhalt-Training absolvieren, bei dem Danny am Steuer eines Audi A4 saß und Lee auf dem Beifahrersitz.

Danny hatte sich als intuitiver und furchtloser Autofahrer erwiesen, ohne waghalsig zu sein, was sich bei der Geschwindigkeit, mit der er unterwegs war, schnell als fatal hätte erweisen können. Durch grundlegendes Fahrtraining und die Erfahrung, wie man mit Hilfe der Gänge das Beste aus einem Wagen herausholt, und mit intensivem Geschwindigkeitstraining und dem Üben von offensivem und defensivem Fahren, das auf dem Schießgelände stattfand, hatte er rasch Fortschritte gemacht.

Das schnelle Fahren übten sie auf den Straßen zwischen Hereford und Bristol – dort gab es alles, von Landstraßen über Forstwege, mehrspurige Schnellstraßen, Autobahnen bis zu den Straßen von Bristol selbst.

Jetzt war Danny bereit für seinen letzten Test.

Er war noch längst nicht so weit, dass man ihn im Regiment als vollständig ausgebildet bezeichnet hätte, aber mehr Zeit blieb ihnen einfach nicht. Ein paar Mal war er mit Phil Reddington aneinandergeraten, der ein fast ebenso strenger Lehrmeister war wie sein Großvater – vielleicht war das einer der Gründe gewesen, warum Fergus ihn dabeihaben wollte.

Danny saß hinter dem Steuer des A4 bereit. Lees MP5 lag im Fußraum, von einem Mantel verdeckt, genau so, als würden sie auf einer richtigen Straße fahren. Die automatische Maschinenpistole eignete sich ausgezeichnet für das Auto. Durch den klappbaren Griff ließ sie sich leicht verstecken, aber die kraftvollen 9-mm-Geschosse durchschlugen leicht eine Windschutzscheibe.

Lee sah Danny an. »Fertig?«

Danny legte sich den Anschnallgurt um, ließ ihn jedoch nicht einrasten. Bei Einsätzen wurden die Sicherheitsgurte nicht getragen, weil es zu lange dauerte, sie zu öffnen. Selbst SAS-Soldaten hatten unter Beschuss schon vergessen, ihren Gurt zu lösen und kostbare Sekunden verloren, wenn sie versuchten, aus dem Auto zu kommen, um sich dem Feind zu stellen.

Deshalb klebte ein Klettverschluss an der Halterung von Dannys und Lees Gurt. So sah es aus, als ob sie sich korrekt angeschnallt hätten, damit sie nicht auffielen.

Danny sicherte seinen Gurt und nickte. »Ja.«

Er drückte die Sprechfunktaste im Schaltknüppel und sprach in das im Lenkrad verborgene Mikrofon.

»Delta Eins mobil.«

Er legte den ersten Gang ein und drückte den Fuß durch, gleich darauf schoss er mit 120 km/h über die schmale Straße und hielt durch den Wald auf den Schießübungsplatz zu. Die

Bäume zu beiden Seiten verwischten zu einem grünen Streifen, und als er über eine Anhöhe fuhr, hob der A4 mit heulendem Motor ab. Lee stützte sich mit den Füßen gegen den Boden, um sich bei der Landung abzufangen. Das Gelände kam jetzt etwa eine halbe Meile vor ihnen in Sicht.

Danny umklammerte den Schaltknüppel und folgte dem Weg in einer scharfen Kurve durch die Felder.

»Delta Eins nähert sich dem Gelände.«

Lees MP5 lag noch im Fußraum; er würde die Waffe erst hervorholen, wenn es nötig war. Sie spielten alles so, als wäre es die Realität.

Als sie das Gelände erreichten, fuhren sie immer noch über 120 km/h. Vor sich erblickte Danny einen hohen Wall – eine dicke künstliche Aufschüttung, zu drei Seiten des Platzes etwa fünf Meter hoch, von dem aus man sowohl nach vorne als auch zur Seite feuern konnte.

Vor dem Fahrzeug befanden sich sechs Zielpersonen aus Holz – Männer und Frauen in Zivilkleidung, die alle Waffen trugen. Eine Explosion direkt vor ihnen ließ einen Feuerball in die Luft steigen.

Danny trat auf die Bremse und drückte den Sendeknopf.

»Kontakt! Kontakt! Abwarten!«

Lee hatte bereits seine MP5 gezogen, zog die Stütze heraus, presste sie an die Schulter und entsicherte. Der A4 schlitterte auf den Feind zu; Dannys Füße wurden hart auf Bremse und Kupplung gepresst, und er bemühte sich, den Wagen gerade zu halten, damit Lee feuern konnte.

Die Windschutzscheibe zersplitterte, und die leeren Hülsen der Automatikwaffe prallten gegen Danny und das Autodach. Als der A4 mit quietschenden Reifen zum Stehen kam, feuerte Lee weiter und gab Danny etwas Deckung.

»Los, Danny, los!«

Das musste man Danny nicht zweimal sagen. Er stieß die Tür auf und hechtete aus dem Wagen, wobei der Klettverschluss am Gurt einfach aufriss. Er rollte sich am Boden ab, zog seine Pistole aus dem Halfter an der rechten Hüfte und begann, unter der Tür hindurch zu feuern.

»Los, los, los!«

Anstatt sich aus dem Wagen in Deckung zu rollen, ließ Lee seine MP5 und das leere Magazin fallen, zog seine eigene Pistole und rückte vor. Vor dem Wagen blieb er stehen und schoss auf die X-Rays.

»Los!«

Das war Dannys Stichwort weiterzumachen. Er hörte auf zu schießen, sprang auf und rannte ein paar Meter vor den Audi, wo er sich aufs Knie fallen ließ und weiter auf die X-Rays feuerte.

»Los!«

Lee war sofort weitergesprintet, als er Danny feuern hörte. Sie rückten näher an den Feind heran. Bei diesem Manöver musste jeweils einer schießen, während der andere vorrückte. Sie arbeiteten gut zusammen.

Danny erreichte seine nächste Position und drückte auf den Abzug. Nichts geschah. Der Schlitten steckte fest, weil er keine Munition mehr hatte.

»Blockiert!«

Lee blieb stehen und feuerte weiter. Danny löste den Magazinhebel mit dem Daumen und das leere Magazin fiel heraus. Aus der Jackentasche nahm er ein neues hervor, lud die Waffe und löste den Bolzen, während er weiterlief. Dieser schnellte vor und schob die nächste Patrone aus dem Magazin in den Lauf.

Etwa einen Meter vor den Zielen blieb Danny stehen, dicht genug, um jeweils zwei Schüsse auf die Köpfe abzugeben.

Lee schloss zu ihm auf, und sie feuerten weiter, bis sie keine Munition mehr hatten.

Sie sicherten ihre Waffen und sahen sich an. Sie hatten es gut gemacht. Alle Ziele hatten sie mit den Doppelschüssen getroffen und hatten kontinuierlich weitergeschossen, während sie vorrückten.

Phil hatte die ganze Übung beobachtet und zum ersten Mal lag ein leises Lächeln auf seinem Gesicht.

An diesem Abend rief er Fergus in Manchester an. »Wir sind fertig. So fertig, wie wir nur sein können.«

»Wie hat sich Danny gemacht?«

Fergus wartete, bis Phil sich seine Antwort überlegt hatte, und als er sie bekam, fiel sie schließlich fast genau so aus, wie er es erwartet hatte.

»Er kann frech und dickköpfig sein, und manchmal denkt er, er wüsste sowieso schon alles. Aber er hat sich gut gehalten. Und ich muss zugeben, er ist ein zäher kleiner Kerl. Wie läuft Phase Zwei?«

Fergus lächelte ins Telefon. »Ganz nach Plan. Wir sehen uns in Manchester.«

5

Manchester, England

»Wir haben Sie überprüft, Mr Watts.«

»Es hätte mich beunruhigt, wenn Sie es nicht getan hätten.«

»Ex-SAS. Mehr Ehrungen als David Beckham. Sie waren ein Held, bevor alles schieflief.«

»Wenn Sie es mit Ihrer Überprüfung genau genommen haben, wissen Sie auch, dass ich ganz offiziell freigesprochen wurde.«

»Oh, das haben wir. Wir wissen alles über Sie. Wir haben die Geschichten mit größtem Interesse verfolgt. Sie sind berühmt. Das gefällt uns.«

Fergus und die Headingham-Zwillinge standen in einem großen Hof, umgeben von einem hohen, mit Stacheldraht gekrönten Zaun. Der Geruch von Benzin, verbranntem Gummi und Leder ging von den Resten der vier ausgebrannten Busse aus, die sie betrachteten. Sie waren völlig zerstört, nichts war mehr übrig als schwarze Gerippe.

Ein gutes Stück weit von den kaputten Fahrzeugen entfernt standen zwei nagelneue, schwarz glänzende Reisebusse mit abgedunkelten Scheiben; auf der anderen Seite des Hofes lehnten ein paar junge Männer an der Wand einer großen Garage mit offenen Doppeltüren. Drinnen wurde gerade ein weiterer Bus dampfgereinigt.

Fergus traf sich zum ersten Mal mit Teddy und Will Headingham. Er hatte sich die Überwachungsbilder angesehen und den Bericht gelesen: Eineiige Zwillinge, zweiundzwanzig Jahre, aus wohlhabenden Verhältnissen, gleiche Grundschule, Privatschule und Universität – natürlich Oxford –, der gleiche Abschluss in Chemie, jetzt Geschäftspartner eines Unternehmens, das mit einer ganzen Flotte von Luxus-Reisebussen zu Fußballspielen ins Ausland fuhr. Zumindest war das das legale Geschäft.

Aber Fergus wollte sich lieber selbst einen Eindruck von den Headingham-Zwillingen verschaffen. Aus der Nähe konnte man sie kaum voneinander unterscheiden. Seine Haltung und die Art, wie er das Gespräch beherrschte, deuteten an, dass Teddy offensichtlich die Rolle des Seniorpartners übernommen hatte. Vielleicht war er ein paar Zentimeter größer als sein Bruder, doch sie waren beide ausgesprochen gut aussehend, groß und schlank mit blonden Haaren und durchdringenden, kalten, blauen Augen. Und beide trugen leichte, steingraue Paul-Smith-Anzüge.

Anders als die beiden jungen Männer an der Wand der Garage, die Fergus anstarrten, als warteten sie nur auf ein Zeichen, sich auf ihn zu stürzen, wirkten die Zwillinge perfekt gestylt und völlig deplaziert auf diesem Hinterhof.

Fergus nickte zu den beiden hinüber. »Sind das Ihre Muskelmänner? Sind die nicht ein bisschen jung?«

»Man könnte auch sagen, dass Sie vielleicht ein bisschen alt sind, Mr Watts«, gab Teddy zurück, »und wohl kaum in Höchstform. Ihr Hinken ist ja leider nicht zu übersehen. Davon haben sie in den Zeitungen nichts geschrieben.«

»Ich schaffe den Job.«

»Oh, da bin ich sicher. Sie sind Experte in dem, was Sie tun – deshalb haben wir uns mit Ihnen in Verbindung gesetzt. Und was unser eigenes Sicherheitsteam angeht – sie sind zwar jung, aber auch sie erfüllen ihre Aufgaben.«

Fergus betrachtete die Wracks. »Das sehe ich.«

Teddys blasses Gesicht verfärbte sich leicht. »Touché, Mr Watts.«

Fergus sah immer noch die verkohlten Reste an und fragte: »Wer war das denn?«

»Wir haben keine Ahnung«, warf Will schnell ein. »Wahrscheinlich die Konkurrenz.«

Fergus hätte beinahe gelächelt. »Ein wenig drastisch. Und Sie sagen, dies ist der dritte Vorfall?«

»Das erste Mal, als mein Auto gestohlen wurde und ausgebrannt ist, da haben wir noch gedacht, dass jemand eine Spritztour gemacht hat«, erklärte Will. »Doch dann wurde das Büro im Obergeschoss völlig verwüstet. Und jetzt das. Und alles innerhalb der letzten beiden Wochen.«

Fergus drehte sich zu ihm um und meinte: »Ich hätte nicht gedacht, dass Ticketverkäufer so gefährlich leben.«

»Wir tun wesentlich mehr als nur Tickets zu verkaufen«, verteidigte sich Will. »Wir bieten Luxusreisen zu Sportveranstaltungen an. Reise, Ticket und Hotel.«

»Na ja, das Verkaufsgeschwafel können Sie sich sparen«, wandte sich Fergus an Teddy. »Ich muss nur wissen, ob ich Ihre Sicherheit überprüfen soll. Aber wie ich Ihnen bereits sagte, bin ich nicht billig.«

Teddy nickte. »Lassen Sie uns drinnen reden.«

Fergus sah zu den beiden Schwergewichtlern hinüber, die immer noch versuchten, bedrohlich zu wirken. »Glauben Sie, dass sie uns hineinlassen werden?«

»Das da ist nur für die Arbeiter«, meinte Teddy wegwerfend. »Wir gehen in unsere Wohnung. Es ist privater und ein wenig eleganter.«

Er zog die Schüssel eines Siebener-BMW aus der Tasche und nickte zu dem Fahrzeug hinüber, das am Haupttor stand. »Ich fahre vor. Und da wir noch auf Wills Ersatzwagen warten, hätten Sie vielleicht nichts dagegen, wenn er mit Ihnen fährt.«

6

Das Abhörgerät war in einem von Fergus' Backenzähnen versteckt, wo es eine ältere Füllung ersetzte. Es sah genauso aus wie eine normale Füllung, aber in Wirklichkeit war es ein winziges Mikrofon, das von Fergus' eigener Körperelektrizität betrieben wurde.

Ursprünglich war das Gerät von der amerikanischen Drogenbehörde entwickelt worden, deren Undercover-Agenten ihre Begegnungen mit Drogendealern als Beweismittel für das Gericht aufzeichnen mussten. Innerhalb von einhundert Metern musste ein Empfänger stehen, doch das koffergroße Gerät konnte leicht in einem Auto oder einem Gebäude in der Nähe aufgestellt werden.

Fergus saß hinter dem Steuer eines neuen Land Rover Discovery. Es war das richtige Fahrzeug für diesen Job, aber es war nichts dem Zufall überlassen worden, alles musste stimmen.

Sobald er den Hof verließ, war sein Team bei ihm.

»Stand by, Stand by! Bravo Eins mobil, hat den Hof verlassen. Danny ist dran.«

Dannys Leben mit seinem Großvater hatte sich komplett umgekehrt. Als er vor mehr als einem Jahr mit der Suche nach Fergus begonnen hatte, war er das Ziel einer Überwachungsaktion des MI6 gewesen. Jetzt war er selbst Mitglied eines Sonderüberwachungsteams.

Er drückte den Sendeknopf am Schaltknüppel seines silbernen Mazda, um das versteckte Mikrofon zu aktivieren.

»Danny hat Bravo Eins immer noch vor sich an einer roten Ampel, blinkt rechts. Phil, kannst du übernehmen?«

Gleich darauf hörte er in seinem Ohrmikro Phils Antwort.

»Phil ist dran.«

»Roger, Phil! Ampel grün, Bravo Eins mobil. An der Ampel rechts.«

Der Land Rover bog rechts ab, doch Danny fuhr weiter geradeaus. Einen Moment später kam der Land Rover an einer Einmündung auf der linken Seite vorbei, wo sich Phil mit seinem grünen Opel Vectra hinter Fergus' Auto setzte.

»Phil hat Bravo Eins.«

Danny war froh, den ersten Teil seines Jobs gut erledigt zu haben. Er wusste, dass er die Verfolgung bald wieder aufnehmen musste. Es war eine relativ einfache Aufgabe. Durch die frühere Überwachungsarbeit wussten sie ziemlich genau, wohin Fergus fuhr. Dennoch war es wichtig, ihn im Auge zu behalten – zu seiner eigenen Sicherheit und um zu sehen, ob ihm jemand folgte. Außerdem war es für das neu gebildete Team nach dem Training und den Übungen wichtig, Erfahrungen in einer sauber durchgeführten, richtigen Aktion zu sammeln.

»Bravo Eins blinkt links im Kreisverkehr. Lee, übernimmst du?«

»Lee ist dran.«

Danny fuhr bereits zur Kreuzung zurück, wo er sich als Verfolgungsfahrzeug leicht wieder einfädeln konnte. Er kannte sich auf diesen Straßen gut aus. Seit sie in ein sicheres Haus des MI5 am Rand von Manchester eingezogen waren, war es eine der vielen Aufgaben des Teams gewesen, sich mit den Straßen von Manchester und der näheren Umgebung vertraut zu machen. All das war noch während der Phase Zwei der Operation geschehen. Die war genau nach Plan verlaufen: Fergus hatte sehr professionell genau die Akte von Sabotage und Vandalismus verübt, mit deren Aufklärung ihn die Zwillinge nun beauftragen wollten.

Das Zahnmikrofon funktionierte hervorragend. In jedem Verfolgerwagen war ein Empfänger unter dem Rücksitz versteckt, und als Danny rechts abbog und in Reichweite kam, hörte er Fergus ganz deutlich über seinen Kopfhörer.

»Was hält denn die Polizei von den drei Vorfällen?«

Wills sarkastisches Lachen und seine zynische Antwort waren leiser, aber immer noch hörbar. »Die Polizei war so ineffizient wie üblich, Mr Watts. Sie kommen, machen sich ein paar Notizen und sagen uns dann, dass sie sich mit uns in Verbindung setzen, wenn sich etwas ergibt, was nie der Fall ist.«

»Sie haben also keine Ahnung, wer das getan haben könnte?«

Will zögerte einen Augenblick, bevor er antwortete, so als müsse er sich erst den Kopf darüber zerbrechen, wer wohl den Nerv haben könnte, ihre Firma anzugreifen. »Vielleicht eine der Gangs von der Moss Side – davon gibt es einige. Sie versuchen vielleicht, ein legales Geschäft unter Druck zu setzen, damit sie ihr illegales Geld waschen können.«

»Ihr Unternehmen ... verzeihen Sie meine Offenheit, aber es muss eine hübsche Stange Geld gekostet haben, das aufzubauen.«

»Oh ja, das stimmt, aber Mama hat uns bei der Finanzierung geholfen und wir haben großen Erfolg. Teddy hatte die Idee, schon als wir auf der Uni waren. Wir haben beide Chemie studiert, hatten aber keine Lust, in einem Labor zu versauern und für jemand anderen zu arbeiten. Das Geschäft ist recht einträglich und lässt uns Zeit, unser Leben so zu führen, wie wir es lieben.«

»Und das wäre?«

Will lachte. »Wir amüsieren uns gerne. Klubs ... interessante Leute. Wir sind mit vielen Prominenten befreundet.«

Danny im Mazda schüttelte den Kopf. *Mama!* Er hatte die Zwillinge noch nicht gesehen, aber allein vom Zuhören drehte sich ihm schon der Magen um. So viel Geld und Privilegien, und die dachten nur daran, wie sie anderen Leuten das Leben mit Drogen versauen konnten. Wenn die Informationen stimmten. Danny war bereits der Meinung, dass es so war.

Er schaltete einen Gang zurück und ermahnte sich, seine volle Aufmerksamkeit auf den Job zu richten, wie sein Großvater es immer von ihm verlangte, dann hörte er wieder Fergus' Stimme.

»Es hat Sie also niemand kontaktiert? Keine Forderungen? Keine Drohungen?«

»Nein, nichts. Um ganz ehrlich zu sein, Mr Watts, wir tappen völlig im Dunkeln.«

Bei diesen Worten musste Danny lächeln: Phase Zwei war ein voller Erfolg gewesen.

»Lee hält an der roten Ampel. Bravo Eins ist drüber und fährt weiter. Lee ist nicht mehr dran.«

Danny kam an die Kreuzung, sah den Land Rover vorbeifahren und lenkte den Mazda in den fließenden Verkehr. Dann drückte er auf den Sendeknopf im Schaltknüppel.

»Danny hat Bravo Eins.«

7

Fergus und Danny saßen Dudley an einem Tisch in einer Autobahnraststätte an der M 60 gegenüber. Es war schon spät, nach elf Uhr abends. An ein paar anderen Tischen beugten sich einige Fernfahrer über ihre Zeitungen, während sie in ihren Pommes frites herumstocherten.

Zwei Teenager in Jeans und wattierten Jacken, schweren Rucksäcken auf dem Rücken und dampfenden Bechern mit heißer Schokolade in den Händen kamen an ihrem Tisch vorbei. Eines der Mädchen blickte Danny an und flüsterte ihrer Freundin etwas zu, woraufhin beide anfingen zu kichern.

Dudley, wie üblich mit zugeknöpftem Mantel, hörte das Lachen und sah sich nach den Mädchen um. Unwillig über die ungewollte Unterbrechung schüttelte er den Kopf und verzog dann das Gesicht angesichts des Plastikbechers vor ihm, der bis zum Rand mit einer dünnen, lauwarmen bräunlichen Flüssigkeit gefüllt war. Er hatte Tee verlangt, doch das hier sah nicht einmal so aus und hatte sicherlich nichts mit dem zu tun, was er sonst für gewöhnlich trank.

»Die Zwillinge sind sauber«, meinte Fergus. »Komplett. Ihre Wohnung, ihre Autos, ihre Computer, alles. Und das hat nichts mit Glück oder den normalen Anti-Überwachungs-Maßnahmen zu tun. Sie bekommen Anweisungen von jemandem mit sehr viel Erfahrung. Von jemandem, der Bescheid weiß.«

Dudley nahm die Neuigkeiten nachdenklich auf und sein Gesicht verriet dabei keine Gemütsregung. Doch sie wussten alle, dass Fergus' Worte nur das bestätigten, was Dudley von Anfang an vermutet hatte, und dass ein sowieso schon harter und gefährlicher Job nun wahrscheinlich noch härter und gefährlicher werden würde.

In der kurzen Zeit, seit Fergus für die Headingham-Zwillinge arbeitete, hatte man mit den neuesten und kompliziertesten Methoden versucht, ihre Drogenfabrik zu lokalisieren – ohne auch nur den geringsten Erfolg. Da Fergus Zugang zu ihrem Zuhause, zu ihren Büroräumen und sogar zu ihren Computern hatte, war er in der besten Position, um Abhör- und Überwachungsgeräte anzubringen.

Doch man hatte nichts gefunden, was nur bedeuten konnte, dass alles sehr gut versteckt war. Es war alles ein wenig zu sauber. Die Zwillinge zahlten sogar pünktlich ihre Steuern.

Dudley sah Fergus an. »Wollen Sie mir sagen, dass jemand von unserer Seite, ein Insider, die Headingham-Zwillinge berät?«

Fergus zuckte mit den Achseln. »Nicht notwendigerweise einer von uns, aber mit Sicherheit jemand, der genauso gut ausgebildet ist wie...« er zögerte einen Augenblick und zuckte dann erneut die Achseln – »einer wie ich. Wir haben das übliche Programm mit Technik und normaler Taktik durchgezogen – die Post geöffnet, bevor sie ins Sortierbüro kommt, den Müll durchsucht –, aber da ist schlicht nichts. Sie benutzen sogar Prepaid-Handys und tauschen täglich die SIM-Karten aus, damit man ihre Anrufe nicht zurückverfolgen kann. Und falls sie irgendwelche Anrufe tätigen, dann jedenfalls nicht vom Büro oder von zu Hause aus. Es ist einfach zu gut. Zu professionell.«

Auf dem Plastiktisch lag eine Morgenausgabe der *Daily Mail* aufgeschlagen. Die düstere Schlagzeile lautete:

Tödliche Massenschlägerei in Klubszene

Dudley nickte zu der Zeitung hinüber. »Das steht nur auf der Innenseite, weil es zu spät hereinkam und in Frankreich passiert ist. Aber es wird noch schlimmer. Hier und anderswo.«

Die Story hatte es in die Spätausgaben der meisten Tageszeitungen geschafft und wurde überall groß in den Tagesnachrichten gebracht. Polizei in Kampfmontur, teilweise auch zu Pferd, war gerufen worden, als ein Mob aus einem Klub strömte, Schaufenster einschlug und Autos umwarf und in Brand steckte. Die Zeitungsberichte schrieben, dass das Zentrum der französischen Stadt über zwei Stunden lang einem »Kriegsgebiet« geähnelt hatte, während die Polizei versucht hatte, die Kontrolle wiederzugewinnen.

Zum ersten Mal zeichnete sich auf Dudleys sonst so beherrschtem Gesicht Ärger ab. »Wir wissen, dass der Mann, der für den Mord verantwortlich ist, auf Meltdown war. Er ist völlig ausgerastet und er war nicht der Einzige. Den französischen Behörden ist es glücklicherweise gelungen, die Verbindung mit Meltdown vor der Presse geheim zu halten, aber lange kann es nicht mehr dauern. Die unverantwortlichen Mistkerle, die diese monströse Droge geschaffen haben, müssen schnellstens gestoppt werden – mir sitzen die Europäer im Nacken: Sie wollen, dass wir die Produktion von Meltdown stoppen, und zwar sofort.«

Er starrte die Zeitung an und las die Geschichte noch einmal. Danny nahm einen Schluck von der Cola Light vor ihm, während sie auf Dudleys weitere Erkenntnisse warteten.

Danny hatte sich daran gewöhnt zu warten, nachdem er

erst einmal herausgefunden hatte, dass der Job nicht immer so aufregend war, wie die Leute sich das vorstellten. Er hatte Tage damit zugebracht, den protzigen Glaspalast mit Blick aufs Wasser zu überwachen, in dem sich die Penthouse-Wohnung der Zwillinge befand.

Sobald die Zwillinge die Wohnung verließen, mussten Danny und die anderen ihnen in ihren Wagen folgen. Doch bislang hatten die Zwillinge nur gelegentlich Ausflüge zu ihrer Busgarage oder Besuche in den angesagten Restaurants und Klubs von Manchester gemacht. Es war langweilige, routinemäßige Überwachungsarbeit – die Fergus als »hektische Warteaktionen« bezeichnete, denn sie mussten schnell reagieren, nur um dann stundenlang darauf zu warten, dass etwas passierte.

Doch Danny hatte – ungeduldig wie immer – genug vom Warten. Er beschwerte sich bei seinem Großvater, er wollte mehr Action und hatte völlig überraschend für ihn sogar das Okay dafür bekommen. Fergus war, nachdem er für die Zwillinge zu arbeiten begonnen hatte, aus dem sicheren Haus in ein teures Hotel umgezogen und berechnete ihnen die vollen Kosten für seine Luxusunterkunft.

Durch die Presse wussten Teddy und Will von Danny, daher gab es keine Diskussionen, als Fergus ihnen sagte, dass er Unterstützung brauchte und seinen Enkel mitbringen würde.

Auch Danny zog ins Hotel und hatte in den letzten beiden Tagen unter dem Vorwand, dass möglicherweise jemand aus dem Geschäft selbst in die Sabotage und den Vandalismus verwickelt sein könnte, das Büro untersucht.

»Und du, Danny?«, wandte sich Dudley an ihn. »Was ist mit dem Büro?«

Danny zuckte mit den Schultern. »Nichts. Ich habe die

Telefonaufzeichnungen durchgesehen, die Briefe, alles – jeden Fetzen Papier, der mir in die Finger fiel. Die Zwillinge waren zwar nicht da, aber es ist immer jemand da, der mich beobachtet.«

Dudley starrte finster in seinen Tee, überlegte kurz, ob er einen Schluck von der lauwarmen Flüssigkeit riskieren sollte, die erbärmlich schwach wirkte, obwohl der Teebeutel noch schlapp obenauf schwamm, entschied sich dann aber dagegen. Wieder blickte er Fergus an. »Was schlagen Sie also als Nächstes vor? Sie haben mich doch nicht in diesen Feinschmeckertempel beordert, nur um mir eine Tasse Tee zu spendieren?«

Fergus lächelte schwach. »Ich möchte Ihr Okay für ein aggressiveres Vorgehen.«

Dudley hob leicht die Augenbrauen. »Inwiefern?«

»Die Zwillinge vermuten, dass eine der Gangs von Manchester versucht, sich in ihr legales Geschäft zu drängen.«

»Das habe ich in Ihren Berichten gelesen.«

»Nun, ich möchte einen der Gang-Bosse wirklich ins Spiel bringen. Ich sage ihm, wo das Meltdown herkommt. Er ist ein richtig übler Kerl, und wenn ich es richtig anstelle, wird er das Geschäft selbst machen wollen.«

»Und was genau wollen Sie damit erreichen?«

»Er wird den Jungs echt Angst machen. Die haben nur eine große Klappe und nichts dahinter. Wenn sie erst mal glauben, dass alle hinter ihrem geliebten Meltdown her sind und nicht hinter ihrem kleinen Reiseunternehmen, werden sie erkennen, dass sie mich noch dringender brauchen. Ich werde sie aus der Scheiße holen, wenn der Gang-Boss kommt, um nach dem Meltdown zu suchen, und danach werden sie mich ins Vertrauen ziehen.« Fergus lehnte sich seufzend zurück. »Zumindest sieht so die Theorie aus.«

Dudley wirkte nicht wirklich überzeugt. »Und das ist alles?«

»Nein, nicht ganz«, erwiderte Fergus. »Da gibt es noch eine Freundin; sie heißt Storm.«

»Storm? Ist das etwa ein Name?«

Fergus zuckte die Achseln.

»Und wessen Freundin ist sie?«

»Von einem der Zwillinge. Ich bin mir nicht ganz sicher, von welchem.« Fergus wandte sich an Danny. »Er muss sie kennen lernen.«

»Was soll das heißen, kennen lernen?«, fragte Danny. »Ich kenne sie schon. Ich hab heute im Büro mit ihr gesprochen.«

»Und?«

»Na ja, sie ist ... in Ordnung. Scheint ganz nett zu sein.«

Fergus schüttelte seufzend den Kopf. »Mich interessiert nicht, ob sie nett ist. Ich will wissen, was sie weiß. Quatsch sie an; nutz deinen Charme.«

»Charme? Welchen Charme?«

»Besorg dir welchen!«, befahl Fergus. »Rede einfach mit ihr!«

Dudley sah zu den beiden Teenagern hinüber, die immer noch gelegentlich aufreizende Blicke in Dannys Richtung warfen. Er nickte ihnen zu und veranlasste Danny, sich zu ihnen umzudrehen. Eines der Mädchen lächelte und winkte, und Danny wandte sich schnell wieder um, knallrot vor Verlegenheit.

»Ich glaube kaum, dass sie mir oder deinem Großvater zulächeln«, bemerkte Dudley. »Sie scheinen dich ... interessant oder attraktiv zu finden. Vielleicht bist du es ja auch – ich kenne mich da nicht so aus –, aber für diese Storm solltest du dich besser interessant und attraktiv machen.«

Fergus bemerkte, dass Danny plötzlich unsicher wurde

und lachte: »Keine Sorge, Danny, du hast auf jeden Fall den besseren Job. Während du dich an Storm ranmachst, darf ich die Bekanntschaft von Mr Siddie Richards machen.«

8

An Siddie Richards war nichts, aber auch gar nichts gut. Er war schlecht. Und auch noch stolz darauf.

Den größten Teil seiner ersten zwanzig Lebensjahre als Erwachsener hatte er hinter Gittern verbracht, hauptsächlich wegen brutalster Gewaltverbrechen. Allerdings hatte er noch nie für die schwersten seiner Verbrechen gesessen, denn einen Mord hatte man Siddie bislang nicht anhängen können. Obwohl es mehr als einmal Grund dazu gegeben hätte.

Im Alter von vierzig Jahren wurde Siddie schließlich weise und entschied sich, die Gewaltverbrechen, für die er bekannt und gefürchtet war, fürderhin von anderen ausführen zu lassen. Fünf Jahre später leitete er eine der größten Verbrecherbanden von Manchester. Siddie ließ sich kaum etwas entgehen, was illegal und lukrativ war. Glücksspiel, Erpressung, Prostitution, Drogen – alles Geschäftszweige von Siddie Richards Unternehmen.

Siddie war eitel und arrogant. Er wurde es nie leid, sich immer und immer wieder alle Teile des *Paten* anzusehen. Er kannte alle Charaktere, jede Szene und buchstäblich jede Zeile, die er unermüdlich gegenüber seinen Untergebenen und seiner leidgeprüften Ehefrau Dawn zitierte.

Und wie sein Leinwandheld Don Corleone glaubte er an die alte Maxime von der »Ganovenehre«. Das hieß, er hielt sich an eine einfache Regel: Wenn er mit einem anderen Kriminellen Geschäfte machte, würde er ihn nie betrügen, solange ihn dieser nicht hinterging. Wenn das allerdings geschah, dann war die Rache schnell, gnadenlos und endgültig. Daher kam so etwas auch nicht vor. Niemals.

Fergus hatte nach ein paar Sauftouren mit einem von Siddies Henkern in einem Pub auf der Moss-Side von Manchester ein Treffen mit dem Boss verabredet. Es war relativ einfach gewesen. Fergus musste den Gangster nur glauben lassen, dass er möglicherweise wusste, wie man ins Meltdown-Drogengeschäft einsteigen konnte.

Unter seinem alten Decknamen »Frank Wilson« erzählte Fergus seinem Bandenkontakt, dass er die Drogenhersteller kannte und dass sie reif für eine Übernahme seien. Man bräuchte nur Muskeln und Organisation.

Die Antwort kam schnell: Siddie war bereit, sich mit »Frank Wilson« zu unterhalten.

Am nächsten Tag nahm sich Fergus ein Taxi nach Cheadle; wie die Zwillinge bevorzugte auch Siddie den Komfort seines Zuhauses für geschäftliche Besprechungen.

Das Haus war weit über eine Million wert und lag in einem Stadtviertel, das bei Top-Fußballern und anderen Promis hier im Nordwesten beliebt war. Fergus ließ sich vom Taxifahrer in der Nähe des Hauses absetzen und ging die letzten paar Hundert Meter zu Fuß.

Eine hohe Mauer und ein kunstvoll verziertes, großes, schmiedeeisernes Tor schützten das Grundstück. Fergus drückte auf den Knopf unter der Sprechanlage.

Die Stimme, die blechern aus dem Lautsprecher ertönte, war erstaunlich hoch und dünn. »Ja?«

»Frank Wilson.«

Mit einem leisen Klicken wurde der Mechanismus in Bewegung gesetzt, der die beiden Tore geräuschlos auseinandergleiten ließ. Fergus ging die Einfahrt hinauf, vorbei an gepflegten Rasenflächen mit großen Statuen von griechischen Göttern und Göttinnen. Das Haus war größtenteils im neogotischen Stil errichtet, mit schweren schwarzen Balken und bleiverglasten Fenstern, doch auch ein paar andere Baustile schienen nach Gutdünken miteinbezogen worden zu sein.

Die breite eichene Haustür befand sich unter einem von Marmorsäulen getragenen Vordach. Als Fergus nach dem großen schwarzen Klopfer griff, schwang die Tür auf großen Angeln zurück, und er konnte einen ersten Blick aus der Nähe auf Siddie Richards werfen.

Es war kein schöner Anblick. Er erinnerte Fergus an einen Pitbull, wirkte allerdings wesentlich unsympathischer. Nicht sonderlich groß – vielleicht einsfünfundsiebzig oder einsachtzig – breit gebaut und untersetzt, fast halslos und mit einem kantigen, kahlgeschorenen Schädel. Von seiner rechten Augenbraue zog sich eine alte Kampfnarbe wulstig bis unter das rechte Ohr.

Siddie würde keine Schönheitswettbewerbe gewinnen, und die hohe Stimme, mit der er Fergus ansprach, passte überhaupt nicht zu seinem Aussehen.

»Mr Wilson«, sagte er und streckte seine rechte Hand aus.

»Bitte nennen Sie mich Frank«, antwortete Fergus und schüttelte die feisten Finger, die seine Hand fest umklammert hielten.

»Siddie. Wir gehen in mein Arbeitszimmer.«

Fergus folgte Siddie über einen glänzenden Parkettboden vorbei an bunt zusammengewürfelten Pseudo-Stilmöbeln, die Siddie gerne als »Louis irgendwas« bezeichnete.

Neben der offenen Küchentür stand ein riesiger Kerl, dessen gut und gerne hundertzwanzig Kilo zum größten Teil aus Muskeln zu bestehen schienen. Hinter ihm tauchte ein noch größerer Mann auf, der im Gegensatz dazu reine Fettmasse war und die Tür vollkommen ausfüllte. Keiner der beiden nahm Notiz von Fergus, als er sie ansah.

»Alles klar, Boss?«, fragte Muskelmann, als Siddie vorbeiging.

»Ja. Ich bin in einer Besprechung. Keine Störung.«

Der Boss führte Fergus in einen Raum, an dem an zwei Wänden deckenhohe Bücherregale standen. Sie waren mit ordentlich sortierten roten Lederbänden gefüllt.

Siddie ließ sich hinter einem großen Eichenschreibtisch auf einen Ledersessel fallen und bedeutete Fergus, auf dem kleineren Stuhl vor ihm Platz zu nehmen.

»Sie müssen sehr belesen sein«, bemerkte Fergus, als er sich setzte.

»Hab noch keins davon in der Hand gehabt«, erwiderte Siddie und sah sein Gegenüber aus seinen kleinen Augen abschätzend an. »Meine Frau Dawn hat sie irgendwo gekauft, wo sie Bücher passend zur Farbgestaltung des Raumes machen. Sie glaubt, es verleiht dem Haus mehr Klasse, aber sie liest selber auch nicht.« Er sah zu einem kleinen runden Tisch hinüber, auf dem Flaschen und volle Kristallkaraffen dicht gedrängt zusammenstanden. »Ein Drink?«

Fergus schüttelte den Kopf.

»Gut«, befand Siddie. »Dann lassen Sie uns zum Geschäft kommen.«

Was Siddie Richards an gutem Aussehen fehlte, besaß Storm Karlsson im Überfluss. Sie sah umwerfend aus. Knapp einssiebzig, schlank, aschblondes, schulterlanges Haar, blaue Augen und hohe Wangenknochen.

Storm war eine neunzehnjährige Schönheit und das wusste sie auch. Und wie Danny gesagt hatte, sie war »nett«. Freundlich. Fröhlich. Die Zwillinge hatten sie für das Reiseunternehmen angeworben, weil sie gut fürs Geschäft war: Sie konnte angegrauten, bierbäuchigen Geschäftsmännern einreden, dass sie der Traum jedes schönen Mädchens waren.

Wenn Storm nicht gerade für die Zwillinge Kontakte knüpfte oder pflegte, verbrachte sie ihre Arbeitszeit damit, zwischen der Wohnung und dem Büro bei der Garage hin und her zu fahren, gelegentlich auch ans Telefon zu gehen, doch soweit Danny es sehen konnte, hauptsächlich damit, Papiere von einem Aktenschrank in den anderen zu tragen.

Danny saß am Schreibtisch im Büro und ging angeblich die Telefonlisten durch. Er beobachtete, wie Storm ein weiteres Blatt Papier in eine Akte heftete und mit der erfolgreichen Erledigung dieser Arbeit offenbar sehr zufrieden war.

Sie trug ein schwarzes Kostüm mit einem Rock, der kurz über dem Knie endete. Sie sah toll aus – vielleicht ein klein wenig zu elegant für das unordentliche, schäbige Büro, aber Storm spielte die Rolle der persönlichen Assistentin, also zog sie sich auch dementsprechend an.

Danny holte tief Luft und dachte noch einmal über den Befehl seines Großvaters nach, sie »anzuquatschen«.

Er hatte nicht damit gerechnet, dass auch das zum Job gehörte. Schauspielern. Eine Rolle spielen. Fergus tat es bei Siddie Richards; jetzt lag es an ihm, genauso überzeugend zu sein. Allerdings war Siddie Richards ein fetter, hässlicher Schurke und Storm eine wunderschöne junge Frau. Danny holte erneut tief Luft und sagte sich, dass das seine Aufgabe sei, die er gefälligst zu erledigen hatte.

»Arbeitest du schon lange hier?«

Das war weder die originellste noch die überzeugendste Art der Anmache, aber Storm wandte sich vom Aktenschrank um und schenkte ihm ein strahlendes Lächeln. Sie musste offenbar erst über die Frage nachdenken, bevor sie antwortete. »Etwa acht Monate, glaube ich. Die Zeit vergeht so schnell, nicht wahr?«

Storm sprach mit einem deutlichen Akzent aus der Gegend um London. Und da Danny verzweifelt nach einem passenden Gesprächsthema suchte, griff er das auf. »Du kommst nicht von hier, oder?«

Noch ein Satz aus dem Guiness-Buch der schlechtesten Anmache, aber Storm schien das nicht zu stören.

»Ich bin eigentlich nirgendwo her. Meine Mutter kam aus Schweden, sie ist gestorben, als ich noch ganz klein war. Mein Vater hat immer im Ausland gearbeitet – er ist ständig unterwegs, daher sehe ich ihn kaum. Jedenfalls hat er mich nach England aufs Internat geschickt, damit ich eine anständige Ausbildung bekomme.«

»Dann willst du also studieren?«, erkundigte sich Danny.

Storm lachte.

»Nein. Meine A-Levels habe ich in Modedesign und Medien gemacht. Mein Vater hätte es gerne gesehen, wenn ich etwas akademischere Fächer gewählt hätte und dann auf die Uni gegangen wäre. Aber das ist nicht mein Ding, und um ehrlich zu sein, war ich auch nicht schlau genug dafür.« Sie lächelte. »Dieses akademische Zeug ist so langweilig!«

Danny nickte, er musste an seine eigene Schulzeit denken. Er hatte sich in der Oberstufe ganz gut gemacht, aber das Leben mit Fergus auf der Flucht bedeutete, dass er es nie bis zum Abschluss geschafft hatte.

»Ich bin ungefähr vor einem Jahr nach Manchester gekommen«, fuhr Storm fort. Danny hatte Glück, offensichtlich zog sie das Plaudern dem Papiersortieren vor.

»Warum ausgerechnet Manchester?«

»Wegen eines Jobs. Ich wollte in die Modebranche. Du

weißt schon – im Einkauf.« Sie zuckte mit den Schultern. »Im Prinzip war ich nur eine bessere Verkäuferin.«

Für Danny lief es gut, er hatte seine nächste Frage parat. »Und wie bist du an den Job hier gekommen? Ich kann mir nicht vorstellen, dass du dich im Arbeitsamt angestellt hast.«

Storm sah ihm lächelnd in die Augen und setzte sich geziert auf die Ecke seines Schreibtischs.

»Nein, ich hab die Zwillinge in einem Nachtklub kennengelernt. Wir haben uns unterhalten und dann … na ja, dann hab ich mich mit den beiden getroffen.«

»Mit den beiden?« Danny hob die Augenbrauen.

»Hmm«, nickte Storm nachdenklich und betrachtete die Skyline der Stadt vor dem Fenster. »Die Zwillinge machen alles gemeinsam.«

Sie sah wieder zu Danny, dem fast die Augen aus dem Kopf sprangen.

»Oh nein«, sagte sie schnell. »Das doch nicht. Ich … na ja, ich weiß nicht. Wir drei sind nur Freunde.«

»Oh«, erwiderte Danny. »Aber ich dachte, du und …«

»Das glauben alle. Ich zuerst auch. Ich dachte, ich ginge vielleicht mit Teddy, weil ich zuerst mit ihm gesprochen hatte. Dann habe ich geglaubt, ich hätte mich geirrt, und Will wäre an mir interessiert.«

»Und war er es nicht?«

»Ich weiß es nicht. Eigentlich bin ich mir überhaupt nicht sicher, ob die Zwillinge …« Sie hielt kurz inne. »Es ist so, sie sind richtig eifersüchtig. Wenn mich im Klub jemand anspricht, gefällt ihnen das gar nicht.«

»Und das macht dir nichts aus? Dass sie so besitzergreifend sind?«

»Eigentlich nicht. Sie sind wie zwei große Brüder für mich. Und ich mag sie, ich mag sie wirklich. Außerdem liebe ich diesen Job. Ich werde gut bezahlt und muss nicht viel arbeiten. Und ich sehe alle möglichen interessanten Orte.«

Sie kam Danny auf dem Schreibtisch ein wenig näher. Nah genug, dass er ihr teures Parfum riechen konnte. Sie betrachtete ihn nun ein wenig genauer, anders, abschätzend, als sähe sie ihn zum ersten Mal.

»Was ist mit dir?«, fragte sie leise. »Will hat mir erzählt, dass dein Großvater eine Art Held ist und dass du auch schon total mutige Sachen gemacht hast.«

Danny zuckte mit den Achseln. »Das war nur das, was wir eben tun mussten. Ich darf nicht darüber sprechen.«

Storm schenkte ihm ein weiteres strahlendes Lächeln. »Du bist so bescheiden. Das gefällt mir. Die Zwillinge prahlen viel rum – das ist nicht schön. Und sie lassen ein paar echte Widerlinge für sich arbeiten.«

»Ja, das hab ich gesehen.«

»Aber du scheinst…«

Schwere Schritte erklangen auf der Metalltreppe, die von außen zum Büro führte, und Storm glitt schnell vom Schreibtisch herab und zurück zum Aktenschrank.

Die Tür ging auf und ein junger Mann um die zwanzig trat ein. Er war untersetzt und trug die Haare kurz geschoren. Die tief umrandeten Augen in seinem aufgedunsenen, bleichen Gesicht nahmen einen fast wilden Ausdruck an, als er sie auf Danny richtete.

»Oh«, sagte Storm, als sie den Neuankömmling erkannte. »Da bist du ja endlich wieder. Aber so ganz gesund siehst du immer noch nicht aus.«

Der junge Mann hatte offensichtlich damit gerechnet, Storm allein vorzufinden. Er starrte Danny an. »Wer ist das? Was macht er hier?«

»Das ist Danny«, erklärte Storm und konzentrierte sich ein

wenig zu intensiv auf die Akten, um überzeugend zu wirken. »Er arbeitet hier.«

»Ach ja? Davon hat mir keiner was gesagt«, erwiderte er und ging zu ihr hinüber. Danny bemerkte, dass er ihr für ihren Geschmack zu nahe kam und ihr forschend ins Gesicht sah.

Storm wich aus. »Du warst ja nicht da«, sagte sie, ohne ihn anzusehen, und wandte sich an Danny. »Danny, das ist Albie; er arbeitet auch für die Zwillinge. Aber er war krank.«

Danny stand auf und nickte Albie zu. »Alles klar?«

Albie ignorierte ihn und wandte sich wieder Storm zu. »Jetzt geht es mir wieder ganz gut. Viel besser.« Er legte ihr die Hand auf die Schulter. »Ich dachte, wir könnten einen Kaffee trinken gehen oder so und uns unterhalten.«

Storm schüttelte seine Hand ab und nahm ein Blatt Papier vom Aktenschrank. »Ich habe viel zu tun, Albie. Tut mir leid. Vielleicht ein anderes Mal.«

Albie kam ihr noch näher. Viel zu nahe. Sein Gesicht berührte das von Storm fast, als er sagte: »Du kannst doch eine Pause machen, oder? Das darfst du doch. Komm doch mit auf einen Kaffee.«

Storm wich ihm aus und Danny trat rasch direkt hinter Albie. »Sie hat dir doch gesagt, dass sie zu tun hat, also lass es doch einfach.«

Albie wirbelte blitzschnell herum und funkelte Danny an. »Was zum Teufel geht dich das an?«, schrie er.

Danny bemerkte die geballten Fäuste, den wilden Blick und die Schweißperlen auf Albies Stirn. Sein Puls erhöhte sich, doch seine Stimme blieb ruhig. »Geh zurück«, verlangte er leise.

Einen Augenblick lang hatte es den Anschein, als wolle sich Albie auf Danny stürzen. Doch er tat es nicht. Er blickte wieder zu Storm, doch dann ging er hinaus, knallte die Tür hinter sich zu, und sie hörten ihn die Treppe herunterpoltern.

Danny sah Storm mit hochgezogenen Augenbrauen an. »Netter Kerl.«

Storms hübsches Gesicht war wesentlich blasser als sonst. Ihr Mund zitterte kurz, dann holte sie tief Luft und sah Danny dankbar an.

»Er ist ein Ekel«, bemerkte sie. »Und ich glaube nicht, dass es ihm besser geht. Er ist eher noch schlimmer drauf als sonst. Die Zwillinge halten ihn für nützlich, aber ...« Sie hielt inne, trat auf ihn zu und gab ihm einen Kuss auf die Wange.

»Mein Held«, sagte sie herzlich. »Vielen Dank.«

Danny zuckte lächelnd mit den Schultern. »Keine Ursache.« Vielleicht war seine Anmache nicht perfekt, aber Danny schätzte, dass er durchaus Fortschritte machte.

Fergus und Siddie hatten ihr Geschäft abgeschlossen.

Es war ein ganz einfacher Deal. Im Gegenzug für die »todsichere« Information, dass die Headingham-Zwillinge die Hersteller und Vertreiber von Meltdown waren, verließ »Frankie« das Haus mit fünftausend Pfund in gebrauchten Zwanzigern als Anzahlung. Sobald Siddie und seine Jungs das Geschäft übernommen hatten, würde Frankie noch einmal fünfzigtausend erhalten. In bar. Frankie hatte Siddie eine Handynummer gegeben, unter der er erreichbar war, wenn alles vorbei war.

Das war's. Geschäft erledigt. Frankie hatte Siddie alles geliefert, was er brauchte: eine Beschreibung der Zwillinge, ihre Adresse und ein paar Angaben über ihr tägliches Kommen und Gehen. Wo die Drogen hergestellt wurden, konnte er ihm nicht sagen, weil er es nicht wusste, aber Siddie war mehr als zuversichtlich, dass er das selbst herausfinden konnte. Er würde den Zwillingen einfach ein Angebot machen, das sie nicht ablehnen konnten.

Siddie hatte Frankie aufmerksam zugehört, als er ihm ausführlich von Teddy und Will Headingham berichtete und am Ende angewidert den Kopf geschüttelt. »Wer hätte das gedacht, he? Diese privilegierten Kinder, sie haben alles. Teure Erziehung, Universität, alles. Und was machen sie damit?«

Er hatte in die Schublade gegriffen und ein Bündel Banknoten herausgeholt, zusammengehalten von einem dicken Gummiband. »Sie wenden sich dem Verbrechen zu, das tun sie. Das ist einfach nicht gerecht. Aber so funktioniert unsere Welt nun mal, was, Frankie? Es ist definitiv nicht gerecht.«

Fergus zählte das Geld nicht, das Siddie ihm hinüberschob. Er wusste, dass es nicht notwendig war.

Als Siddie ihn zur Tür begleitete und ihm die Hand gab, ließ er sie dieses Mal nicht gleich wieder los.

»Ich bin sicher, Sie haben gehört, wie ich meine Geschäfte abzuwickeln pflege«, meinte er ruhig mit einem tiefen Blick in Fergus' Augen. »Das hier scheint ein sehr lukrativer Deal für uns beide zu sein. Aber …« Er ließ dieses »aber« drohend in der Luft schweben, bevor er fortfuhr: »… falls das eine Lüge sein sollte oder Sie sonst irgendwie versuchen, mich hereinzulegen, dann werde ich Sie finden, Frankie, oder wie immer Ihr Name ist, denn das ist mir ehrlich gesagt scheißegal. Und wenn ich Sie finde – und das werde ich –, dann ist es scheißegal, wie Sie heißen. Denn dann sind Sie tot. *Capisce*?«

9

Die Uhr am Armaturenbrett von Lees Mondeo blinkte, als sie auf 20:47 Uhr sprang.

Danny war tief in den Beifahrersitz gesunken und schob den Einschaltknopf an der Seite der Taser-Betäubungspistole vor. Eine Taser schoss 100 000 Watt in einen Körper, wenn man sie dagegenhielt, das reichte aus, um ein kleines Pferd auf der Stelle niederzustrecken.

Während seiner Ausbildung hatte Danny sich mit unterschiedlichen lang- und kurzläufigen Waffen vertraut gemacht, doch die Taser fühlte sich schwer und ungewohnt an.

In der letzten Stunde hatte es angefangen zu nieseln, die Straße und die geparkten Autos waren nass und glänzten im Licht der Straßenbeleuchtung. Es war ein leichter, aber steter Regen, der die meisten Fußgänger von der Straße fern hielt.

Danny seufzte. »Ich glaube, sie steht auf mich.«

»Wer?«

»Storm, die blonde Granate.«

Lee zog die Augenbrauen hoch und dachte an die Überwachungsfotos, die er zu Beginn der Operation von Storm geschossen hatte. Der Spitzname »blonde Granate« war seine Idee gewesen. Er passte perfekt zu ihr.

»Und wie kommst du darauf?«, fragte er und sah Danny an.

»Keine Ahnung. Wie sie mich ansieht. Und lächelt.«

»Ja, kann ich mir vorstellen. Aber lass dich nicht zu sehr hinreißen – du hast einen Job zu erledigen, Dannyboy.«

»Weiß ich. Mach ich auch. Ich versuche nur, sie näher kennenzulernen, wie mein Großvater gesagt hat.«

»Hör zu, Danny«, meinte Lee in ernsterem Tonfall. »Lass dir einen Rat geben …«

»Ja, ja, ich weiß schon: nie Arbeit und Vergnügen durcheinanderbringen. Mach ich auch nicht.«

»Schön zu wissen«, sagte Lee. »Wenn du dich mit Frauen einlässt während eines Jobs, bringt dich das nur durcheinander. Frauen sind schlau, weißt du.«

Danny lachte: »Dann bist du also ein Experte auf dem Gebiet Frauen, ja?«

»Ich nicht, Alter. Da solltest du lieber mal mit Phil reden – er war dreimal verheiratet.«

»Echt?«

Lee nickte. »Aber die letzte hat ihn schon vor drei Jahren verlassen, also kann er auch nicht wirklich ein Fachmann sein.«

»Woher weißt du das alles?«

»Seit du deinen kuscheligen Bürojob hast, verbringe ich eine Menge Zeit mit Phil. Du darfst deine Freundin anmachen, in einem warmen Büro sitzen, gelegentlich mit etwas Papier rascheln und viermal täglich lächerlichen Cappuccino trinken, während wir die Routineüberwachung machen. Findest du das fair?«

Danny grinste. Er war froh, wieder mit Lee zusammenzuarbeiten. Aber am heutigen Abend lag keine Routinearbeit vor ihnen. Sie erwarteten, dass Mr Siddie Richards der Residenz der Headinghams einen Besuch abstattete.

Es war Mittwochabend, und das war normalerweise der einzige Abend, an dem sich die Zwillinge trennten und abwechselnd ihre verwitwete Mutter besuchten. Wenn sie nicht gerade auf einer ihrer Auslandsreisen waren, wollte die ihre geliebten Söhne gerne einzeln sehen, damit sie sich jedem für sich vollständig widmen konnte.

Fergus hatte Siddie von den wöchentlichen Ausflügen erzählt und rechnete damit, dass der Gang-Boss sich den Mittwoch aussuchen würde, um dem allein gebliebenen Zwilling sein Angebot zu unterbreiten, das dieser nicht ablehnen konnte.

Lee spähte durch die verschwommene Windschutzscheibe und fragte Danny: »Was machst du, wenn das hier vorbei ist?«

Danny zuckte mit den Achseln. »Keine Ahnung. Hab noch nicht viel darüber nachgedacht.«

»Du solltest zu uns zum MI5 in den Inlandsgeheimdienst kommen. Ich könnte dir ein Empfehlungsschreiben ausstellen. Oder vielleicht schlägst du dich ja auch auf die dunkle Seite und machst den ganzen militärischen SAS-Quatsch wie Phil und dein Großvater.«

Danny sah Lee an. Er hatte ihn über sein Leben beim MI5 ausgefragt, und obwohl Lee nicht viel erzählt hatte, hatte er doch den Eindruck gewonnen, dass ihm seine Arbeit Spaß machte. Gerade wollte er antworten, als sein Blick auf die Straße vor ihnen fiel und er plötzlich innehielt und auf den Sendeknopf in der Gangschaltung des Mondeo drückte.

»Stand by! Stand by! Grauer Jaguar, vier Häuser weiter, nähert sich dem Gebäude. Fergus, bitte bestätigen.«

Sofort erklang Fergus' Stimme.

»Roger.«

»Phil, bitte bestätigen.«

Phil antwortete ebenso schnell.

»Roger.«

Der Jaguar hielt am Bordstein kurz hinter dem Gebäude und Danny und Lee rutschten noch tiefer in ihre Sitze.

Lee zeigte sich beeindruckt. »Gut gemacht, Mann. Das Empfehlungsschreiben kriegst du.«

Danny hatte nicht einmal Zeit, ihm dankbar zuzunicken.

»Fahrzeug steht vor dem Gebäude. Warten … warten … Motor läuft noch, Licht an … warten.«

Ein paar Minuten lang ließ der Fahrer des Jaguars den Motor laufen.

»Keine Veränderung … warten …«

Dann öffneten sich zwei Türen, eine vorne und eine hinten.

»Stand by, stand by. Zwei mögliche X-Rays verlassen den Wagen. Einer fett, einer nur kräftig. Beide schwarzes Leder und Jeans. Keine Spur von X-Ray Eins. Beide zu Fuß zum Haus. Motor läuft noch, Licht noch an.«

Danny fluchte leise. Er wusste, dass sein Großvater Siddie selbst in der Wohnung brauchte. Aber er wusste auch, dass Fergus nicht in Panik geraten würde. Fergus geriet nie in Panik. Fergus improvisierte.

Danny funkte weiter.

»Zwei mögliche X-Rays im Gebäude. Was tun wir?«

Einen Augenblick später erklang Fergus' Befehl.

»Phil, näher an den Jag. Lee und Danny, ihr bleibt, wo ihr seid. Wartet auf weitere Instruktionen, wenn ich herausgefunden habe, was los ist. Ich geh zu Fuß zum Hintereingang des Gebäudes.«

10

Teddy Headingham wusste kaum, wie ihm geschah. Er genoss gerade das leichte Abendessen aus Rührei und Räucherlachs, das er sich selbst zubereitet hatte, als er plötzlich hörte, wie mit lautem Krachen die verschlossene Wohnungstür aufgebrochen wurde, und zwei der furchterregendsten Männer hereinstürmten, die er je gesehen hatte.

Er hatte keine Zeit zu reagieren, sein Handy zu nehmen, zu rufen oder auch nur Messer und Gabel, die er noch in den Händen hielt, zu seiner Verteidigung zu benutzen. Er blieb einfach erstarrt sitzen, als der erste Mann ausholte und ihm in sein hübsches Gesicht schlug, sodass er krachend vom Stuhl auf den Teppich fiel.

Blut strömte Teddy aus der Nase, während sein ungebetener Gast sich ihm auf die Brust setzte und ihn auf den Boden drückte, sodass er sich nicht mehr bewegen konnte. Teddy hatte auch nicht die Absicht, sich zu bewegen. Er sah zu Muskelmann auf, der ihn anstarrte und ihm seinen üblen, nach Tabak und Alkohol riechenden Atem ins Gesicht blies.

»Nicht bewegen, nicht schreien, du sagst kein einziges Wort, bis ich es dir erlaube, klar?«

Teddy konnte nur entsetzt nicken und versuchte, nicht an dem Blut zu ersticken, das ihm von der zerrissenen Lippe in die Kehle lief.

Das bloße Gewicht von Muskelmanns Körper stellte schon sicher, dass sich sein Opfer keinen Zentimeter bewegen konnte. Aber um ganz sicherzugehen, dass er sich auch vollkommen kooperativ verhielt, öffnete Muskelmann eine seiner riesigen Fäuste und schlug Teddy so hart, dass ihm der Kopf zur Seite flog und ihm die Tränen in die Augen traten.

Teddy schnappte nach Luft, schrie aber nicht auf.

Muskelmann gab ihm das Blut, das auf den Ärmel seiner Lederjacke gespritzt war, wieder, indem er ihn an Teddys Hemd abwischte.

»Guter Junge«, lächelte er. »Gut gemacht. Ich freue mich, dass wir uns verstehen.«

In einer Steckdose in einer Ecke des Zimmers übertrug ein Stecker-Adapter, den Fergus zuvor in der Wohnung der Zwillinge installiert hatte, jedes Detail von Teddys Qual. Im Adapter befand sich eine winzige Wanze – ein Mikrofon und ein Sender, der Strom hatte, wenn der Adapter eingesteckt war.

Danny zuckte draußen im Mondeo zusammen, als er hörte, wie Teddy geschlagen wurde.

Lee bemerkte seine Grimasse. »Das gehört zum Job, Mann – lass dich davon nicht beeindrucken. Konzentrier dich lieber auf das, was wir zu tun haben.«

Phil hatte seinen Opel dichter am Haus und Siddie Richards Jaguar geparkt, um sofort eingreifen zu können, sobald er den Befehl dazu erhielt. Er nickte, als er hörte, wie Teddy einen weiteren freundschaftlichen Klaps bekam. Endlich begann es interessant zu werden.

Fergus näherte sich dem Hintereingang. Schon am Nachmittag hatte er das Schloss zu dieser Tür auf der Rückseite des Gebäudes abgeklebt. Während er durch seinen Kopfhörer der einseitigen Unterhaltung lauschte, hoffte er, dass Siddie seine Jungs nicht angewiesen hatte, Teddy umzubringen, falls er nicht perfekt spurte. Es schien ihm unwahrscheinlich – schließlich wollten sie Informationen von Teddy –, aber bei einem Monster wie Siddie Richards konnte man nie ganz sicher sein.

Und für Fergus war es wichtig, dass Siddie in der Wohnung auftauchte. Er musste noch ein wenig warten.

In den nächsten Minuten lauschten sie alle, während erst der eine und dann der andere Schläger seine bevorzugte Foltertechnik bei Teddy anwandte, um ihn weich zu klopfen. Teddy schrie wie noch nie in seinem Leben vor Schmerz.

Fettklops schien weniger körperlich vorzugehen als Muskelmann, aber dafür besaß er spezielles Werkzeug. Aus seiner hinteren Hosentasche zog er eine große Zange. »Schöne Zähne hast du«, grinste er Teddy an. »Lass uns mal sehen, wie du ohne die Schneidezähne aussiehst.«

»Moment mal«, fiel Muskelmann ein. »Wenn wir so weitermachen, ist er bald tot. Aber das wollen wir nicht. Jedenfalls jetzt noch nicht.«

Er zog ein Handy aus der Tasche seiner Bomberjacke und wählte eine Nummer.

Eine dünne Stimme antwortete: »Ja?«

»Er ist bereit.«

Siddie überlegte einen Augenblick. »Hoffentlich habt ihr nicht die Haustür eingeschlagen. Ich will nicht, dass ein Einbruch gemeldet wird.«

Muskelmann klang geradezu beleidigt, dass man seine Professionalität anzweifelte. »Natürlich nicht! Ich habe es richtig gemacht. Mit dem Code, den ich Ihnen gegeben habe.«

Auch er war schon im Laufe des Tages am Haus gewesen

und hatte schnell den vierstelligen Zahlencode herausgefunden, mit dem das elektronische Schloss an der Eingangstür gesichert war. Es war leicht, eine Technik, die er sich schon als Jugendlicher angeeignet hatte, als er Leuten über die Schulter sah, wenn sie am Geldautomaten standen, bevor er sie überfiel und ihnen ihre Karte stahl.

Diesmal hatte er lediglich eine Frau angelächelt, beobachtet, wie sie die Zahlen eingab, war ihr ins Gebäude gefolgt und sogar mit ihr in den Aufzug gestiegen. Er hatte gewartet, bis sie ihr Stockwerk gewählt hatte und dann auf den Knopf darunter gedrückt. Er hatte ihr zugenickt und war mit der Nummer im Kopf zu Siddie zurückgegangen. Muskelmann konnte sich gut Zahlen merken.

Siddie schien zufrieden. »Ich komme rein.«

Muskelmann legte auf und lächelte Teddy an. »Jetzt tut's gleich richtig weh.«

Vor dem Gebäude öffnete sich die hintere Tür des Jaguars und Siddie Richards stieg mit einem Baseballschläger aus. Er hatte das Gewicht und das Gefühl eines Baseballschlägers als Massenvernichtungswaffe schon immer sehr geschätzt.

Danny drückte auf den Sendeknopf.

»Stand by, stand by! Motor und Licht aus. Warten… warten… X-Ray aus dem Jaguar gestiegen, nähert sich dem Haus mit einem Baseballschläger.«

Fergus stieg die Betontreppe hinauf, die normalerweise von den Reinigungskräften benutzt wurde. Er drückte auf den Sendeknopf, der an einem Draht aus seinem Jackenärmel hing.

»Phil, du kümmerst dich um den Fahrer. Danny, Lee, wenn die zwei Schläger aus der Wohnung kommen, gehören sie euch. Ich nehme jetzt den Kopfhörer raus, ich will nicht, dass Teddy ihn sieht.«

Fergus nahm den Kopfhörer aus dem Ohr und steckte ihn ein. Immer drei Treppenstufen auf einmal nehmend, zog er eine gedämpfte Welrod aus dem Gürtel und machte sie schussbereit, indem er den Sicherungshebel von rechts nach links schob.

Die Welrod, entwickelt im Zweiten Weltkrieg, sah aus wie ein etwa zwanzig Zentimeter langes Rohr mit einem Pistolengriff darunter und war die ultimative schallgedämpfte Waffe, weil beim Abfeuern des Unterschallgeschosses nicht einmal das scharrende Geräusch von Metall auf Metall zu hören war.

Siddie gelangte mit dem Code in den Empfangsbereich des Wohnhauses. Von dort aus nahm er die Treppe – die Haupttreppe mit einem dicken Teppich und moderner Kunst an den Wänden –, da er davon ausging, dass es nicht gut war, wenn man ihn im Aufzug in Gesellschaft eines Baseballschlägers sah.

Phil war bereits aus dem Opel ausgestiegen. Er nahm ein Päckchen Zigaretten aus der Tasche und steckte sich eine davon zwischen die Lippen.

Unauffällig schlenderte er zum Jaguar und klopfte ans Fahrerfenster. Als sich der Mann hinter dem Steuer zu ihm umwandte, zeigte Phil lächelnd auf die kalte Zigarette in seinem Mund. Der Fahrer lächelte nicht zurück, sondern wandte sich ab.

Phil klopfte erneut, und diesmal glitt das Fenster elektrisch herunter, und der Fahrer sah ihn böse an.

»Verpiss dich!«

Phil tat beleidigt. »Ich will doch nur Feuer, Mann.«

»Hab ich nicht. Und jetzt verpiss dich, bevor ich sauer werde.«

Phils rechte Hand steckte in seiner Jackentasche. Bevor

der Fahrer auch nur noch ein Wort sagen konnte, zog Phil sie blitzschnell heraus und knallte ihm die beiden Stahlläufe der Taser in die Schulter. Der Fahrer hatte keine Chance zu reagieren, er zucke nur unkontrolliert, als die Stromstöße knisterten. Phil gab ihm fünf Sekunden lang 100 000 Watt, woraufhin der Mann auf den Beifahrersitz kippte.

Phil öffnete die Tür und hob den bewusstlosen Fahrer wieder in eine sitzende Position. Die Taser sollte betäuben, nicht töten, sie hatte eine hohe Wattzahl, aber nur wenig Ampere. Doch um sicher zu sein, dass der Fahrer ausgeschaltet war, bis die ganze Operation vorbei war, versetzte ihm Phil einen weiteren fünf Sekunden langen Stromstoß, bevor er die Tür schloss und in Erwartung weiterer Anweisungen vom Jaguar weg in den Schatten zurücktrat.

11

Siddie war im obersten Stockwerk des Gebäudes angekommen. Der lange Aufstieg die Treppe hinauf hatte nicht gerade dazu beigetragen, seine Laune zu verbessern, die ohnehin stets kurz vor der Explosion stand.

Fergus beobachtete im gleichen Stockwerk durch den Spalt der Tür zur Hintertreppe, wie Siddie an ihm vorbeiging. Er wartete ab.

Als Siddie die Wohnung betrat, hatten seine beiden Schläger Teddy aufgesetzt und seinen zerschundenen Körper an eines der teuren, aber mittlerweile blutverschmierten Sofas gelehnt.

Teddys Gesicht war eine blutige Masse. Es würde einige Zeit dauern, bis seine Mama ihren Sohn wieder in voller Schönheit sehen würde – falls er überhaupt so lange lebte.

Siddie sah von Teddy zu seinen beiden Gorillas.

»Welcher ist das?«

Muskelmann und Fettklops sahen sich verdutzt an. Muskelmann zuckte mit den voluminösen Schultern. »Haben wir nicht gefragt.«

Siddie seufzte. »Geht und wartet im Auto, während ich mich unterhalte mit…?« Er wandte sich an den jungen Mann auf dem Boden und hob fragend eine Augenbraue.

Die blutverschmierte Gestalt auf dem Teppich schluckte eine Mischung von Blut und Schleim und brachte ein einziges Wort hervor: »Teddy.«

»Siddie Richards. Du hast vielleicht schon von mir gehört.«

Seinen beiden Schlägern rief er beim Hinausgehen nach: »Nehmt die Treppe! Und lasst die Bilder hängen!«

Das war genau, was Danny und Lee hören wollten – durch den Doppelstecker hatten sie jedes Wort verstanden, das Siddie gesprochen hatte.

Während Fergus die beiden Schläger die Treppe hinuntergehen sah, waren Danny und Lee bereits ausgestiegen und ins Gebäude gegangen, ebenfalls durch den Hintereingang. Im Eingangsbereich des Hauses holten sie die Taser aus der Tasche, bevor sie durch die Tür zur Haupttreppe traten.

Lee sah nach, ob Danny die Taser fest im Griff hatte, und wisperte ihm zu: »Alles in Ordnung?«

Danny nickte.

»Gut. Mach dir keine Sorgen, es geht schon gut. Du nimmst den Rechten. Pass auf. Nicht denken, einfach machen.«

Wieder nickte Danny, doch plötzlich wurde ihm der Mund trocken und die Hände feucht. Er wusste, warum Lee besorgt war und ihn zu beruhigen versuchte. Er würde zum ersten Mal jemanden angreifen, tatsächlich auf einen anderen Menschen losgehen. Bis zu diesem Moment war Danny immer nur in der Rolle des Angegriffenen gewesen und hatte nur gekämpft, um zu entkommen. Dieses Mal würde es völlig anders sein.

Siddie saß in einem Sessel neben Teddy, der immer noch am Sofa lehnte und sich mit einer Hand die Seite hielt. Er war sicher, dass mindestens eine Rippe gebrochen war.

Siddie spielte mit dem Baseballschläger, während er überlegte. Und als er sprach, versetzten seine Worte Teddy mehr in Angst und Schrecken als alle Schläge, Hiebe und Tritte, die er in den vergangenen fünfzehn Minuten erhalten hatte.

»Nun, ich sehe das so«, verkündete Siddie mit seiner schrillen Stimme. »Ihr habt ein Geschäft, das ich haben will. Ich mag es unkompliziert, Teddy, daher lasse ich dir die Wahl.«

Teddy stöhnte, er war jetzt davon überzeugt, dass er sterben musste.

»Ich könnte das hier sehr lange und schmerzhaft für dich machen, Teddy«, sagte Siddie, stand auf und ließ den Schläger sachte hin- und herschwingen, als ob er einen Wurf erwartete. »Aber dazu habe ich keine Lust mehr. Also sage ich dir, was ich tun werde. Ich fordere dich nur ein einziges Mal auf, mir zu sagen, was ich über Meltdown wissen muss: Wo ihr es herstellt, wie ihr es verkauft, vertreibt – alles. So weit verstanden, Teddy?«

Teddy nickte und zuckte dann zusammen.

»Das ist gut. Und du wirst mir alles erzählen. Klar? Denn wenn nicht, werde ich ein einziges Mal mit diesem Schläger zuschlagen. Es braucht nur einen einzigen Schlag seitlich gegen deinen Kopf. Dann bist du tot, Teddy. Aus. *Capisce*?«

Teddy schluckte schwer und nickte dann wieder.

Siddie zog den Schläger einmal durch, als ob er versuchte, einen Ball aus dem Stadion zu befördern. »Und wenn du tot bist, dann werde ich von deinem Bruder alles bekommen, was ich brauche. Zeit zu reden, Teddy. Und denk dran, du hast nur diese eine Chance.«

Teddy holte Luft und öffnete den Mund. Aber als er sah, wie Siddie den Baseballschläger fester hielt, verkrampfte sich seine Kehle, und er würgte.

»Na gut, Teddy, du hattest deine Chance …«

Teddy schnappte erschrocken nach Luft und versuchte erneut zu sprechen, dann weiteten sich seine Augen plötzlich, als er durch den Flur eine Gestalt hereinkommen sah.

Siddie sah, wie sein Opfer zur Seite blickte und wie ein winziger Hoffnungsschimmer in seinen Augen aufblitzte.

Er wirbelte herum und fasste den Baseballschläger fester, um sich dem zu stellen, der hinter ihm stand.

Fergus war kaum drei Meter entfernt und zielte mit erhobener Waffe auf Siddies Kopf.

Einen Augenblick lang sah Siddie völlig verwirrt drein.

Ein dumpfer Knall ertönte und er stolperte zurück, Blut spritzte wie aus einer Sprühdose aus seinem Hinterkopf, bevor seine Beine einknickten und er wie ein gesprengter Schornstein umkippte. Er prallte auf den Boden, zuckte noch einmal kurz mit beiden Beinen und lag dann still.

Fergus ging zu ihm und starrte die Leiche an. Siddies Augen standen weit offen.

In diesem Moment gab Teddys Blase plötzlich nach und er machte sich in die Hose. Er verspürte Scham, Entsetzen, Erleichterung, dass er noch am Leben war – und ein überwältigendes Gefühl der Dankbarkeit für den Mann, der ihm gerade das Leben gerettet hatte.

»Sie … Sie haben ihn erschossen«, murmelte er, als Fergus zu ihm trat.

Fergus zuckte mit den Schultern und versuchte seine Enttäuschung zu verbergen, dass er hatte einschreiten müssen, bevor Teddy irgendwelche Informationen über Meltdown herausrücken konnte. Er schob die Waffe wieder in den Gürtel. »Den wird keiner vermissen.«

12

Muskelmann und Fettklops unterhielten sich auf dem Weg nach unten angeregt miteinander. Sie hatten nur selten die Gelegenheit, so feine Jungs zu verprügeln, meist waren es ebenso niedere Lebensformen wie sie selbst. Da sie also nun einmal die Gelegenheit hatten, nutzten sie sie auch so gut wie möglich. Sie bedauerten nur, dass es viel zu kurz gewesen war, sie hätten gerne noch wesentlich mehr angerichtet, bevor Siddie übernahm. Aber immerhin hatten sie ihren Job gut gemacht.

Die Treppe wurde nicht viel genutzt, die Hausbewohner zahlten den hohen Preis nicht nur für die Aussicht auf den Kanal. Zwei Aufzüge machten Treppensteigen zu einer überflüssigen Anstrengung.

Daher rechneten die beiden Schläger auch nicht damit, auf ihrem Weg jemandem zu begegnen. Sie erreichten den Treppenabsatz zum dritten Stockwerk und gingen weiter hinunter.

Danny und Lee warteten außer Sichtweite im zweiten Stock direkt hinter der nächsten Ecke. Dannys Hände waren schweißfeucht, und er wischte sich wiederholt die Taser-Hand an der Jeans ab, damit er die Waffe weiter sicher im Griff hatte.

Sein Gesicht war sehr konzentriert, als ihm Lee zunickte. Sie hielten die Taser in der rechten Hand, während sie hörten, wie die Stimmen im Treppenhaus über ihnen lauter wurden. Danny kam mit Lee zusammen um die Ecke und sah ihre beiden Zielpersonen oben an der Treppe. Das Gespräch der beiden Riesen verstummte augenblicklich, als sie Danny und Lee auf sich zukommen sahen.

Lee hielt den Blick gesenkt. Er kannte die Regel: Nimm nie Augenkontakt mit einer Zielperson auf, sonst wird sie aufmerksam und misstrauisch. Und wie sehr ein Angreifer es auch zu vermeiden sucht, sein Blick wird immer seine Absicht, Angst oder Entschlossenheit widerspiegeln. Und das würde der innere Selbstverteidigungsmechanismus des Opfers immer erkennen.

Die beiden Paare näherten sich einander, doch ihre beiden Gegner schienen nicht die Absicht zu haben, den beiden jungen Kerlen auszuweichen, die ihnen entgegenkamen.

Lee blieb stehen und ging zur Seite, als die beiden Männer nur noch zehn Stufen über ihnen waren, um sie vorbeizulassen und dann von hinten anzugreifen.

In Dannys Kopf hämmerte es im Rhythmus seines Herzens. Er spürte seinen Puls im Nacken und war sich sicher, dass es jeder hören konnte, als auch er abwartend stehen blieb.

Dann beging Danny seinen Fehler. Er wusste, er sollte es nicht tun, aber er konnte es nicht verhindern: Sein Blick glitt unwillkürlich zu den beiden Schlägern hinauf. Vielleicht wollte er die Stelle suchen, an der er sein Opfer angreifen würde, vielleicht wollte er sehen, was sie dachten, vielleicht hatte er aber auch einfach nur Angst.

Aber er tat es. Er richtete seinen Blick auf die Zielperson auf seiner Seite der Treppe. Ihre Blicke trafen sich und Fettklops kniff die Augen zusammen. Und wusste es sofort. Danny hatte ihm alle notwendigen Informationen geliefert.

»Oh, Scheiße!«

Der Rest folgte in Sekundenschnelle. Fettklops stürzte sich auf Danny, und Lee blieb nichts anderes übrig, als hinaufzuspringen und Muskelmann anzugreifen, bevor der kapierte, was los war.

Danny hatte nicht einmal mehr Zeit, die Taser zu heben, bevor sich die gewaltige Masse von Fett auf ihn stürzte und ihn die Treppe hinunterstieß. Auf den letzten Stufen stieß er sich den Kopf an, bevor er auf den Absatz knallte.

Sterne explodierten in seinem Kopf und vor seinen Augen, und er hatte Mühe, sich von dem Sturz zu erholen. Sein Kopf befahl seinen Beinen aufzustehen und zu kämpfen, aber die Botschaft kam nicht an. Danny konnte nur noch die Taser festhalten, als sich Fettklops erneut auf ihn stürzte. Aller Atem wich aus seiner Lunge, und zappelnd und tretend rang er unter dem massigen Mann nach Luft, während eine fette Hand ihn am Hals packte und zwei blutunterlaufene Augen ihm ins Gesicht starrten.

»Wer zum Teufel seid ihr?«

Danny versuchte nicht mal zu antworten. Er hätte auch nicht genug Luft dafür gehabt. Er konnte seine Hand nicht bewegen, um den Riesenkerl über ihm unter Strom zu setzen. Er konnte nur zappeln und treten, während ihm das Gesicht des Fettklops immer näher kam. Er roch den Alkohol und den Tabak und spürte den kratzigen Dreitagebart, als er ihm laut ins Ohr schrie.

»Kleiner Scheißer!« Damit griff Fettklops mit der freien Hand in die hintere Hosentasche nach der Zange.

Danny wusste nicht, ob es sein Selbsterhaltungstrieb war, der reagierte, oder seine Ausbildung. Es war, als würde er ferngesteuert funktionieren. Er öffnete den Mund und vergrub die Zähne in dem stoppeligen Gesicht des Mannes. Der riesige Kerl heulte auf, und Danny spürte, wie die Haut riss, sich seine Zähne ins Fleisch verbissen und auf den Wangenknochen trafen.

Metallisch schmeckendes Blut floss aus der Wunde; Fettklops schrie auf und riss sich los, zerrte sein Gesicht aus Dannys Zähnen. Mit seiner mächtigen Pranke holte er aus, in der Absicht, Danny einen Schlag zu verpassen, der sein Gehirn auf den Treppenstufen verteilen würde.

Das verschaffte Danny genug Raum, um seinen Arm zu bewegen und Fettklops eine Stromladung in die Brust zu verpassen. Aber für diesen Körper waren 100 000 Watt nicht genug. Vielleicht lag es an den vielen isolierenden Fettschichten, vielleicht hatte Danny die Taser auch nur nicht fest genug aufgesetzt. Als er sie jedenfalls wegzog, stand Fettklops auf, stolperte zurück, verwirrt und verwundert, knurrte dann wie ein verwundeter Bär und stürzte sich wieder auf ihn.

Danny sprang auf, das Adrenalin verdrängte den Schmerz und die Angst, und so duckte er sich unter den wild schlagenden Armen des Riesen, riss die Taser hoch und versetzte ihm einen langen Stromstoß in den Bauch. Diesmal ging der Dicke zu Boden und fiel über den Körper von Muskelmann, der auf dem Treppenabsatz lag.

Plötzlich erkannte Danny, dass es Lee gelungen sein musste, auch seine Zielperson zu Boden zu strecken – er hatte nichts anderes mehr wahrgenommen als seinen eigenen Kampf mit dem Fettklops.

Lee gab Muskelmann einen weiteren Stromstoß und zischte Danny zu: »Gib ihm noch mehr! Er muss unten bleiben!«

Danny verabreiche dem Dicken noch eine Fünf-Sekunden-Ladung und lehnte sich dann schwer atmend gegen die Wand. Er bemerkte irgendetwas in seinem Mund und spuckte ein Stück Fleisch von Fettklops aus. Keuchend versuchte er den Brechreiz, der in ihm aufstieg, zu unterdrücken.

Lee fasste Danny an den Schultern und zog ihn hoch. Er wusste, was er durchmachte. Es gab für jeden ein erstes Mal.

Er sah Danny ins Gesicht. »Du wirst eine Weile davon träumen, aber du wirst damit fertig werden müssen, klar?«

Danny holte zweimal tief Luft und nickte dann. »Ja.«

»Du hast dich gut gehalten, Mann. Gut gemacht. Und jetzt mach dich sauber.«

13

Danny nickte seinem Großvater zu, als er die Wohnung betrat, und bestätigte so, dass sie sich erfolgreich um Siddies drei Handlanger gekümmert hatten. Teddy hatte sich auf eines der blutbefleckten Sofas gehievt und presste eine Hand auf die lädierten Rippen, während er mit der anderen seine blutige Nase mit Papiertaschentüchern abtupfte.

Dannys Gesicht war immer noch rot und das Blut raste in seinen Adern. Er hatte geglaubt, er hätte sich das Gesicht abgewischt, aber am Hals hatte er immer noch etwas Blut.

Fergus wies darauf. »Deins? Alles in Ordnung?«

Danny wischte sich über den Hals und schüttelte den Kopf. »Ihres. Mir fehlt nichts.«

Aber Fergus war noch nicht überzeugt. »Kleines Drama da unten, was?«

»Ich komme damit klar«, erklärte Danny bestimmt.

Dann erblickte er den ausgestreckten Körper von Siddie, das Gesicht von der Kugel zerschmettert, und einen Augenblick lang sah er Elena tot vor sich im Central Park liegen. Er zwang sich, nicht daran zu denken – er konnte es sich nicht leisten, darüber nachzudenken; es war zu schmerzhaft. Er musste sich auf den Job konzentrieren; konzentrieren und professionell bleiben.

Also sah er seinem Großvater zu. Fergus' eigener Plan war komplett ausgearbeitet. Er hatte Teddy lange genug Zeit gelassen, um das Ausmaß dessen zu begreifen, was gerade in seiner Wohnung vorgefallen war. Teddy vermied es absichtlich, Siddie anzusehen, der wie ein gestrandeter Wal auf dem Teppich lag und in das Gewebe blutete. Gewalt war etwas, womit er andere beauftragen konnte, er selbst wurde damit nicht fertig.

Fergus setzte sich zu ihm aufs Sofa. Es war Zeit, die Informationen zu bekommen, die er brauchte.

»Na gut. Da ich Ihnen gerade das Leben gerettet habe, denke ich, es ist an der Zeit, dass ich erfahre, um was es hier eigentlich geht, glauben Sie nicht auch, Teddy?« Er nickte zu der Leiche hinüber. »Und erzählen Sie mir jetzt nur nicht, er hätte Ihr Reiseunternehmen übernehmen wollen. Leute wie er interessieren sich nicht für Exklusivreisen.«

Teddy zögerte und betupfte seine Nase, während er überlegte, was er sagen sollte. »Ich … ich weiß es nicht. Ich weiß es wirklich nicht. Ich kann mir überhaupt nicht vorstellen, warum jemand wie der …«

»Vergessen Sie's.« Fergus stand auf. »Hören Sie zu, Teddy, Sie zahlen mir nicht annähernd genug, dass ich mich auf so etwas hier einlasse. Betrachten Sie unseren Vertrag als aufgehoben. Komm, Danny.«

Sie gingen Richtung Tür.

»Warten Sie! Bitte!« Teddy konnte nicht verhindern, noch einen Blick auf den toten Siddie zu werfen.

Fergus blieb stehen, sah sich um und wartete darauf, dass Teddy fortfuhr.

»Was soll ich tun? Ich meine … damit?«

Fergus antwortete nicht sofort. Er spielte seine Rolle und schien zu überlegen, ob er Teddy helfen sollte oder nicht. Es war alles gespielt, wie Danny wusste. Aber er wusste auch, dass sein Großvater ein guter Schauspieler war.

»Ich sage Ihnen, was ich tun werde, Teddy«, sagte Fergus

schließlich. »Als Geste des guten Willens. Ich werde ihn für Sie entsorgen.«

»Das … das können Sie tun? Aber … aber wie?«

»Das müssen Sie gar nicht wissen. Es wird erledigt.«

Es würde einfach sein. Fergus musste nur Dudley anrufen, und ein Team von »Cleanern« würde erscheinen, die Leiche beseitigen und das Blut in der Wohnung und auf der Treppe entfernen. Um Mitternacht würde nur noch die aufgebrochene Wohnungstür davon zeugen, dass es überhaupt einen Überfall gegeben hatte. Aber das spielte keine Rolle. Das Penthouse lag ja im obersten Stock, daher würde es niemandem auffallen.

»Sie sollten lieber ins Krankenhaus gehen«, riet Fergus Teddy. »Lassen Sie Ihre Rippen untersuchen. Und wie es aussieht, könnte auch Ihre Nase gebrochen sein.«

»Aber was soll ich denen sagen? Sie werden wissen wollen, wie das passiert ist.«

»Sagen Sie, Sie seien überfallen worden.« Es hatte fast den Anschein, als spräche er mit einem Kind. »Aber lassen Sie die Polizei aus dem Spiel. Und rufen Sie Ihren Bruder an. Sagen Sie ihm, er sollte heute Nacht lieber nicht hierher zurückkommen.«

Scheinbar unbeteiligt ging Fergus zu Siddies Leiche hinüber, doch es war eine überlegte Handlung. So konnte Teddy nicht umhin, noch einen Blick auf die Leiche zu werfen, während sie sich weiter unterhielten. Teddy versuchte, nicht hinzusehen, aber Fergus kniete sich hin, um sich sein Werk näher zu betrachten.

»Sagen Sie Ihrem Bruder, er soll Sie im Krankenhaus abholen, und dann gehen Sie in ein Hotel. Wenn Sie morgen hierher zurückkommen, wird die Leiche verschwunden sein. Und wir auch.«

Teddy rappelte sich hoch, keuchend, weil eine neue Schmerzwelle durch seinen Körper zuckte. »Also hören Sie, da gibt es doch noch etwas …«

Fergus hatte Teddy genau da, wo er ihn haben wollte; jetzt musste er nur noch an der Angelschnur ziehen. »Interessiert mich nicht. Ich rufe Sie an und sage Ihnen, wohin Sie mein restliches Honorar schicken sollen. Was hier sonst noch vor sich geht, ist nicht mehr unser Problem, mein Freund, sondern Ihres.«

Teddy erstickte fast an seinen Worten – er musste unwillkürlich Siddies Gesicht ansehen, in dem die Augen jetzt glasig starrten wie bei einem toten Fisch. »Ich möchte Ihnen ja davon erzählen, ich will, dass Sie dabei bleiben, aber ich muss erst mit meinem Bruder sprechen. Ich muss ihn davon überzeugen, dass es das Richtige ist. Wir sind Partner in dieser Sache. Und … es ist … was wir tun … es ist nicht ganz … legal.«

Bevor Fergus antwortete, stand er auf und sah Teddy direkt an. »Glauben Sie wirklich, ich hätte etwas Legales erwartet?« Er warf einen Blick auf Siddie. »Illegal interessiert mich nicht, solange es lukrativ ist. Sehr lukrativ. Aber machen Sie lieber schnell, Teddy. Wir haben noch jede Menge anderer Kunden, die auf uns warten. Soll Danny Sie ins Krankenhaus fahren?«

Teddy schüttelte den Kopf. »Ich schaffe das schon.« Er sah zu Danny hinüber. »Aber vielleicht könntest du mir bis zu meinem Wagen helfen?«

»Ja, kein Problem.«

»Nehmt die Treppe, nicht den Aufzug«, empfahl Fergus Danny. »In diesem Zustand sollte ihn lieber niemand sehen.« Er sah die hochgezogenen Augenbrauen seines Enkels und nickte.

Danny half Teddy auf und sie gingen zur Tür, doch dann blieb Teddy plötzlich stehen, drehte sich vor Schmerz zusammenzuckend um und sah Fergus an. »Die anderen beiden … sie könnten noch …«

»Machen Sie sich um die keine Sorgen. Danny hat sich um sie gekümmert.«

Teddy starrte von Danny zu Fergus und wieder zurück, unfähig zu begreifen, was sie an diesem Abend getan hatten.

Danny nickte lächelnd und stützte Teddy, während der aus der Wohnung humpelte.

Sobald sie weg waren, zog Fergus sein Handy hervor und rief Lee mit der Kurzwahl an. »Sind die beiden noch k.o.?«

»Schlafen wie die Babys.«

»Gib ihnen noch eine Ladung und verschwinde. Danny ist mit Teddy auf dem Weg nach unten. Ich will, dass er genau sieht, was wir für ihn getan haben.«

Teddy erblickte die beiden liegenden Gestalten, sobald Danny ihn um die Ecke des darüber liegenden Treppenabsatzes brachte.

Er erstarrte. »Sind sie … sind sie tot?«

Danny schüttelte den Kopf. »Betäubt. Die werden noch eine ganze Weile bewusstlos bleiben.«

»Aber wenn sie wieder zu sich kommen, dann … dann könnten sie …«

»Die werden abhauen, Teddy, genau das werden sie tun. Und sie werden nicht wiederkommen.«

Langsam gingen sie die Treppe hinunter. Als sie den Absatz erreichten, blieb Teddy bei den beiden Körpern stehen.

Muskelmann schnarchte unter dem Fettklops, dem immer noch Blut aus dem Gesicht lief.

Teddys eigenes Gesicht verzog sich vor Wut. Er hielt sich

an Danny fest und trat dem Fettklops dann kräftig in den Bauch.

»Scheißkerle!«

Fettklops rührte sich nicht, und Teddy wollte schon weitermachen und noch ein paar Mal zutreten, doch Danny zog ihn weg.

»Beruhigen Sie sich. Noch ein paar solcher Tritte und sie wachen vielleicht auf«, erklärte er ihm. »Und jetzt bringe ich Sie ins Krankenhaus.«

14

Im Büro des Busreiseunternehmens herrschte eine angespannte Atmosphäre. Nie zuvor hatte Will auch nur daran gedacht, die stillschweigend vereinbarte Führungsrolle und Autorität seines Bruders anzuzweifeln. Aber Teddys verschwollenes und zerschlagenes Gesicht und die Art, wie er zusammenzuckte, wenn ihm seine Rippen einen neuen schmerzhaften Stich versetzten, ließen ihn irgendwie verletzlich und auch ein wenig jämmerlich erscheinen.

Und Will war entschlossen, sich diese plötzliche Verwundbarkeit seines Bruders zunutze zu machen.

»Warum sollten wir Watts da hineinziehen? Er hat seine Aufgabe erfüllt und wir sind die Bedrohung los. Wir können ihn auszahlen und abziehen lassen.«

Teddy befand sich in der Defensive, aber er hatte es sich in den Kopf gesetzt, Fergus in »alle Aspekte des Geschäfts« einzuweihen, damit er sich um ihre vollständige Sicherheit und ihren Schutz kümmern konnte.

»Wir wissen doch gar nicht, ob das, was gestern Abend passiert ist, überhaupt etwas mit den Anschlägen hier zu tun hat«, meinte er. »Vielleicht haben die gar nichts miteinander zu tun.«

»Dann gibt es also noch mehr Leute, die von Meltdown wissen? Willst du das damit sagen? Wer erzählt ihnen denn davon?«

»Woher soll ich das wissen!« Teddy zuckte zusammen, als

es ihn schmerzhaft in die Rippen stach. »Vielleicht hat uns ein Dealer verpfiffen; vielleicht ist es einer von uns. Ich weiß es nicht, Will. Ich weiß nur, dass ich Watts einweihen will. Wir müssen ihm nicht alles sagen, nur genug. Und wir werden ihn testen, bevor wir etwas sagen.«

»Das ist eine bescheuerte Idee, völliger Blödsinn. Wir haben unser eigenes Team«, beharrte Will. »Die haben sich immer gut um uns gekümmert. Was in der Wohnung passiert ist, war ein Einzelfall. Jetzt sind wir sicher.«

»Unser Team?«, fragte Teddy. »Albie und der Rest? Die waren in Ordnung, als wir angefangen haben, aber du weißt selbst, dass Albie mittlerweile zu einem Problem geworden ist.« Er hielt inne. Die Ärzte in der Notaufnahme hatten ihn wohl körperlich zusammenflicken können, aber ihm ging das Bild von Siddie Richards mit einer Kugel im Kopf nicht aus dem Sinn. »Kapier doch«, fuhr er fort, ohne seine Ungeduld verhehlen zu können. »Wir brauchen jemanden wie Fergus.«

Will wurde rot vor Zorn. »Und woher wissen wir, dass wir ihm vertrauen können?«

»Weil er gestern Abend jemanden für mich umgebracht hat! Er hat einen Mord begangen, um mich zu schützen! Reicht das nicht?« Teddy rutschte auf dem Stuhl herum, um die Schmerzen in seinen Rippen erträglicher zu machen. »Watts wird tun, was wir ihm sagen, solange die Bezahlung stimmt. Das hat er gestern gesagt, und das ist alles, was ihn interessiert.«

Will starrte ihn immer noch an, er hatte offenbar noch eine Menge zu diesem Thema zu sagen.

Teddy stand auf und ging zu seinem Bruder hinüber.

»Will, du warst nicht dabei! Die hätten mich beinahe umgebracht!«

Danny fuhr auf den Hof und stellte das Auto ab. Als er aus dem silbernen Mazda stieg, sah er Storm an der Treppe zum Büro stehen. Sie runzelte die Brauen, sah in ihrem Designer-Kostüm mit hochhackigen Stiefeln aber immer noch umwerfend aus.

»Wenn du gekommen bist, um noch einmal nach den Computern zu sehen, musst du dich gedulden«, lächelte sie und sah zum Büro hinauf. »Sie streiten sich. Ich weiß zwar nicht genau, was das Problem ist, aber Teddy ist in einem grauenvollen Zustand – er hat furchtbare Schmerzen, und sein Gesicht sieht schrecklich aus. Ihm muss was ganz Schlimmes passiert sein.«

Danny schloss die Autotür ab und überlegte, was er antworten sollte. »Er ist einfach keinen Ärger gewöhnt. Wahrscheinlich ist es halb so schlimm, wie es aussieht.«

»Aber was ist passiert? Sie haben gesagt, dass du dabei gewesen bist.«

Danny verriet nichts. »Was haben sie dir denn erzählt?«

Storm zuckte mit den Schultern. »Da war ein Typ – so eine Art Gangster –, der das Reiseunternehmen an sich reißen wollte. Er hat Teddy zusammengeschlagen, aber dein Großvater hat ihn verjagt.«

»Das war's so in etwa«, meinte Danny. »Auf jeden Fall wird der nicht wiederkommen.«

»Aber warum hat Teddy dann solche Angst?«

»Keine Ahnung, Storm. Da musst du ihn selber fragen.«

Seine ausweichende Antwort verwirrte Storm offensichtlich. Sie sah ihn stirnrunzelnd an und suchte die Wahrheit.

Er erwiderte ihren Blick und stellte dabei fest, dass ihm die Lügen mittlerweile schon fast so flüssig von den Lippen gingen wie seinem Großvater. Das kam ganz beiläufig.

Plötzlich wandelte sich Storms kritischer Blick in eines

ihrer strahlendsten Lächeln, und die Falten auf ihrer Stirn verschwanden. »Magst du einen Cappuccino? Die Zwillinge wollen, dass ich ihnen eine Weile aus dem Weg bleibe und es wäre nett, dabei Gesellschaft zu haben. Dahinten an der Straße ist ein ganz netter Laden. Wir können hinlaufen.«

Danny lächelte. »Ja, warum nicht.«

Als sie zum Tor gingen, hörten sie einen Ruf von der Garage.

»Storm!«

Beim Zurückblicken sahen sie Albie in der offenen Tür stehen.

»Oh Gott, was will er denn nun?«, flüsterte Storm, als er näher kam. Sie rückte etwas dichter an Danny, als ob sie seinen Schutz suchte.

Albie funkelte Danny kurz wütend an und wandte sich dann mit gezwungenem Lächeln an Storm. »Alles klar?«

»Ja, danke, Albie. Und bei dir?« Storms Stimme zitterte ein wenig.

Albie nickte, sagte aber nichts weiter, sondern lächelte sie nur an. Das Schweigen zog sich hin, aber Albie war offensichtlich der Gesprächsstoff ausgegangen. So starrte er Storm nur mit kaum verhohlener Bewunderung an.

Storm warf einen Blick auf Danny und wandte sich dann wieder zum Tor. »Dann mach's gut, Albie!«

»Wo geht ihr denn hin?«

»Wir … äh, wir gehen nur schnell einen Kaffee trinken.«

»Ich komme mit. Ich habe gerade nichts zu tun.«

Danny konnte fast sehen, wie Storm nach einem plausiblen Grund suchte, Albie loszuwerden. Aber letztendlich wirkte ihre Antwort dann doch ziemlich lahm und war eine ganz offensichtliche Abfuhr. »Wir … wir müssen etwas Geschäftliches besprechen, Albie.«

»Und wie wäre es später?«, beharrte Albie. »Ganz spät. Nach der Arbeit. Ein Drink? Oder vielleicht ein Klub?«

Storm lächelte. »Ein andermal, ja?«

Albie sah ihnen nach, bis sie durch das Tor waren, den Blick auf Dannys Rücken geheftet. Dann ging er langsam wieder in die Werkstatt zurück.

Die beiden Männer, die gleichzeitig als Mechaniker und als Wachleute arbeiteten, lehnten an einem der gerade gewaschenen Busse.

Sofort registrierten sie Albies Gesichtsausdruck. Sie hatten ihn zuvor schon gesehen und sagten lieber nichts, als er an ihnen vorbei zu einer schmierigen Werkbank ging und einen großen Engländer nahm.

Ein paar Mal schlug er sich damit locker in die linke Handfläche. Dann blitzten seine Augen plötzlich auf, und er riss ihn über den Kopf hoch und schmetterte ihn auf die Werkbank, die zu Boden krachte, da die Beine unter dem heftigen Hieb nachgaben und Bolzen, Schrauben und Werkzeuge wie Schrapnelle in alle Richtungen flogen.

Albie ließ den Engländer fallen, dann wandte er sich zu den beiden Männern um und sah sie herausfordernd an.

Der Streit im Büro war immer noch im vollen Gange und Will gab sein Bestes. Doch sie mussten dabei eine mehr als zwanzigjährige Geschichte aufarbeiten.

Teddy war um volle zwölf Minuten älter. Immer hatte er die wichtigen Entscheidungen getroffen, und Will hatte sie mitgetragen. So funktionierte es. Es war einfach. Aber diesmal nicht.

»Das gefällt mir nicht, Teddy. Wir kennen den Kerl erst ein paar Wochen, und du willst ihm schon alles sagen.«

»Das will ich doch gar nicht. Nur genug. Sieh doch, Will, wir müssen eins einsehen: Wenn Siddie Richards das über uns herausgefunden hat, dann stehen die Chancen gut, dass sich über kurz oder lang auch eine der anderen Gangs hier blicken lässt. Und wenn das passiert, will ich, dass Watts in der Nähe ist.«

»Aber wir waren so vorsichtig, was die Sicherheit angeht. Wir haben alles genau so gemacht, wie man es uns gesagt hat.«

»Vielleicht haben wir uns durch irgendetwas verraten. Vielleicht hat uns jemand verraten. Vielleicht sind wir auch damit am Ende, Will. Wir hatten eine großartige Zeit. Vielleicht sollten wir darüber nachdenken, einzupacken und weiterzuziehen.«

»Das wird nicht gut ankommen. Du kennst die Anweisungen.«

Teddy richtete sich auf. »Das ist *unser* Geschäft. Wir können tun und lassen, was wir wollen.« Er sah seinen Bruder fest an. »Nun, stimmst du mir zu, Will? Vertrau mir, so wie immer.«

Will zögerte einen Augenblick, doch dann nickte er seufzend. »Aber es gefällt mir nicht, Teddy. Es gefällt mir ganz und gar nicht.«

Teddy lächelte. »Wir reden gemeinsam mit Watts. Dann entscheiden wir, ob er uns auf der Reise nach Barcelona begleitet oder nicht.«

»Du meinst, du entscheidest das.«

»Wir werden es entscheiden, Will.« Teddy zog eine Schublade auf und holte ein Prepaid-Handy hervor. »Und jetzt sollten wir das Produktions-Meeting für heute Abend planen.«

15

Doug war ein Lkw-Fahrer der Marke »Keine Fragen«, er stellte Wagen und Fahrer, und das war's. Er rollte die M 60 entlang, hielt sich an die Geschwindigkeitsbegrenzung und fuhr vorsichtig. Aus den Lautsprechern im Fahrerhäuschen erklang Country-Musik.

Der Verkehr war ungewohnt ruhig, daher lächelte Doug im Gedanken an den Haufen Geld, den er für diesen Job bekam.

Es lief alles wie am Schnürchen, wie immer. Er hatte an drei verschiedenen Stationen Pakete abgeholt und hielt dann wie angewiesen an der Raststätte Birch auf der M 62, um seinen Passagier aufzunehmen.

Der saß am Lkw-Parkplatz auf einem zertretenen Rasenstück bei den Mülleimern und las die *Motor Cycle News*. Er trug schäbige Jeans, eine ausgebeulte, wattierte Jacke und einen gestreiften Schal, hatte iPod-Kopfhörer in den Ohren und vor seinen Füßen stand ein Rucksack. Als Doug kam, stand er auf, faltete seine Zeitung ordentlich zusammen und zog sich ein paar dünne Handschuhe an.

Mit einem Zischen der hydraulischen Bremsen hielt Doug an und sprang aus dem Führerhaus, um die hinteren Türen des Sattelschleppers zu öffnen. Kurz darauf war der magere junge Mann hinten im Laster eingestiegen, und Doug fuhr wieder auf die Autobahn, in Richtung M 60. Wo immer es ging, hielt er sich an die Autobahnen, um zügig voranzukommen. Heute war es einfach. Er würde fast die ganze Zeit auf der M 60 fahren.

Doug hatte keine Ahnung, dass der junge Mann, den er gerade an Bord genommen hatte, ein sehr fähiger Chemiker war, der sein mickriges Forschungsassistentengehalt dadurch aufbesserte, dass er die erste Hälfte des Herstellungsprozesses von Meltdown in dem mobilen Labor im hinteren Teil des Lasters durchführte. Doch er besaß nur den ersten Teil der Formel.

Die ganze Sache basierte auf dem gleichen Prinzip wie die französische Widerstandsbewegung im Zweiten Weltkrieg, oder genauso, wie Terrororganisationen heutzutage operieren. Nur die Zwillinge kannten die ganze Geschichte. Alle anderen, angefangen von den Chemikern über Fahrer, Ladepersonal und Sicherheitsleute, wussten nur so viel, wie unbedingt notwendig war, und auch erst dann, wenn es notwendig war. Es war brillant. Indem die Produktion zweigeteilt und weitgehend mobil stattfand, konnte das Drogenlabor längst weg sein, bevor die Polizei oder Sicherheitskräfte auftauchten, selbst wenn jemand etwas über den Ort des Treffens verriet.

Schließlich kam Doug zur Raststätte Birch zurück, setzte seinen Passagier ab, sendete eine verschlüsselte Textnachricht und erhielt im Gegenzug eine Postleitzahl und eine Hangarnummer. Zum zweiten Mal an diesem Tag fuhr er wieder auf die Autobahn in Richtung M 60.

Der Produktionstreffpunkt war ein stillgelegter Flugplatz eine Stunde nördlich von Manchester. Im Zweiten Weltkrieg war er die Basis für eine Schwadron der RAF-Bomber gewesen, doch er hatte seine glanzvollen Zeiten längst hinter sich.

Jetzt waren von den Start- und Landebahnen nur noch

gesprungene und gerissene Betonflächen übrig, aus deren breiten, hässlichen Rissen Gras und Unkraut hervorwuchs. Die alten Hangars waren von neueren Fabrikgebäuden ersetzt worden und bildeten ein zusammengewürfeltes Industriegebiet. Es war nicht schön und nicht zweckmäßig gebaut, aber es funktionierte.

Die Zwillinge hatten einen der Hangars vorübergehend gemietet. Der Ort war gut geeignet. Die umliegenden Hangars wurden von mehr als zehn verschiedenen Organisationen benutzt. In einem stellte eine Autovermietung ihre Fahrzeuge unter und wartete sie; ein anderer wurde von einem Elektrohandel als Lager benutzt. Selbst die Polizei war vor Ort: Im übernächsten Hangar bildete sie ihre Polizeihunde aus.

Die Unternehmen wechselten regelmäßig; es herrschte ständig Verkehr auf dem Gelände, und niemand stellte Fragen. Es war ideal.

Doug fuhr seinen Sattelschlepper rückwärts in den Hangar und achtete in den Seitenspiegeln sorgfältig auf die Zeichen von dem blassen, aufgedunsenen jungen Mann mit den dunklen Schatten unter den Augen, der bei diesen Treffen offenbar immer das Sagen hatte. Mit einem Ruf hielt er die Hand als Stoppzeichen hoch.

Doug zog die Handbremse an und machte den Motor aus. Er wusste, dass er an das offene Ende eines weiteren Sattelschleppers herangefahren war. Die Geräusche sagten ihm, dass sein Hänger geöffnet wurde und Leute einstiegen. An einer Seite sah er zwei elegante schwarze Luxusreisebusse, doch er hatte schon vor langer Zeit den Entschluss gefasst, dass er gar nichts davon wissen wollte, wenn das illegale Geschäfte waren. Solange er bezahlt wurde, war er völlig zufrieden, in seinem Führerhäuschen zu sitzen, Zeitung zu lesen und Musik zu hören, bis man ihn aufforderte loszufahren. *Nichts Schlechtes sehen und nichts Schlechtes hören,* war seine Devise.

16

Teddy hatte zugesehen, wie die Busse vom Hof zum Treffpunkt aufgebrochen waren, bevor er Fergus fragte, ob er schon einmal von Meltdown gehört hatte. Fergus schüttelte den Kopf.

»Es ist eine Droge, eine chemische Droge. Ein bisschen wie Ecstasy, nur besser.«

»Ja, ich habe mir schon gedacht, dass es um Drogen geht.«

»Haben Sie ein Problem mit Drogen?«

Fergus lächelte. »Ich hatte im Laufe der Zeit schon eine ganze Menge Probleme mit Drogen. Vor allem in Kolumbien.«

»Ich meine moralisch gesehen. Haben Sie moralisch etwas dagegen einzuwenden?«

Fergus hatte sich geistig auf diese Unterhaltung vorbereitet und wusste in etwa, in welcher Richtung sie verlaufen würde. »Moral ist etwas, was man in meinem Job mit der Zeit hinter sich lässt. Man macht einfach seine Arbeit. Wenn man sich die Zeit nimmt, darüber nachzudenken, was richtig und was falsch ist, schafft man es nie.«

Will konnte nicht umhin, einzuwerfen: »Aber Sie haben doch die Drogenhändlerkartelle in Kolumbien bekämpft – wir haben die Geschichten darüber gelesen.«

»Ich war als Soldat da und habe getan, was man mir befohlen hat.«

»Aber dann bekamen Sie ein besseres Angebot?«

»Allerdings. Mein halbes Leben lang habe ich den Helden gespielt für König und Vaterland. Und wozu der ganze Quatsch? Beschissene Bezahlung und ein Orden, den ich mir in die Schublade stopfen und vergessen kann. Die FARC hat mir eine Menge Geld geboten, und ich habe die Gelegenheit beim Schopf gepackt. Als man mich erwischt hat, war das ganz allein meine eigene Schuld.«

»Also ist Ihr Motiv jetzt nur noch Geld?«, erkundigte sich Will.

»Absolut«, lächelte Fergus, »denn aus irgendeinem Grund haben sie mir die Pension gestrichen.«

Will lächelte nicht. Er war derjenige, der noch überzeugt werden musste, er hatte das mit Siddie Richards nicht selbst erlebt. »Und Ihr letzter Job? Die Selbstmordattentäter? Warum Sie? Warum hat man Sie gewählt, obwohl bekannt war, dass Sie ein Verräter sind?«

Das war der Test. Fergus wusste, dass seine Antwort glaubhaft sein musste, und wie alle guten Lügen musste sie auf der Wahrheit basieren. »Der MI5 hat mich aufgespürt – mich und Danny und seine Freundin Elena. Der Kerl, der hinter den Anschlägen steckte, hatte sich Teenager als Zielpersonen ausgesucht, und Elena war hervorragend im Umgang mit Computern und Internet, noch besser als Danny. Mein Spezialgebiet ist Sprengstoff, also stellten sie uns vor die Wahl, entweder für sie zu arbeiten, ansonsten …« Er hielt sich den rechten Zeigefinger wie eine Pistolenmündung an die Schläfe: »Gute Nacht.«

Will lächelte immer noch nicht. »Warum haben sie nicht ihre eigenen Leute eingesetzt?«

Fergus berechnete seine physischen Reaktionen genauso sorgfältig wie seine Antworten, und jetzt war der Augenblick gekommen, so zu tun, als ginge ihm die ganze langweilige

Fragerei auf die Nerven. »Glauben Sie denn, der Geheimdienst würde nur mit den Guten zusammenarbeiten? Das ist Blödsinn. Sie arbeiten mit dem, von dem sie die besten Resultate erwarten. Und das Beste an der Zusammenarbeit mit uns war, dass sie, sollte etwas schiefgehen, jedes Wissen um unsere Beteiligung einfach abstreiten konnten.«

»Und diese … Elena – was ist mit ihr passiert?«

»Sie ist tot. Jemand hat total versagt, und sie wurde erschossen.« Fergus sah Teddy an. »So wie Ihr Freund gestern Abend.« Er wandte sich wieder an Will. »Aber das haben sie in den Zeitungen natürlich nicht erwähnt. Und Sie werden sicher verstehen, warum weder ich noch Danny viel für den Geheimdienst oder die britische Regierung übrig haben.«

Fergus schob seinen Stuhl zurück und stand auf. Es war Zeit für den großen Bluff, den Abgang. Wenn es schiefging, gab es kein Zurück. »Hey, ich brauche das hier nicht. Spielen Sie doch einfach weiter mit Ihrem Meltdown oder wie das Zeug heißt!«

Er ging zur Bürotür, öffnete sie und trat hinaus. Fast fürchtete er schon, dass er die Sache vermasselt hatte, doch dann hörte er Teddys Stimme.

»Mr Watts!«

Fergus blieb stehen und drehte sich um. Von der Tür aus sah er, wie sich die Brüder zunickten, bevor Teddy sagte: »Wir stellen Meltdown her und verkaufen die Pillen hier und in ganz Europa. Wir sind bereit, Ihnen zu zeigen, wie wir die Tabletten exportieren, allerdings nicht, wie oder wo sie gemacht werden. Nur wir kennen die vollständige Formel – sonst hat niemand Zugang zu dieser Information. Wir hätten gerne, dass Sie in der nächsten Zukunft für unsere persönliche Sicherheit zuständig sind; noch so eine Situation wie mit Siddie Richards möchte ich nicht riskieren. Sie werden gut bezahlt werden, sehr gut. Könnte Sie das reizen?«

Beide Zwillinge beobachteten, wie Fergus seine Antwort überlegte. »Ja, das Geld reizt mich schon, aber ich muss auch an unsere eigene Sicherheit denken – meine und Dannys. Die Orte, wo Sie das Zeug herstellen, sind die sicher? Wenn man Sie schnappt, wäre es nicht gut, in Ihrer Nähe zu sein.«

Teddy warf einen Blick auf Will, der seinem Bruder zunickte fortzufahren. »Es funktioniert seit Monaten ausgezeichnet und es ist absolut sicher. Das ist alles, was Sie wissen müssen.«

Fergus nickte langsam; er wollte es nicht übertreiben, er hatte schon einen entscheidenden Durchbruch erzielt. »Ich werde mich um Sie und Ihre Glückspillen kümmern. Solange der Preis stimmt.«

»Oh, das wird er«, erwiderte Teddy ungeheuer erleichtert. »Und wir würden Sie gerne bitten, uns auf unserer nächsten Reise zu begleiten. Nach Barcelona.«

Wieder nickte Fergus. »Und wann ist das?«

»Morgen.«

17

Albie zwang sich, sich zu konzentrieren, während er um den Hangar schlich. Es war nicht leicht; sein Gehirn funktionierte nicht richtig; er konnte den Zorn nicht bekämpfen, der jedes Mal in ihm aufstieg, wenn er an Storm dachte, die mit diesem miesen kleinen Wichser Danny vom Hof spaziert war.

Wenn er Storm mit Teddy oder Will sah, ließ ihn das völlig kalt. Die waren sowieso schwul, auch wenn ihnen das nicht klar war.

Albie wusste es. Jeder wusste es. Man sprach nur nicht darüber.

Aber jetzt musste sich Albie konzentrieren. Sehr. Es war sein Job, die letzte Phase der Operation Meltdown zu überwachen. Die erste Phase hatte er noch nie gesehen. Er wusste nur, dass ein Laster mit dem fertigen ersten Teil ankam. Im zweiten Laster fand der zweite Teil der Produktion statt, und dann waren die Pillen bereit für den Transfer in die Busse. Er musste dafür sorgen, dass alles reibungslos verlief und dass die Drogen ordentlich in den genialen Verstecken im Bus verstaut wurden.

In mehreren Teilen konnte man die Abdeckung über einer etwa acht Zentimeter tiefen Grube abnehmen, die sich über den gesamten Innenboden erstreckte. Weitere Tabletten wurden in ausgehöhlten Blöcken in den Gepäckabteilen über den Sitzen, in den Stahlbeinen der Tische oder in Wandpaneelen versteckt, überall, wo man Hohlräume füllen konnte, sogar in den Polsterfüllungen. Die Kunden hatten keine Ahnung, dass sie auf Meltdown nach Europa reisten.

Wenn vor Ort jemand fragte, was sie machten, erzählten sie, dass die Busse für eine Rundreise zu einem europäischen Spitzenfußballturnier vorbereitet wurden. Sie mussten auf eventuelle Mängel überprüft, gereinigt und mit frischen Vorräten an exquisitem Essen und Getränken ausgestattet und überhaupt für Gäste zurecht gemacht werden, die einen ganzen Haufen Geld für den teuren Ausflug bezahlten. Was im Grunde auch stimmte. Tagsüber kamen die Reinigungskräfte und Lieferanten, die den legalen Job machten, und lange nachdem sie verschwunden waren, wurden die Drogen verstaut.

Die Zwillinge waren stolz auf ihr wunderbar einfaches System, das sie organisiert und entwickelt hatten.

Und sie verließen sich darauf, dass Albie für einen reibungslosen Ablauf sorgte. Den ersten Laster hatte er schon abgefertigt – dieser Fahrer machte nie Probleme. Aber jetzt bekam Albie Schwierigkeiten.

Das Problem war, dass Freddie Lucas irgendetwas im Schilde führte. Freddie war der Chemiker, der für die zweite Ladung verantwortlich war, und soweit es Albie betraf, hätte er sich um seinen eigenen Kram kümmern sollen. Doch das tat er nicht.

Die Pillen waren aus Freddies Laster ausgeladen worden, jede zu beiden Seiten mit dem charakteristischen M-Stempel versehen, der nur unter Schwarzlicht sichtbar wurde, bevor sie in schützende Alufolie versiegelt und jeweils zu fünfzig Stück in Plastikbeutel verpackt wurden.

Jetzt beobachtete Freddie, wie die Jungs die Tabletten umpackten, sagte ihnen andauernd, dass sie vorsichtig sein müssten und kam allen in die Quere, besonders Albie.

Die Jungs hatten Freddie den Spitznamen »Feuriger Fred« gegeben, und das nicht nur wegen seiner strubbeligen, feuerroten Haare. Er wachte über sein Meltdown wie eine Glucke über ihre Eier und umsorgte jede einzelne Pille wie ein frisch geschlüpftes Küken. Und sollte ein Beutel herunterfallen oder aufreißen oder gar schmutzig werden, bekam er einen Wutanfall.

Dass Freddie Albie nicht mochte, war offensichtlich. Das kratzte Albie wenig – ihn mochte niemand, aber wer klug war, blieb ihm aus dem Weg. Aber nicht Freddie.

Albie war der Meinung, dass Freddie nur so ein Privatschulidiot war, der sich für etwas Besseres hielt als die anderen, ständig alles besser wusste und Leute wie Albie für weit unter sich stehend hielt.

Auch das interessierte Albie nicht, doch es juckte ihn, Freddie seine Faust in das selbstgefällige Gesicht zu schlagen. Er wusste, dass er es nicht durfte – er hatte schon zu viel Ärger mit den Zwillingen wegen seiner früheren Zornesausbrüche und seiner Abhängigkeit von M. Er hatte sie davon überzeugen können, dass das vorbei war, aber er befürchtete, dass er sich nicht würde beherrschen können, wenn Freddie ihm weiter auf die Nerven ging.

Albie verspürte einen ständigen, dumpfen Schmerz im Rücken – vielleicht waren es die Nieren – und einen stechenden Schmerz in der Brust. Es hörte einfach nicht auf, und dazu kam noch das Gefühl, als ob sein Kopf gleich explodieren wollte.

Er schwitzte im Licht der Bogenlampen; er brauchte ein paar Ms mehr. Dann fühlte er sich immer besser. Zumindest eine Weile. Wenn Freddie nur verschwinden würde, dann könnte er tun, was er immer tat, und sich ein Päckchen einstecken. So hatte er immer genug für sich selbst und zum

Verkauf in den Klubs. Aber Freddie verschwand nicht. Albie musste sehr vorsichtig sein. Wenn man ihn beim Stehlen erwischte, saß er ganz tief im Dreck. Aber er hatte keine andere Wahl. Er brauchte es.

Außerdem brauchte er frische Luft. Er machte die Metalltür am hinteren Ende des Hangars auf. Ein Lichtstrahl fiel durch die Tür in die Dunkelheit hinaus und löste einen Lärm aus wie von einem Rudel Wölfe.

Es waren die Polizeihunde. Einige von ihnen blieben wohl über Nacht da, anstatt gemütlich bei ihren Hundeführern vor dem Kamin zu liegen.

»Ruhig, Bruno! Du auch, Sasha!«, rief eine Stimme.

»Scheiße«, fluchte Albie und schloss die Tür. Das Letzte, was er jetzt brauchen konnte, war, dass Plod für einen kleinen Mitternachtsschwatz herüberkam.

Er wandte sich um und sah zu den Bussen. Der eine war bereits mit dem Meltdown beladen, der andere war auch schon fast so weit, ohne dass Albie eine Gelegenheit gehabt hätte, sich einen Beutel zu greifen.

Er ging zu dem fertigen Bus. Schließlich war es seine Aufgabe zu überprüfen, ob alles in Ordnung war.

Drinnen sah alles tipptopp aus, eher wie in einem Präsidentenjet als in einem Reisebus. Es gab nur zwanzig weich gepolsterte Sessel wie in einem Flugzeug; der restliche Innenraum wies Hightech-Büroeinrichtungen und Entspannungsbereiche auf – einen Internet-Hotspot, Plasmafernseher, DVD-Spieler – alles, was die Gäste brauchten, um sich zu entspannen oder wichtige Geschäfte im Auge behalten zu können, war nur eine Armlänge entfernt.

Albie zuckte mit den Achseln. Es sah gut aus, wie immer. Danach ging er in den anderen Bus. Die falschen Böden waren bereits wieder eingesetzt worden und auch die Paneele in den Gepäckfächern. Es blieb kaum mehr etwas zu tun – nur in die Sitze würden noch Beutel gestopft werden. Das war immer das Letzte. Die beiden Packer machten gerade eine Rauchpause. Albie ging den Gang entlang. Für kurze Zeit war er allein im Bus. Es war seine Chance.

Plötzlich hörte er Schritte die vordere Treppe zum Bus heraufkommen und gleich darauf Freds raue Stimme: »Was machst du da, Albie?«

Albie wandte sich um und starrte den Chemiker an. »Was zum Teufel geht dich das an?«

Freddie blieb stehen. Falls er eingeschüchtert war, ließ er es sich nicht anmerken. »Ich bin für die Ladung verantwortlich. Ich muss zusehen, dass sie richtig verstaut ist.«

»Du? Dein Job ist es, das Zeug herzustellen. Ich bin derjenige, der es prüft und verlädt. Und jetzt verschwinde, bevor ich dir eines deiner Reagenzgläser in deinen roten Arsch stecke!«

Freddie zögerte. Sein Temperament äußerte sich ausgesprochen verbal, er stand nicht auf Gewalt und hatte auch keine Todessehnsucht. Und er wusste, dass Albie durchaus in der Lage war, seine Drohung wahr zu machen. Er wich zurück. »Das sage ich den Zwillingen«, drohte er Albie.

»Sag es, wem du willst!«, grinste Albie, als er den Feurigen Fred mit erloschenen Flammen enteilen sah.

»Wichser«, flüsterte er, griff sich einen Beutel Meltdown und steckte ihn in die Tasche.

18

Danke für Kaffee. Später Klub?

Danny war bei Lee, als Storms SMS kam. Sie aßen gerade in einer Pizzeria in der Nähe von Fergus' und Dannys Hotel.

Phil behielt die Zwillinge im Auge, die ins Hotel Malmaison im Stadtzentrum umgezogen waren, während ihre Wohnung in Ordnung gebracht wurde.

Danny reichte sein Handy an Lee weiter, der die SMS las und auf die Uhr sah. Es war 21:45 Uhr. Er gab Danny das Telefon zurück.

»Gehst du hin?«

»Ich weiß nicht. Was sagst du?«

»Ich bin nicht dein Dad, Danny. Du musst mich nicht um Erlaubnis fragen. Aber *wenn* du gehen willst, dann solltest du es Fergus sagen – nicht weil er dein Großvater ist, sondern weil er dein Boss ist. Die blonde Granate ist nicht nur eine heiße Braut, sie ist eine Zielperson.«

Danny nickte. Manchmal, wenn er mit Lee und Phil zusammen war, war es ihm unangenehm, dass Fergus nicht nur sein Boss, sondern auch sein Großvater war. Es war ein wenig so, als ob ein Fußballmanager seinen eigenen Sohn im Team aufstellte; vielleicht war jemand der Meinung, dass er seinen Platz dort nicht wirklich verdient hatte.

Aber Fergus räumte Danny ganz bewusst keine Sonderstellung ein, wenn überhaupt, war er ihm gegenüber sogar noch strenger, aber Danny war sich nie sicher, wie Lee und Phil darüber dachten.

»Ist das mit meinem Großvater eigentlich okay für dich? Dass wir hier zusammenarbeiten, meine ich«, fragte er Lee.

Lee lächelte. »Hör zu, Danny. Dudley hätte dich nicht genommen, wenn er nicht der Meinung gewesen wäre, dass du deiner Aufgabe gewachsen bist. Und wie ich Fergus kenne, hätte er nicht zugestimmt, dass du dabei bist, wenn du deinen Job nicht machen könntest. Das reicht mir.«

»Und wie ist das mit Phil? Wie denkt er darüber?«

»Phil ist ein Einzelgänger, genau wie Fergus, aber wenn er damit nicht einverstanden wäre, hätte er es Fergus früh genug gesagt. Es könnte ja sein, dass eines Tages sein Leben von dir abhängt.« Er sah Danny ernst an. »Und meines auch.«

Danny aß seine Pizza auf und dachte über Lees Worte nach. Dann schob er seinen Teller weg. Er wollte Storm gerne außerhalb des Büros sehen. Es hatte ihm gutgetan, mit ihr Kaffee trinken zu gehen, für eine kurze Zeit hatte er sich entspannen und einmal normal sein können. Sie verstanden sich gut, und Danny gefiel es, dass das actiongeladene Leben, das er in ihren Augen führte, Storm so zu beeindrucken schien.

Er konzentrierte sich wieder. »Na, dann schätze ich mal, dass ich wohl durch die Klubs ziehen muss. Rein dienstlich natürlich.«

»Darauf solltest du achten«, lachte Lee mit vollem Mund. »Und ruf deinen …«

Aber Danny wählte bereits Fergus' Nummer und erzählte seinem Großvater von Storms SMS.

»Heute Morgen habe ich nicht viel herausbekommen. Vielleicht weiß sie ja nicht viel, aber ich schätze, es wäre ganz gut, sich mit ihr zu treffen, oder?«, fragte er.

Fergus konnte sich das Lachen nicht verbeißen. »Ganz bestimmt. Scheinbar verfügst du ja doch über etwas Charme. Aber denk dran, Danny, es ist Arbeit. Wir müssen das Drogenlabor finden. Konzentrier dich. Sag Lee, dass er auf dich aufpassen soll – vielleicht triffst du ja Leute, bei denen es sich lohnt, sie zu verfolgen. Wir müssen das meiste aus den Gelegenheiten machen, die sich bieten.«

»Gut.«

»Und ruf Phil an, bevor du dich mit Storm triffst. Er soll wissen, was los ist. Und sei vorsichtig.«

»Gut«, wiederholte Danny. Beim Auflegen stellte er fest, dass sein Date mit Storm bereits viel mehr als ein Date geworden war. Schnell gab er die Befehle seines Großvaters weiter.

»Ja, hab ich mir schon gedacht«, erwiderte Lee und wischte sich die Pizzakrümel vom Mund. »Wieso kriegst du immer das Mädchen und ich die Überwachung?«

Danny grinste. »Muss an meinem guten Aussehen liegen.«

»Höchstwahrscheinlich«, grinste Lee, zog sein Geld hervor und winkte dem Kellner. »Ruf Storm an und sag ihr, dass du dabei bist. Und dann mach dich schick, du willst die Dame doch nicht enttäuschen, oder?«

Phil saß an einem kleinen Tisch in der Bar des Hotel Malmaison, das Handy am Ohr. Als Danny ihm von der Sache erzählte, musste er lächeln.

»Hast du auch ordentlich Zahnseide benutzt?«

»Ja, ja, ja.«

Danny legte auf und Phil steckte sein Handy weg. An den umliegenden Tischen unterhielten sich die Leute und lachten, während aus den Lautsprechern leise Lounge-Musik ertönte. Er musste an die Bars in den Überresten der einstmals besten Hotels in Bagdad denken, in denen die Hintergrundmusik eine Kakophonie von Helikopterflügeln, Maschinengewehrfeuer und explodierenden Granaten gewesen war, von denen einige dicht genug waren, um das Gebäude erzittern zu lassen.

Er sah auf die Uhr. Es war fast 23:10 Uhr. Beim Aufsehen erblickte er Teddy, der dicht gefolgt von seinem jüngeren Bruder den mit Teppich ausgelegten Gang zur Bar herunterkam. Teddy ging langsam und vorsichtig – er hatte offenbar immer noch Schmerzen, und er trug eine Sonnenbrille, um sein blaues Auge zu verbergen.

Phil lehnte sich zurück und beobachtete, wie er sich auf eine gepolsterte, hochlehnige Bank im hinteren Teil des Raumes setzte, während Will zur Bar ging, um Drinks zu bestellen. Phil vermutete Cola in den beiden Gläsern, die er brachte, doch bevor sie noch davon trinken konnten, erschien ein weiterer junger Mann mit feuerroten Haaren in der Bar. Er hatte es eilig und schien nicht sonderlich zufrieden zu sein.

Als er die Zwillinge entdeckt hatte, ging er direkt auf sie zu und setzte sich. Da sie zu weit weg waren, konnte Phil nicht hören, was gesprochen wurde, aber ganz offensichtlich stimmte irgendetwas nicht. Die Zwillinge hörten der erregten Erzählung zu, sahen sich gelegentlich an und runzelten die Stirn.

Phil zog sein Handy hervor und drückte die Kurzwahltaste. Der zornige rothaarige junge Mann war ein völliger Neuling in ihrem Spiel. Es könnte eine interessante Entwicklung sein.

Fergus meldete sich sofort. »Was hast du für mich?«

19

Storm und Danny eilten lachend zum Klub, sprangen um die Pfützen herum und taten so, als wichen sie den Regentropfen aus wie kleine Kinder.

Als sie die Schlange erreichten, stellte Danny fest, dass er seit Monaten nicht mehr gelacht hatte. Er dachte an Elena, und kurzfristig stiegen Schuldgefühle in ihm auf, als ob er sich eigentlich nicht amüsieren dürfte. Doch er schüttelte den Gedanken ab. Er hatte einen Job; es war okay. Auch Elena hätte das gesagt.

Statt sich hinten in der Schlange anzustellen, ging Storm direkt zur Tür, nahm Danny an der Hand und zog ihn mit sich.

»Aber müssen wir nicht …?«

»Nein, Danny, müssen wir nicht.«

Zwei schwarzbeanzugte, stämmige Türsteher waren vor dem Eingang postiert. Sie lächelten Storm zu, sahen Danny schnell abschätzend an und gingen dann zur Seite, damit sie durchgehen konnten. Beim Eintreten bemerkte er Lee hinten in der Schlange. Er wusste nicht, ob er sie gesehen hatte, aber selbst wenn, hätte er keinen Blickkontakt hergestellt.

Sobald sie den halbdunklen Empfangsbereich betraten, kam das Personal angelaufen, als ob königlicher Besuch eingetroffen wäre. Jemand nahm Storms Mantel, und der Manager begrüßte sie wie eine lang vermisste Schwester, küsste sie auf beide Wangen und sagte ihr, wie wunderbar es war, sie wiederzusehen.

Es war nicht die Rede davon, dass sie Eintritt zahlten. Sie wurden in den Klub geführt und man wünschte ihnen einen schönen Abend – im VIP-Bereich sei jede Menge Platz.

Die hämmernde Musik war so laut, dass Danny schreien musste, um sich verständlich zu machen. »Was war das denn?«

»Was?«, fragte Storm.

Danny wies zum Eingang. »Die Sonderbehandlung! Wir haben ja nicht einmal bezahlt!«

Storm lachte. »Die Zwillinge kommen hierher. Sie zahlen nie und ihre Freunde auch nicht.«

Danny schüttelte lächelnd den Kopf und sah sich im Klub um. Es war kurz vor Mitternacht, und es schien ziemlich voll zu sein. Es war schon lange her, seit er sich das letzte Mal in eine Art Klub gewagt hatte, und bei den paar Gelegenheiten waren es eher unscheinbare Etablissements gewesen, wo niemand nach dem Alter fragte.

Dieser Klub hier war anders, es war offensichtlich ein In-Place. Auf der Tanzfläche wogte eine Masse aus weißen Zähnen und weißen Hemden, während sich die Tänzer bewegten – mal in farbigem, mal in Schwarzlicht – UV-Licht, das unsichtbar war, aber alles Weiße hell leuchten ließ.

Danny hatte sich bemüht, entsprechend auszusehen, nachdem ihm Storm gesagt hatte, dass die Kleiderordnung des Klubs »lässig elegant« sei, was bedeutete »keine Jeans«. Danny trug fast immer Jeans und T-Shirt oder ein Sweatshirt und Turnschuhe, seine Garderobe war nicht gerade umfangreich.

Doch während der Ausbildung in Hereford hatte er den Befehl bekommen, sich ein paar weitere Kleidungsstücke zuzulegen – seine Ausbilder hatten ihm gesagt, dass Jeans und Sweatshirts nicht immer ausreichen würden. Also war er in den Next-Laden in Hereford gegangen und hatte sich ein paar Hosen und Hemden und sogar ein Paar normaler Straßenschuhe gekauft.

Die Schuhe drückten ihn, und er konnte nur hoffen, dass Storm nicht mit ihm tanzen wollte. Er tanzte sowieso schon schlecht, in diesen Schuhen würde er sich völlig zum Idioten machen.

Glücklicherweise umging Storm die wabernde Menge auf der Tanzfläche und lief zur Bar, wo der Lärmpegel etwas weniger ohrenbetäubend war.

Sobald Storm ihr strahlendes Lächeln aufblitzen ließ, kam der Barkeeper. »Einen großen Wodka-Tonic bitte! Und du?«, wandte sie sich an Danny.

Noch ein Problem. Danny hatte nicht erwartet, dass es so kompliziert sein würde, einfach nur auszugehen. Er trank nicht. Nicht weil er es ablehnte, es schmeckte ihm einfach nicht. Gelegentlich hatte er ein Bier probiert und es scheußlich gefunden; mit etwas Stärkerem hatte er es noch nie versucht. Aber das konnte er Storm nicht erzählen – sie würde ihn für einen völligen Looser halten.

»Komm schon, Danny«, drängte Storm, »wir sind nicht die einzigen Gäste.«

»Ich … äh … ich nehme ein Beck's.«

Storm bezahlte, sah Danny an und nickte zum VIP-Bereich hinüber. Dort war es weniger voll, und sie konnten sich hinsetzen und sich unterhalten – was, wie Danny sich selbst mahnte, das war, weshalb er hier war.

Er bemerkte neidische Blicke von anderen Männern, als sie sich bis zu der blauen Samtschnur vordrängten, die allen außer den sogenannten VIPs den Weg versperrte. Storm war zwar nicht seine Freundin, aber das wussten die Männer, die sie beobachteten, ja nicht. Er fühlte sich gut und grinste, als ein großer Türsteher das Seil löste und zurückhielt, damit sie durchgehen konnten.

Doch nicht alle Blicke, die sich auf Danny richteten, waren neidvoll; einer war voller Hass und bohrte sich in ihn wie ein Laser.

Es war Albie. Und Albie hatte keinen schönen Abend. Sein Meltdown-verwirrter Geist war in Aufruhr, als er von Danny zu Storm sah. Die Schlampe! Mit ihm wollte sie nicht in einen Klub, und jetzt war sie mit diesem tuntigen Wichser hier!

Albie wandte sich von möglichen Beobachtern ab und öffnete eine geballte Faust: Im Schwarzlicht leuchteten zwei strahlend weiße Ms auf.

Der rote Mini-Cooper verließ das Stadtzentrum von Manchester mit konstanter Geschwindigkeit.

Fergus hatte Phil aufgetragen, dem zornigen jungen Mann mit den roten Haaren zu folgen, wenn er die Zwillinge verließ, und eine Infrarot-Markierung an seinem Fahrzeug anzubringen – sofern er ein Fahrzeug hatte.

Nun, Karottenkopf hatte durchaus ein Auto – das Rot war ein wenig satter als das seiner Haare.

Der Austausch zwischen Karottenkopf und den Zwillingen war kurz, aber heftig gewesen. Er hatte gesagt, was er zu sagen hatte, den – wie Phil vermutete – beruhigenden Worten der Zwillinge gelauscht und war dann aufgestanden und gegangen. Phil war ihm gefolgt, in der Hoffnung, dass seine Zielperson ihr Auto in der Nähe geparkt hatte. Wenn nicht, war alles vielleicht schon vorbei, bevor es begonnen hatte.

Phils Vectra stand in der Nähe des Hotels. Er folgte seiner Zielperson zur Rezeption und durch den Vordereingang mit den doppelten Glastüren. Direkt gegenüber lag ein Taxistand, an dem drei Taxen auf Fahrgäste warteten. Wenn Karottenkopf das erste davon nahm, blieb Phil nichts anderes übrig, als in das nächste zu springen und den »Folgen-Sie-dem-Wagen«-Spruch loszulassen.

Das wäre schlecht. Die Straßen waren um diese Zeit relativ unbelebt, und selbst wenn Karottenkopf nicht mitbekam, dass er verfolgt wurde, sein Taxifahrer würde es bestimmt merken, und wenn er es seinem Fahrgast gegenüber erwähnte, war Phils Spiel mit Sicherheit aus.

Doch Karottenkopf ignorierte die Taxen, wandte sich nach links und zog einen Schlüsselbund aus der Tasche. Das war ein gutes Zeichen, sein Auto stand offenbar ganz in der Nähe, es sei denn, er lief gerne mit einem Schlüssel in der Hand herum.

Ganz offensichtlich war er noch zu wütend, um überhaupt in Betracht zu ziehen, dass er verfolgt werden könnte. Phil lächelte, als seine Zielperson in die erste Straße auf der linken Seite einbog, die Gore Street, wo die nächsten gebührenpflichtigen Parkplätze waren. Und wo Phils Vectra stand.

Als Phil um die Ecke bog, blinkten an einem roten Mini gerade die Lichter auf, da Karottenkopf mit dem Schlüssel auf sein Auto gezielt hatte. Es stand ein Stück weiter vor einem Pub an der Ecke. Noch besser war, dass es in die gleiche Richtung stand wie Phils Vectra. Das machte es viel leichter.

Phil stieg ein, ließ den Motor an und wartete, bis der Mini losfuhr. Er merkte sich das Kennzeichen, um es später zu überprüfen und einen Namen und eine Adresse dazu zu finden. Der Fahrer musste zwar nicht unbedingt der Halter sein, aber es war immerhin ein Anfang, um herauszufinden, wer hinter dem Steuer saß. Der Mini bog nach rechts ab und Phil machte sich an die Verfolgung. Jetzt zählten nur noch zwei einfache Dinge: Phils beträchtliches fahrerisches Können und ein ebenso beträchtliches Quäntchen Glück.

Phils Glück hielt an, als der Mini an einer Ampel rechts abbog und über Picadilly aus dem Stadtzentrum hinausfuhr.

Glücklicherweise war Karottenkopf kein jugendlicher Raser. Phil konnte ihm leicht folgen, wenn auch in einem größeren Abstand als üblich, bis er an einer Ampel aufgehalten wurde. Er wartete ruhig ab, bis er wieder grünes Licht bekam – es hatte keinen Zweck, sich über so etwas aufzuregen.

Indem er knapp über der Geschwindigkeitsbegrenzung blieb, hatte er sein Ziel bald wieder im Blick. Es befand sich drei Wagen vor ihm und blinkte rechts.

Er folgte dem Mini in ein Wohngebiet; vielleicht war Karottenkopf ja fast zu Hause.

In einer ruhigen Seitenstraße bog der Mini links ab und fuhr an einigen Wohnblocks vorbei. Phil ging das Risiko ein und blieb vor der Ecke stehen. Wenn seine Zielperson parken wollte, würde er beim Aussteigen unweigerlich ein sich näherndes Auto sehen.

Phil schaltete den Motor aus und wartete fünf Minuten. Wenn er Unrecht hatte, lag möglicherweise eine lange und fruchtlose Suche vor ihm. Er ließ den Vectra wieder an und bog um die Ecke. Sein Glück hielt Stand: Der Mini parkte kaum hundert Meter vor ihm auf der rechten Seite, und von seinem Fahrer war keine Spur zu sehen.

Phil stellte seinen Wagen fünfzig Meter weiter ab und wartete ein paar Minuten, bevor er aus seiner Tasche eine Sprühdose nahm und ausstieg. Damit ging er zum Mini zurück, hielt die Dose in der linken Hand, streckte den Arm aus und sprühte schnell eine Linie unsichtbarer IR-Farbe über den Kofferraum, das Dach und die Motorhaube.

Phil ging weiter, falls ihn jemand sah, und drehte eine Runde um den Block, bevor er wieder in sein Auto stieg.

Als er den Motor anließ, dachte er an Lee und Danny im Klub und musste lächeln. »Teilzeitkräfte«, murmelte er.

20

Ein Ausflug auf die Tanzfläche machte Storm klar, dass sich Dannys Fähigkeiten, worin immer die auch lagen, nicht aufs Tanzen erstreckten. Er war schrecklich – peinlich. Zum Glück war es furchtbar voll, sodass nur diejenigen, die das Pech hatten, nahe genug zu sein, seine Technik mit ansehen mussten.

Zwischen zwei Songs lächelte Storm und zeigte an, dass sie genug hatte. Danny folgte ihr zurück in den VIP-Bereich. Dort wartete bereits ein zweites Bier; das erste war ihm bereits zu Kopf gestiegen, aber er amüsierte sich.

Sie nahmen Platz und Danny nippte an seinem Bier. Es schmeckte ihm immer noch nicht, aber im Klub war es warm und er hatte Durst. Am liebsten hätte er ein alkoholfreies Getränk bestellt – das Letzte, was er wollte, war, wegen Alkohol am Steuer angehalten zu werden.

»Erzähl mir doch mehr von dir und deinem Großvater«, verlangte Storm und rückte näher an Danny heran, damit er sie hören konnte. »Die Zwillinge habt ihr ja ziemlich beeindruckt.«

Danny grinste. »Warum willst du das wissen?«

»Ich bin bloß neugierig. Ich mache Konversation. Du musst keine Geheimnisse vor mir haben, Danny.«

Wieder grinste Danny und hoffte, dass er nicht zu dämlich aussah, aber er konnte es nicht verhindern. So lange schon kreiste sein ganzes Leben um ein Geheimnis nach dem anderen, und da lächelte ihm dieses wunderschöne Mädchen, das er kaum kannte, ins Gesicht und sagte ihm, er müsse keine Geheimnisse haben. Sie würde ihm nicht einmal die Hälfte von dem glauben, was er durchgemacht hatte. Alles, was geschehen war seit dem Augenblick, als er den Entschluss gefasst hatte, seinen Großvater zu suchen ... Aber deswegen war er nicht hier. Er sollte Informationen sammeln.

»Da gibt es ehrlich gesagt nicht viel zu erzählen. Was ist mit dir? Willst du weiter für die Zwillinge arbeiten oder willst du noch etwas anderes machen?«

Storm verzog das Gesicht und Danny glaubte schon, er hätte alles verbockt, doch sie sah über seine Schulter hinweg.

»Oh nein!«

»Was ist?« Danny wandte sich um. Es war Albie. Er stand vor dem VIP-Bereich und starrte böse in ihre Richtung. Er stand vollkommen still, sah sie nur an, mit einem Blick, der alles besagte.

Schnell griff Storm nach ihrer Handtasche. »Wir gehen.«

»Warum? Was soll er denn machen? Sie werden ihn nicht hier hereinlassen. Und außerdem werde ich schon damit fertig, falls er Ärger macht.«

»Das verstehst du nicht. Ich weiß, wie er ist. Er will sich nicht mit dir schlagen, er will dich umbringen.«

Danny lachte und dachte an seine Ausbildung in Hereford. »Na, er kann es ja mal versuchen.«

Storm hatte sich bereits die Handtasche über die Schulter gehängt und stand auf. »Wir gehen zum Hintereingang hinaus. Komm, jetzt ist nicht die Zeit, den Helden zu spielen lass uns einfach hier verschwinden.«

»Was ist mit deinem Mantel?«

»Lass ihn. Komm schon!« Sie ging schnell los, und Danny stand auf und folgte ihr. An der Tür sah er sich noch einmal um, doch von Albie war in der Menschenmenge im Klub nichts mehr zu sehen.

Die Tür ging auf eine enge Gasse voller Mülleimer und leerer Fast-Food-Packungen hinaus. Es hatte aufgehört zu regnen, doch in der Gasse standen viele Pfützen.

Sie bogen nach rechts zu den Lichtern der Hauptstraße ab. Storms Absätze klapperten laut auf dem Beton, als sie durch die Gasse eilte. Sie hatte Angst, große Angst.

Danny sah sich um, während er ihr folgte. Plötzlich stieß er gegen Storm, die unvermittelt stehen geblieben war.

Albie war zum Vordereingang hinausgegangen und kam ihnen nun durch die Gasse entgegengerannt. Wutentbrannt schrie er: »Ich bin dir wohl nicht gut genug, du Schlampe, was?« Er blieb vor ihnen stehen und brachte sein Gesicht ganz dicht an das von Storm heran, die versuchte, zurückzuweichen.

»Ich will nach Hause! Lass mich durch!«, verlangte sie.

Albie sah in Storms entsetztes Gesicht und griff nach ihr, doch Danny schob sich dazwischen. »Lass sie!«

Albie nahm ihn nicht einmal zur Kenntnis. Er schwebte in einer anderen Welt – einer Welt, in der Chemikalien von seinem Gehirn Besitz ergriffen hatten und es zerstörten.

Danny fasste ihn am Nacken, doch Albie wirbelte herum und legte ihm seine eigenen Hände um den Hals, drückte mit unglaublicher Kraft zu und stieß sein Opfer heftig mit dem Rücken gegen die Wand. Dann begann er, Danny mit dem Kopf gegen die Ziegel zu schlagen.

Storm versuchte, ihn wegzuziehen. »Albie! Du bringst ihn ja um!«

Albie hielt inne, aber nur, um Storm zu Boden zu stoßen. Sie versuchte davonzukriechen, doch Albie trat sie heftig in die Seite, sodass sie vor Furcht und Schmerz aufschrie.

»Schlampe!«

Die kurze Pause verschaffte Danny die Gelegenheit, sich auf den drogenumnebelten Albie zu werfen. Während Storm schutzsuchend in eine Lücke zwischen zwei Mülltonnen kroch, klammerte sich Danny an Albies Rücken und drückte ihm die Finger in die Augen. Albie schrie vor Zorn auf und wand sich, um Danny abzuschütteln. Er griff nach hinten, fasste Dannys Kopf und zog ihn mit M-gestärkter Kraft über die Schulter und warf ihn in eine Pfütze.

»Du denkst wohl, du bist stark, was? Denkst du das?«

Danny hatte Mühe, überhaupt zu denken – sein ganzer Körper war bei dem Sturz in Mitleidenschaft gezogen worden und in seinem Kopf drehte sich alles –, doch er bemerkte das Aufblitzen von Stahl und sah, dass Albie ein Messer aus seinem Gürtel gezogen hatte. Die Klinge blitzte in der Dunkelheit auf, als Albie mit erhobener Hand vorsprang, um zuzustechen.

Danny konnte sich nicht bewegen – es war zu schnell; er erkannte, dass er Albies Kraft unterschätzt hatte. Das war ein schlimmer Fehler.

Doch dann heulte Albie plötzlich vor Schmerz auf. Lee war Albie in den Rücken gesprungen und hatte ihn zu Boden geworfen. Der junge Schläger lag stöhnend mit dem Gesicht in einer dreckigen Pfütze.

Lee zog Danny auf die Füße. »Bring sie hier weg!«, stieß er leise hervor. »Sofort! Du hast noch eine Aufgabe zu erledigen!«

Danny nickte und sah, wie Lee wieder durch die Gasse zurücklief. Er konnte nicht riskieren, dass Storm sah, wie er mit ihm sprach. Also schüttelte er den Kopf, um ihn wieder klar zu bekommen, warf einen Blick auf den immer noch stöhnenden Albie und ging dann, um Storm aus ihrem Versteck zu ziehen.

»Komm schon! Bevor er wieder aufsteht! Schmeiß die Schuhe weg, los jetzt!«

Sie rannten fort. Storm ließ ihre teuren Schuhe zurück, es war ihr egal. Auf der Hauptstraße mit den hellen Lichtern und den vielen Autos kamen sie sich auf einmal vor wie in einer anderen Welt. Sie wandten sich nach rechts, zum Klubeingang und Dannys Auto.

Immer noch standen späte Gäste Schlange, um hineinzukommen, und beobachteten das verschmutzte Paar, das beim Überqueren der Straße dem Verkehr auswich.

Aber Albie war dicht hinter ihnen. Blut floss ihm aus tiefen Schnitten auf der Stirn, die er sich beim Sturz auf den Betonboden zugezogen hatte. Keuchend und außer Atem erreichte er den Klubeingang, sein Kopf zuckte hin und her, und seine Augen versuchten, die Dunkelheit zu durchdringen.

Plötzlich entdeckte er Danny und Storm, die den Mazda fast erreicht hatten.

»Hey, Watts!«, erklang ein markerschütternder Schrei, der irgendwo tief aus Albies Innerstem zu kommen schien. »Du bist tot!«

Als er den Gehweg überqueren wollte, hielt Lee ihn zurück. Er fasste Albie fest an der Schulter.

»Lass gut sein, Kumpel. Wir lassen sie laufen, ja? Und wir beide unterhalten uns ein bisschen.«

Doch Lee hatte das Messer in Albies Hand übersehen. Und er wusste nicht, dass der verwirrte Schläger von einem übermenschlichen, von Meltdown verstärkten Zorn getrieben wurde. Sein Angreifer bewegte sich mit unglaublicher Geschwindigkeit und schwang so rasch herum, dass Lee ihm nicht schnell genug ausweichen konnte. Er sah die Klinge nicht, spürte nur, wie Albie sie ihm in den Bauch rammte.

»Du schwarzes Arschloch!«

Lee verschlug es den Atem und er krümmte sich vor Schmerz zusammen. Als Albie die Hand zurückzog, sah Lee das Messer und erkannte, dass das Blut daran sein eigenes war. Noch während er fiel, verspürte er nichts als Ärger. Wie hatte das passieren können? Er war doch ein Profi. Er hätte … er hörte jemanden schreien, dann umfing ihn die Dunkelheit, und schließlich war da gar nichts mehr.

Danny und Storm hörten auf der anderen Straßenseite den Schrei, als sie am Auto ankamen.

Danny versuchte, durch den Verkehr und zwischen den schreienden und rufenden Gestalten auf der anderen Straßenseite etwas zu erkennen.

»Was ist da los?«, rief er.

Storm interessierte das nicht. »Komm bitte! Lass uns bloß hier abhauen!«

»Aber da …«

»Lass es! Lass uns gehen! Bitte!«

Danny hielt zögernd die Wagentür auf. Er konnte nicht sehen, was vor sich ging, fürchtete aber, dass Lee in Schwierigkeiten war. Er wollte zurückgehen und seinem Kollegen helfen, aber was sollte er tun? Wenn Lee am Boden lag, würde man ihm helfen. Wenn Danny jetzt zurückging, brachte er möglicherweise die ganze Operation in Gefahr.

Storm geriet langsam in Panik. »Danny, bitte! Komm, bevor die Polizei auftaucht!«

Der Verkehr geriet ins Stocken, weil sich die Fahrer den Hals verrenkten, um zu sehen, was auf dem Gehweg vor sich ging.

Danny stieg ein, ließ den Motor an und fuhr los, ohne sich noch einmal umzusehen.

Auf der anderen Straßenseite gingen zwei Türsteher angespannt auf Albie zu, der das Messer von einer Hand in die andere wechselte, während seine Augen unruhig zwischen den beiden Männern in den dunklen Anzügen hin- und herwanderten.

Von irgendwoher hörte er eine Frau in ihr Handy kreischen: »Ja, Polizei! Und einen Krankenwagen! Er rührt sich nicht. Ich glaube, er ist tot!«

Tot. In dem Moment, als Albie dieses Wort hörte, sagte ihm irgendetwas in seinem verwirrten Gehirn, dass er flüchten sollte, solange es noch ging.

Er schnellte vor und griff die beiden Türsteher an, die zurücksprangen und kurzzeitig aus dem Gleichgewicht gerieten. Bevor sie es wieder erlangten, hatte sich Albie umgedreht und war abgehauen.

»Haltet ihn!«, rief jemand, und die beiden Türsteher setzten ihm kurz nach, doch dann blieben sie stehen. Es war ihr Job, die Leute im Klub zu schützen, sie wurden nicht dafür bezahlt, Irre mit Messern durch die Straßen zu hetzen. Das sollte die Polizei tun.

21

Danny saß im Dunkeln auf seinem Bett und starrte blicklos auf die geschlossenen Vorhänge. Er hatte nicht geschlafen, hatte es nicht einmal versucht. Es ging nicht. Er trug immer noch die feuchte, zerknitterte Kleidung, die er am Abend getragen hatte.

Schließlich stand er auf und zog die Vorhänge auf. Das einfallende Tageslicht schmerzte in seinem Kopf, sodass er zusammenzuckte und die Augen zusammenkniff.

Die Tür ging auf, und Fergus trat ein, das Handy am Ohr. »Nein, niemand anderes, Phil kann sich darum kümmern, solange wir weg sind. Er muss … ja, tschüss.«

Er legte auf und sah Danny an. »Es steht nicht gut.«

Danny wurde es kalt, und er spürte, wie sich seine Nackenhaare aufstellten. »Ist er tot?«

»Nein. Aber er hat eine Menge Blut verloren. Derjenige, der den Notruf getätigt hat, hat den Krankenwagen zum falschen Klub geschickt. Sieht im Moment nicht gut aus.«

Danny ließ sich in den Sessel sinken. »*Mein* Partner, der Mann, auf den ich aufpassen sollte, wird erstochen, während er auf mich aufpasst. Und ich bin einfach weggelaufen!«

»Nein, Danny. Du hast alles richtig gemacht. Es hätte die ganze Operation gefährdet, wenn du geblieben wärst, und Lee kannte das Risiko. So etwas passiert während solcher Missionen, manchmal geht es eben schief. Aber dann muss man damit fertig werden und weitermachen.«

Aber Danny konnte nicht weitermachen, auch wenn ihn die Worte seines Großvaters trösten sollten. Nichts, was Fergus sagen konnte, machte die Sache für ihn erträglicher oder ließ ihn über die Tatsache hinwegkommen, dass sein Partner in Lebensgefahr schwebte. Und das seinetwegen. Er musste an Lees Worte denken. Er hatte gesagt, dass sein Leben möglicherweise eines Tages von Danny abhängen würde.

Danny hatte zwar gewusst, dass das stimmte, aber er hätte nie gedacht, dass es schon am selben Abend eintreffen würde.

Fergus setzte sich Danny gegenüber aufs Bett. Aus Erfahrung wusste er, dass das beste Mittel, mit seinen Gefühlen fertig zu werden, darin bestand, sie mit Arbeit zu betäuben. »Lee hat sich gut gehalten: Als er im Krankenhaus ankam, hat er seinen falschen Namen und die Tarnadresse angegeben, und Phil wurde angerufen.«

»Können wir ihn besuchen?«

Fergus stand auf und ging ans Fenster. »Nein. Dudleys Leute haben ihn gerade aus dem Krankenhaus abgeholt. Sie werden sich um ihn kümmern. Er ist jetzt sowieso draußen. Ruhig gestellt.«

Er wandte sich wieder an Danny. »Erzähl mir noch einmal von Storm. Hat sie dir bestimmt keine Hinweise auf die Drogenfabrik gegeben?«

»Sie war viel zu aufgeregt. Ich konnte ihr keine Fragen mehr stellen. Sie hat mich nur immer wieder angefleht, den Zwillingen nicht zu sagen, dass wir zusammen ausgegangen sind. Sie werden eifersüchtig, wenn jemand anderes an ihr Interesse zeigt.«

Fergus schüttelte den Kopf. »Das Mädchen hat ja einen wahren Fanklub. Die Zwillinge, Albie, dich.«

»Ich habe *gearbeitet*, Großvater!«, fuhr Danny auf. »Ich habe Befehle ausgeführt! *Deine* Befehle!«

Fergus erkannte die Anspannung im Gesicht seines Enkels.

»Schon gut«, meinte er sanft. »Ich meine ja nur, für jemanden, der nichts weiß, übt sie eine starke Anziehungskraft auf die Leute aus, die etwas wissen. Hoffentlich hat Albie den Zwillingen nichts erzählt. Ich will nicht, dass sie sich noch mehr aufregen.«

Er sah auf die Uhr. »Ich muss jetzt zur Garage, die Zwillinge erwarten mich. Hast du gepackt?«

»Noch nicht.«

»Dann dusch und zieh dich um und komm dann nach. Und erzähl den Zwillingen nichts davon.«

»Aber was ist mit Albie? Ich werde …«

»Nein!« Fergus zeigte mit dem Finger auf seinen Enkel, um sich zu vergewissern, dass dieser ihn auch wirklich ansah, damit kein Zweifel darüber bestand, was er zu sagen hatte. »Du wirst gar nichts tun! Lass dich nicht von deinem Zorn beeinflussen, Danny. Bleib professionell. Zum richtigen Zeitpunkt werde *ich* mich mit dem kleinen Mistkerl befassen. Nicht du. Ist das klar?«

Danny starrte ihn an, ohne zu antworten.

»Danny, hast du mich verstanden?«

Danny sah zu Boden und nickte dann.

»Gut.« Fergus nahm den kleinen Koffer, den er bereits für die Reise nach Barcelona gepackt hatte, und ging zur Tür. »Wir sehen uns in der Garage.«

Danny sah lange Zeit auf den Boden. Er dachte an Storm. Er dachte an Lee. Aber die meiste Zeit dachte er an Albie. Er dachte und dachte so lange, bis die Wut wie ein Feuer in seiner Brust brannte.

Albie war nicht gekommen. Er hätte mit nach Barcelona kommen sollen, aber niemand hatte ihn gesehen. Er hatte nicht angerufen und ging auch nicht an sein Handy.

Die Zwillinge waren mit Fergus im Büro, und Will wirkte besorgt. Auch Teddy, doch er schien überaus erleichtert, dass Fergus da war, um sich um solche Probleme zu kümmern.

Fergus hatte nicht die Absicht, Teddys wachsende Abhängigkeit von ihm zu unterbinden. Es konnte nur nützlich sein. Will blieb reservierter, aber auch das unterstützte Fergus vorsichtig: Es verursachte einen immer größer werdenden Riss zwischen den beiden Brüdern, die bislang so fest zusammengehalten hatten. Fast wie ein und dieselbe Person.

Jetzt waren es definitiv zwei, und die Streitereien wurden häufiger.

Teddy sah seinen Bruder böse an. »Du solltest Albie im Auge behalten. Wahrscheinlich ist er auf M und hängt irgendwo herum. Du solltest dafür sorgen, dass er nicht noch mehr von dem Zeug klaut.«

Will starrte zurück. Anders als sonst gab er nicht nach. »Wir wissen nicht, ob er etwas gestohlen hat. Vielleicht hat er sich letzte Nacht nur besoffen oder ein Mädchen getroffen.«

»Ach!«, machte Teddy. »Was für ein Mädchen würde sich denn mit ihm abgeben?«

»Keine Ahnung! Ich weiß nur, dass es keinen Sinn hat, herumzuspekulieren. Er wird schon irgendwann auftauchen.«

Teddy sah Fergus an. »Wir hätten ihn schon vor langer Zeit loswerden sollen.«

»Ach wirklich?«, warf Will schnell ein. »Und was genau hätten wir tun sollen?« Er wandte sich an Fergus. »Ihn umbringen?«

Fergus zuckte beiläufig mit den Achseln, als ob er diese Möglichkeit durchaus in Betracht gezogen hätte. Aber er würde sich nicht auf eine Seite stellen. Sie spielten ihm in die Hände. Während sie sich immer mehr aufregten, blieb er gelassen. »Warum sind Sie ihn denn nicht losgeworden?«, fragte er Teddy.

»Als wir angefangen haben, war er noch nicht so. Er war zwar ein Schläger, aber davon brauchten wir auch ein paar. Und er war clean; er sagte, er hasse Drogen. Albie ist wie viele andere von seiner … *Sorte.*« Das letzte Wort spuckte er fast aus. »Sie halten sich für besser als die, die ihr freies Einkommen für Freizeitdrogen ausgeben, während sie selbst ihr Geld für Zigaretten, Bier und Fußball verschwenden.«

Fergus hätte fast laut aufgelacht. Er wusste nicht, wer schlimmer war, die Albies oder die Teddys dieser Welt, die gleichermaßen voller Vorurteile und Klischees waren. Aber es spielte keine Rolle, und Fergus konzentrierte sich lieber auf die Mission. »Was hat Albie so verändert?«

»Wir haben herausgefunden, dass Albie seit einiger Zeit die Pillen klaut. Anfangs, um sie zu verkaufen, doch dann hat er angefangen, sie zu nehmen. Jetzt ist er abhängig.«

»Also zurück zu meiner ersten Frage: Warum haben Sie sich nicht von ihm getrennt?«

»Was hätten wir denn tun sollen?«, antwortete ihm Will. »Er weiß zu viel. Wir haben ihm freigegeben, bei voller Bezahlung, damit er clean wird, und wir dachten, er hätte es geschafft. Doch das, was man uns gestern Abend erzählt hat, und die Tatsache, dass er heute Morgen nicht erschienen ist, lässt uns vermuten, dass wir uns geirrt haben.«

Teddy verzog das Gesicht. »Nein, *du* hast dich geirrt.«

Fergus stand abwartend daneben, während sich die Zwillinge anfunkelten.

Will sah auf die Uhr. »Wir sollen in ein paar Stunden abreisen. Wo bleibt denn Storm mit dem Kaffee?«

Wie aufs Stichwort erklangen Schritte auf der Metalltreppe vor dem Büro. Es klopfte kurz und Storm trat, ohne eine Antwort abzuwarten, mit einem Papphalter mit vier verschiedenen Kaffees ein. Sie wirkte ein wenig blass, und ihre Augen hatten dunkle Schatten. Doch sie war für die Reise nach Barcelona elegant in einen schwarzen Designer-Hosenanzug mit einer weißen Bluse gekleidet. Aus Dannys Bericht von dem Kampf vor dem Klub wusste Fergus, dass sie von Albies Tritten heftige Blutergüsse haben musste, doch zumindest äußerlich ließ sie sich nichts anmerken.

Zuerst ging sie zu den Zwillingen.

»Wie üblich«, sagte sie, nahm zwei große Pappbecher aus dem Halter und stellte sie auf den Schreibtisch, bevor sie sich an Fergus wandte. »Und ein Americano für Sie, stimmt's?«

Fergus nickte und nahm seinen Kaffee entgegen. Storm lächelte ihn leicht nervös an, bevor sie sich mit dem letzten Kaffee zu dem kleinen Schreibtisch in einer Ecke des Zimmers begab.

»Wir sind noch in einer Besprechung, Storm«, sagte Teddy. »Würde es dir etwas ausmachen, deinen Kaffee draußen zu trinken? Sieh doch mal nach, ob bei den Bussen alles in Ordnung ist, ja?«

Wenn Storm der Hinauswurf kränkte, so zeigte sie es jedenfalls nicht. »Ist das nicht Albies Aufgabe?«

»Albie ist nicht hier. Noch nicht.«

Storm nahm ihren Kaffee aus dem Halter und ging zur Tür, doch Will hielt sie zurück. »Einen Augenblick, Storm. Ich hätte dich gerne etwas gefragt.«

Sie blieb stehen, offensichtlich völlig unbesorgt. »Ja?«

»Tatsache ist, dass Albie verschwunden ist. Wir haben keine Ahnung, wo er steckt.«

»Wirklich?« Storm hob die perfekt gezupften Augenbrauen. »Nun, das ist ärgerlich. Er sollte doch mit uns nach Barcelona kommen.«

»Ja, das ist ärgerlich. Wann hast du ihn das letzte Mal gesehen?«

Storm überlegte kurz und machte ein Gesicht, als ob sie so behilflich wie möglich sein wollte. »Gestern. Ja, gestern Nachmittag hier auf dem Hof. Da schien er noch okay zu sein.«

Will nickte. »Danke. Ich dachte nur, ich frage mal.«

»Tut mir leid, dass ich nicht weiterhelfen kann.«

Sie warf Fergus im Hinausgehen einen Blick zu, und er nickte ihr kaum merklich zu und versicherte ihr so, dass er ihr Geheimnis für sich behalten würde. Er nahm einen großen Schluck Kaffee und lauschte nachdenklich ihren Schritten auf der Treppe. Er fragte sich …

Dann stellte er den Becher auf den Tisch und stand auf. »Ich habe eine Stunde Zeit, Albie zu finden und die Sache ins Reine zu bringen.«

»Ins Reine zu bringen?«, erkundigte sich Will. »Was genau soll das heißen?«

»Das heißt, ich werde tun, was nötig ist«, erklärte Fergus auf dem Weg zur Tür. »Er stellt ein Problem dar – er bringt Ihr ganzes Geschäft in Gefahr. Das können wir uns nicht leisten, oder?«

22

Er saß im Auto und beobachtete seine Umgebung. Es war fast wie im *Haus am Eaton Place* – zu beiden Seiten die gleichen viktorianischen Reihenhäuser aus rotem Backstein und einer Eisenbahnlinie hinter der rechten Reihe.

Doch diese Häuser hatten keine bunten Haustüren, glänzenden Treppenstufen oder neue Doppelverglasung. Die Hälfte davon war verlassen, mit Graffiti übersät und abbruchreif. Eine in Stein gemeißelte Inschrift hoch oben an einer Wand datierte die Reihenhaussiedlung exakt auf 1897. Es hatte den Anschein, als wären die Maler damals das letzte Mal da gewesen.

Er stieg aus, bereit zur Erkundung im Vorbeigehen. Das Haus der Zielperson war die Nummer 13. Mit etwas Glück schlief das zu behebende Problem drinnen seinen Drogenrausch aus.

Die ungeraden Hausnummern lagen auf der rechten Seite, daher ging er links, um das Haus länger und früher zu sehen. Er brauchte diese zusätzliche Überwachungszeit, um einen besseren Überblick über sein Ziel zu bekommen.

Das Vorbeigehen war weit mehr als nur die bloße Lokalisation der Haustür. Er musste so viele Informationen wie möglich bekommen, denn er würde es kein zweites Mal tun. Er würde nicht einmal zurücksehen, sobald er am Haus vorbei war, immer in dem Bewusstsein, dass ihn Dritte beobachten könnten.

Ein paar Jugendliche kamen auf ihn zu, mit kahl rasierten Köpfen und Löchern in den Jeans. Sie schnippten mit ihren Zigaretten, spuckten auf den Boden und versuchten, taff zu wirken, während sie nach zwei alten Einkaufswagen traten.

Er hielt den Blick gesenkt, während sie vorbeigingen und sich dabei gegenseitig anbrüllten und sich spielerisch anrempelten. Dann sah er wieder auf und blickte sich um. Auch wenn er es jetzt nicht vielleicht gleich bemerkte, sein Gehirn würde alles speichern und ihm so später helfen.

Vor ihm hielt ein Auto, während er die Hausnummern auf der anderen Straßenseite überprüfte: 27 – jetzt war es nicht mehr weit. Er begann die Häuser zu zählen: 25, 23 ... das war wichtig, falls es keine Hausnummern mehr gab, an denen er sein Ziel erkennen konnte.

In den Häusern, hinter den schmutzigen Netzgardinen, waren die Dritten, die Vorhangspäher, die ihn vielleicht gerade jetzt beobachteten und sich fragten, wer wohl der Fremde in ihrer Straße war.

21 ... 19 ... noch drei Häuser zählte er weiter, bevor er den ersten Blick auf das Zielhaus werfen konnte. Er behielt sein Tempo bei, das Gesicht nach vorne gerichtet, doch den Blick halb nach rechts zu seinem Ziel hin gewendet.

Kein Lebenszeichen. Die Vorhänge an allen vier Fenstern waren hinter die Gardinen zurückgezogen. Aus dem Kamin kam kein Rauch, und es stand keine Milch auf der Treppe. Das hatte noch nichts zu bedeuten. Albie war nicht gerade der Typ, der vor dem Kamin seine heiße Milch trank. Im Briefkasten steckte keine Zeitung, und alle Fenster waren geschlossen.

Er wusste nicht, ob Albie allein lebte oder mit Familienangehörigen oder Freunden zusammen, aber er suchte nach allen Anzeichen, die ihm sagen konnten, ob Albie – oder jemand anderes – im Haus war.

Das linke obere Fenster war beschlagen. Das konnte bedeuten, dass Albie dort schlief. Das rechte Fenster war klar. Wahrscheinlich ein weiteres Zimmer. Leer.

Er überquerte die Straße zwischen zwei geparkten Autos vor der Nummer 15 und wandte sich nach links, um an der Tür seines Zielobjektes vorbeizugehen. Die Fenster waren dreckig, ebenso die Gardinen. Die in den oberen Fenstern hingen unordentlich herunter.

Von der Tür blätterte die Farbe ab, aber es war ein gutes Zeichen, dass sie mit einem einfachen Yale-Zylinderschloss verschlossen war. Das hieß natürlich nicht, dass Albie oder jemand anderes auf der Innenseite nicht ein paar Riegel vorgeschoben haben könnte.

Das würde er bald selbst herausfinden, denn er wusste nun, dass die Vordertür tagsüber seine einzige Möglichkeit darstellte, das Haus zu betreten. Die Rückseite konnte er nicht überprüfen, da er zu leicht gesehen werden konnte, wenn er begann, über die Bahngleise zu springen.

So ging er weiter bis zum Ende der Straße, betrat einen heruntergekommenen Laden und kaufte sich eine Zwei-Liter-Flasche Cola und ein paar Gummihandschuhe.

Gleich gegenüber lag ein kleiner Park, den er beim Ankommen schon gesehen hatte. Dort konnte er gut das tun, was zu erledigen war. Er setzte sich abseits von ein paar Pennern und einer weiteren Gruppe von Jugendlichen, die entweder Zigaretten oder Hasch rauchten, auf eine Bank, zog die Gummihandschuhe an und schüttete dann die Cola auf den Boden.

Die Klinge an seinem Leatherman war rasiermesserscharf. Schnell schnitt er den Hals und den Boden der Flasche ab, sodass er einen großen, durchsichtigen Plastikzylinder erhielt. Diesen schlitzte er auf, um, wenn er es flach drückte, ein rechteckiges Stück Plastik zu bekommen. Dann legte er es ins Gras zu seinen Füßen und schnitt den größtmöglichen Kreis aus dem Rechteck.

Die Scheibe wollte sich automatisch wieder zusammen rollen, doch das war in Ordnung. Erstens ließ sie sich so leichter in die Tasche stecken, und außerdem ließe sich sonst nicht die Tür damit öffnen.

Mit den Händen in der Tasche, damit man die Handschuhe nicht sah, ging er zum Zielobjekt zurück. Um für mögliche Beobachter möglichst unauffällig zu wirken, schlenderte er nicht, sondern ging möglichst zielstrebig.

Er ging schnurstracks zu Nummer 13, zog die Plastikscheibe aus der Tasche, rollte sie auseinander und schob sie in die schmale Lücke zwischen Tür und Rahmen. Dabei drückte er gleichzeitig nach unten gegen das Schloss und drehte die Scheibe.

Kreditkarten waren ja biegsame Freunde, aber nicht biegsam genug, um eine Tür zu öffnen. Das Plastik muss zweimal einen rechten Winkel um den Türrahmen überwinden, um den Riegel zurückzuschieben.

Diese Methode jedoch funktionierte, weil die Plastik scheibe biegsam genug war, um um die Ecken zu kommen, und doch fest genug, um gegen das Schloss zu drücken und es zu öffnen.

Er schob und drehte die Scheibe, die sich um den Türrahmen wand, bis sie den Bolzen erreichte. Mit zwei weiteren Stößen öffnete sich die Tür.

Kinderleicht. Aber das war der einfache Teil gewesen.

Ohne Zeit zu verlieren, trat er ein und schloss vorsichtig die Tür, wobei er den Knauf des Zylinderschlosses langsam drehte, sodass es wieder einrastete, dann steckte er die Plastikscheibe in die Hosentasche. Er blieb still stehen, sah sich nur um und lauschte, um sich an seine Umgebung zu gewöhnen.

Es war eine Müllhalde. Dutzende von Briefen, Flyern und Broschüren lagen im Flur, auf den meisten fanden sich feuchte, schmutzige Fußabdrücke. Zigarettenstummel und leere Alubehälter von Fast Food lagen herum, wo sie auf dem fadenscheinigen Teppich fallen gelassen worden waren.

Seine Augen, Ohren und Nase machten Überstunden. Er hielt den Mund offen, um seine eigenen Atemgeräusche zu dämpfen, damit er so viel wie möglich hören konnte. Unten war alles still. Das einzige Geräusch kam von oben. Dort war ein Fernseher an: Gedämpfte Musik und Applaus erklangen und dann eine Frauenstimme.

Er konnte nur die Feuchtigkeit des Hauses riechen, es gab keine verräterischen Gerüche von Toast oder Bratenduft oder Kaffee. Er wandte sich wieder zur Tür um und schob den obersten Riegel vor. Hier kam niemand herein, solange er da war, und wenn Albie oben war und versuchte wegzulaufen, würde er aufgehalten werden, wenn er in Panik geriet und mit dem Riegel hantierte.

Er ging den kurzen Weg durch den Flur zur Treppe, dicht an der Wand, um zu verhindern, dass die Dielen knarrten. Langsam und vorsichtig nahm er immer zwei Stufen auf einmal, immer noch dicht an der Wand.

Die Frauenstimme wurde lauter. Sie kam aus dem Zimmer auf der rechten Seite, dem mit dem beschlagenen Fenster.

Er erreichte die Tür, hielt den Leatherman fester in der rechten Hand und ergriff die Klinke mit der Linken. Schließlich riss er die Tür auf und sprang ins Zimmer. Er hatte den Überraschungsmoment auf seiner Seite, und das wollte er auch nutzen.

Dann blieb er plötzlich stehen. Auf dem Bett erblickte er einen Körper. Es war wirklich Albie, aber er war bereits tot. Er lag auf dem Rücken in einer Lache aus Blut, das ihm aus Mund, Ohren und Nase geströmt war.

Am Fußende des Bettes lächelte eine Fernsehmoderatorin auf die blutige Szene und empfahl Diäten, mit denen das Herz gesund blieb.

Er konnte die Leiche nicht länger ansehen; er musste sich gegen die Wand lehnen und die Hand vor den Mund halten, um den Brechreiz zu unterdrücken. Aber er war froh, dass Albie tot war; auch wenn es ihm die Gelegenheit nahm, Rache zu üben für das, was er Lee angetan hatte. Er schob den Leatherman wieder in die Tasche und warf einen Blick durch die Gardine, als ihm auf der anderen Straßenseite etwas auffiel.

Verdammt!

Es war Fergus. Er überquerte die Straße zum Haus. Er ging vorbei. Danny hatte den Befehl seines Großvaters missachtet – sein Wunsch nach Rache war zu stark gewesen, doch er durfte nicht zulassen, dass Fergus ihn jetzt hier fand.

Er blieb nicht, um Albie die letzte Ehre zu erweisen, nahm auf dem Weg nach unten drei Treppenstufen auf einmal und hätte die letzte dabei beinahe verfehlt. Am Geländer konnte er sich gerade noch festhalten. An der Tür konnte er die Schritte seines Großvaters ein paar Meter weiter vorbeigehen hören.

Danny zählte bis dreißig, holte tief Luft, schob dann den Riegel zurück und schloss auf. Er ging hinaus, zog die Tür zu und kümmerte sich nicht einmal darum, ob sie auch richtig zu war. Er sah auch nicht nach, ob sich sein Großvater vielleicht umdrehte. Das würde er nicht. Einsatzroutine.

Schnell ging er in die entgegengesetzte Richtung weiter. Gerne wäre er gerannt, tat es aber nicht. Hinter den Häusern rumpelte ein Zug vorbei.

23

Die Busse waren abfahrbereit. Die Passagiere saßen bequem, ihr Gepäck war verstaut, und Teddy und Will redeten mit Storm und überprüften alles ein letztes Mal.

Als Fergus Danny auf den Hof fahren sah, ging er zu ihm hinüber, und noch bevor Danny seine Tür öffnen konnte, hatte sich Fergus auf den Beifahrersitz fallen lassen.

Ohne ein Wort zu sagen, griff er in die Innentasche seines Jacketts und holte eine zusammengerollte Plastikscheibe heraus, die er langsam auseinanderrollte, damit Danny auch genau sah, was es war.

Danny sah, wie Fergus die Scheibe auf das Armaturenbrett legte. Er fluchte leise – sie musste ihm aus der Tasche gefallen sein, als er auf der Treppe gestolpert war. Das war ein blöder, ein elementarer Fehler.

Er erwartete einen Wutanfall von seinem Großvater, doch der blieb aus.

»Ich habe dir den ausdrücklichen Befehl gegeben, dich von Albie fernzuhalten.«

Danny nickte langsam. »Warum bist du nicht …?«

»Wütend? Stinksauer? Warum ich dich nicht zusammenstauche, weil du die Einsatzregeln missachtest? Das hatten wir doch schon alles, Danny, und scheinbar hat es nichts gebracht, oder?«

Danny wusste nicht, was er sagen sollte. Fast wünschte er, sein Großvater würde anfangen zu schreien. Das war er wenigstens gewohnt. Aber Fergus wollte nicht schreien. Er hatte nachgedacht und war der Meinung, es sei nun langsam Zeit für Konsequenzen.

»Ich bin wütend, Danny. Ich dachte, du seiest für das hier bereit, aber da habe ich mich wohl getäuscht. Du bist es nicht und wirst es vielleicht auch nie sein. Du hast Mut – du kannst es – aber die erste Regel lautet: Gehorchen. Befehle werden befolgt. Du hältst dich an das, was man dir sagt…« Er zuckte mit den Schultern, sie wussten beide, was er meinte. »Und die zweite Regel lautet: Lass dich nie von deinen Gefühlen überwältigen. Ich habe dir das heute Morgen noch gesagt, und trotzdem machst du Jagd auf Albie. Was hattest du eigentlich genau vor?«

Danny wandte sich ab. »Ich wollte ihm das mit Lee heimzahlen.«

Fergus sah Danny kurz an, bevor er sagte: »Du kommst nicht mit nach Barcelona.«

»Was?«

»Ich kann mich nicht darauf verlassen, dass du meinen Befehlen gehorchst. Dazu ist diese Operation zu wichtig.«

Das Ausmaß dessen, was Fergus sagte, traf Danny wie ein Schlag mit dem Hammer. Er sah aus dem Fenster: Die Busfahrer ließen die Motoren an und die Sicherheitsleute gingen an Bord. Er schüttelte den Kopf.

»Bitte nicht! Ich habe mit dem Team gearbeitet – ich habe alles gemacht, was du von mir wolltest. Nur dieses eine Mal habe ich etwas falsch gemacht; ich werde es nicht wieder tun!« Er sah Fergus an, doch was er in seinem Gesicht las, war nicht gerade ermutigend.

»Ihr braucht mich doch! Das weißt du! Wir sind ohne Lee sowieso schon einer zu wenig. Phil muss hier bleiben und nach dem Drogenlabor suchen. Und sonst hast du niemanden.« Draußen heulten die Busmotoren auf, und einer der Fahrer hupte kurz, um sie zur Eile zu mahnen.

»Gib mir nur noch eine Chance, und ich verspreche dir, ich werde dich nie wieder enttäuschen. Nie wieder!«

Fergus seufzte und blickte seinem Enkel forschend in die Augen. Schließlich nickte er. »Na gut. Aber wenn du noch einmal vom Einsatzplan abweichst, dann war's das, klar? Du nimmst das erste Flugzeug. Verstanden?«

»Verstanden«, bestätigte Danny.

Fergus schwieg einen Moment. »Wenn wir nach Barcelona kommen, musst du etwas für mich tun – und dazu brauchst du das hier.«

Aus der Reisetasche, die er mitnehmen wollte, zog er einen kleinen schwarzen Kamerabeutel und reichte ihn Danny.

»Was ist das?«, wollte der wissen.

»Eine Handycam und ein G3-Handy mit Miniatur-PC. Ich erkläre es dir später. Sieh zu, dass du weißt, wie das Zeug funktioniert, und pass auf, dass dich keiner damit sieht.«

Danny verstaute die Kameratasche im Rucksack, den er bei sich hatte.

Der erste Busfahrer ließ ein weiteres ungeduldiges Hupen ertönen.

»Wir müssen los. Du bist mit Will im zweiten Bus. Bleib bei ihm. Pass auf und …«

»… halte dich an die Regeln, ich weiß«, unterbrach ihn Danny.

Sein Großvater schien nicht begeistert, und Dannys Grinsen verschwand aus seinem Gesicht.

»Und Danny …?«, fuhr er fort.

»Ja?«

Fergus wies auf die Plastikscheibe auf dem Armaturenbrett. »Was ist damit? Was habe ich dir beigebracht?«

Danny griff hinüber und nahm sie an sich. Lächelnd rollte er sie auseinander. »Nimm immer alles wieder mit, was du mitgebracht hast.«

24

Die Fahrgäste hatten es sich für den ersten kurzen Abschnitt der Reise über Land von Manchester zum Hafen von Hull bequem gemacht.

Die Reisegesellschaft bestand hauptsächlich aus Männern im mittleren oder fortgeschrittenen Alter, die zu zweit oder dritt reisten. Einige hatten ihre Frauen dabei. Barcelona ist nicht nur für seinen Fußball berühmt, sondern auch für seine Architektur, Museen, Sehenswürdigkeiten und Geschäfte.

Die Reisen sollten Kurzurlaube sein. Sie dauerten bis zu fünf Tagen und hatten das Fußballspiel als Höhepunkt. Zuvor war eine entspannte Reise über die Nordsee geplant, mit einem Gourmet-Diner und ein paar Stunden im Casino, dann fuhr man durch eine malerische Landschaft, übernachtete noch einmal, und am Bestimmungsort wartete ein Fünf-Sterne-Luxushotel.

Niemand hatte es eilig – zumindest nicht auf dem Hinweg. Zurück ging es normalerweise schneller, und die Gäste hatten die Möglichkeit, mit dem Flugzeug zurückzureisen. Wer es nicht so eilig hatte oder nicht fliegen wollte, blieb im Bus.

Ein paar Fahrgäste arbeiteten noch, riefen ihre E-Mails ab oder redeten am BlackBerry, aber die meisten nutzten die Gelegenheit, sich auszuruhen und zu entspannen. Einige tranken Kaffee oder Earl-Grey-Tee; ein paar gönnten sich auch ein Glas Taittinger-Champagner. Insgesamt sollte die Reise so flexibel und luxuriös wie möglich sein.

Fergus saß im ersten Bus auf einem der Plätze, die für das Personal reserviert waren. Auf dem Fensterplatz auf der anderen Seite des Busses saß der Ersatzmann für Albie, George, ein etwa zwanzigjähriger untersetzter junger Mann mit strähnigen Haaren.

Wie die meisten der Muskelprotze, die die Zwillinge anheuerten, war auch George kein Mann vieler Worte. Seit er in den Bus gestiegen war, hatte er eigentlich gar nichts gesagt, sondern hatte die meiste Zeit die Nase in die *Sun* vergraben. Als ihm das Zeitungslesen zu anstrengend wurde, starrte er einfach aus dem Fenster.

Fergus passte das gut. Er nutzte die Gelegenheit, Storm in Action zu beobachten und herauszufinden, ob sie wusste, was die Zwillinge wirklich taten.

Es konnte kein Zweifel bestehen – sie war gut: Mit Eleganz und Charme schwebte sie umher, nie jemandem im Weg und doch stets bereit für ein nettes Wort oder ein kurzes Gespräch hier und da. Nichts Ernsthaftes – sie wirkte keinesfalls intellektuell anspruchsvoll. Sie füllte Gläser und Tassen nach, ohne einen Tropfen zu verschütten – scheute keine Mühe und versah ihren Dienst stets mit einem Lächeln.

Teddy war in nicht ganz so brillanter Verfassung. Er musste immer noch die Nachricht von Albies Ableben verarbeiten. Fergus hatte es den Zwillingen erzählt, sobald er zur Werkstatt zurückgekommen war. Sie hatten mit einer Mischung aus Erleichterung und Entsetzen reagiert, als er beschrieben hatte, wie Albie zu Tode gekommen war.

Der Verkehr floss störungsfrei, und der erste Teil der Reise verlief ohne Zwischenfälle. Als alle saßen, kam auch Teddy und ließ sich neben Fergus nieder.

Als er sah, wie Fergus Storm beobachtete, meinte er: »Sie

ist ein wahrer Schatz. Ich weiß nicht, was wir ohne sie tun würden.«

Fergus nickte. »Die Leute im anderen Bus verpassen etwas.«

Teddys Gesicht wies immer noch Spuren der Schläge auf, die er sich bei seiner ungeplanten Begegnung mit dem verblichenen Siddie Richards und seinen Kumpanen eingehandelt hatte, doch er brachte hinter seiner Sonnenbrille ein Lächeln zustande.

»Nicht lange. Wir machen das immer so, dass Storm jedes Mal, wenn wir anhalten, den Bus wechselt. Dann haben die Gäste etwas, auf das sie sich freuen können, und es wird ihnen nicht langweilig.«

»Also verteilt jetzt gerade Will im anderen Bus die Getränke?«

»Das ist ja nicht so schwierig. Uns beachtet man kaum; sie interessieren sich nur für Storm – zumindest die Männer.«

Fergus sah zu George hinüber, der es noch einmal mit der *Sun* versuchte. Sein Zeigefinger fuhr mit den Worten mit, die er las, und hielt gelegentlich inne, wenn er über eines mit drei Silben stolperte.

»Und das Superhirn da hinten? Was ist seine Aufgabe?«

Leise antwortete Teddy: »Wir haben immer drei wie ihn dabei. Mit den Gästen haben sie nichts zu tun, obwohl sie offiziell für ihre Sicherheit zuständig sind. Ihre eigentliche Aufgabe ist es, das Meltdown aus den Bussen zu den Fahrzeugen unserer Kontaktleute in Europa zu bringen. Das ist der einzige Teil der Operation, in den sie eingeweiht sind.«

»Und wann erfahren Sie, wo die Übergabe stattfindet?«

»Durch einen Anruf nach unserer Ankunft«, erklärte ihm Teddy.

Wieder nickte Fergus. Es war alles extrem sauber und effizient organisiert, bis ins letzte Detail – einschließlich der Leistung der hübschen Storm, die ihm eines ihrer sensationellen Lächeln schenkte, als sie merkte, dass er sie ansah. Fergus hatte das Gefühl, dass mehr in ihr steckte, als man auf den ersten Blick vermutete, aber er hatte noch nicht herausgefunden, was es war.

Er schaute zu George hinüber, als er hörte, wie ihm die Zeitung vom Schoß zu Boden raschelte. Die intellektuelle Herausforderung der *Sun* hatte ihn besiegt: Sein Kopf lehnte am getönten Fenster und er schnarchte leise mit offenem Mund.

Fergus dachte wieder an die Operation. Jetzt wusste er, wie die Drogen vertrieben wurden, aber er hatte immer noch keine Ahnung, wo und wie sie hergestellt wurden. Außerdem wusste er nicht, wer die Kontaktleute der Zwillinge waren.

Er wandte sich wieder Teddy zu, der schrecklich aussah.

»Sie machen sich immer noch Sorgen, Teddy. Deshalb haben Sie mich dabei. Es sind nicht nur die Manchester-Gangs, die Ihnen und Will Kummer machen, stimmt's?«

Teddy zögerte einen Moment. »Es ist alles so schnell gewachsen, vielleicht zu schnell. Und dann … die Anschläge auf die Garage … Siddie Richards … Albie. Ich habe das Gefühl, als geriete alles irgendwie außer Kontrolle«, seufzte er. »Ich bin nur froh, dass Sie da sind.«

25

Die Reise verlief nicht länger ganz so reibungslos, aber das hatte nichts mit schlechter Organisation oder Planung zu tun, es lag schlicht am Wetter.

Der Wind heulte, Regen prasselte herunter, und die Nordsee war aufgewühlt. Die Fähre war ein beeindruckendes modernes Schiff, das auch in rauer See ruhig liegen sollte. Doch selbst die neueste Technik konnte das Rollen und Stampfen des Schiffes nicht verhindern, gegen dessen Rumpf eine Riesenwelle nach der anderen donnerte.

Durch die tosende See hatten die meisten Gäste ihr Gourmet-Diner kaum angerührt, und der Besuch im Casino fand ein jähes Ende, weil die kreiselnde Roulette-Scheibe die Seekrankheit nur noch verstärkte. Teddy, Will und Storm liefen umher und taten ihr Bestes, um die Stimmung zu heben, doch sie wussten, dass sie auf verlorenem Posten kämpften.

Fergus blieb so lange bei den Zwillingen, bis die meisten ihrer Gäste entweder schliefen oder sich für den Rest der Reise irgendwo niedergelassen hatten. Doch bevor sich Will und Teddy in ihre gemeinsame Kabine zurückzogen, führte er sie in eine ruhige Ecke der Lounge im hinteren Bereich der Fähre.

»Wenn ich meinen Job für Sie hier gut machen soll, dann muss ich mehr über die Situation wissen, in die wir uns jetzt begeben.«

Will begann den Kopf zu schütteln, noch bevor Fergus ausgesprochen hatte.

Fergus machte deutlich, dass er verärgert war. »Seien Sie doch nicht solche Amateure! Sie bezahlen mich dafür, eine Aufgabe zu erledigen, also läuft die Sache ab sofort so: Ich sage Ihnen, was ich wissen muss, und Sie erzählen es mir. Sie entscheiden, was Sie weglassen – Sie haben die Wahl. Sie können Ihre kleinen Geheimnisse für sich behalten. Aber wenn dann Ihre Eingeweide am Boden liegen …« Dabei sah er Teddy an. »… und ich nicht da bin, um Ihre Haut zu retten, weil Sie zu bescheuert sind, mir etwas Wichtiges zu erzählen, dann vergessen Sie nicht, dass es Ihre Entscheidung war.« Damit stand er auf, um zu gehen.

»Nein, Watts!«, rief Teddy und sah Will böse an. »Wir werden Ihnen sagen, was Sie wissen müssen.«

Will erwiderte den Blick seines Bruders, sagte aber nichts. Teddy war immer noch derjenige, der das Sagen hatte.

Fergus sah sich noch einmal schnell in der Lounge um. Sie war praktisch leer, es war niemand in der Nähe, also setzte er sich wieder und senkte die Stimme.

»OK. Also lassen Sie uns zur Sache kommen. Zunächst einmal: Der Mann, mit dem Sie zusammenarbeiten – wer ist das?«

Teddys Gesicht wirkte einen Augenblick lang verschlossen, dann lehnte er sich seufzend vor.

Seine Stimme wurde noch leiser, zu einem kaum hörbaren Flüstern. »Seinen Namen können wir Ihnen nicht sagen. Aber den müssen Sie auch nicht wissen.«

»Okay. Wie gut kennen Sie ihn?«

»Eigentlich kaum. Wir haben ihn nur ein einziges Mal getroffen. Er bleibt im Hintergrund, und wir machen die Geschäfte nur mit seinen Leuten.«

»Und wie haben Sie ihn gefunden?«

»Gar nicht – er hat uns gefunden, kurz nachdem wir angefangen haben, vor knapp einem Jahr. Wir haben nie erfahren, wie er uns gefunden hat, aber er war von unserem Aufbau beeindruckt, er hatte ein fertiges Netzwerk für den europäischen Markt und war bereit, zu Beginn sein eignes Geld zu investieren. Das hat er schon lange zurückerhalten. Er hat uns auch bei einigen Sicherheitsfragen geholfen – und uns einige Tipps gegeben, wie wir nicht mit dem Gesetz in Konflikt kommen.«

Fergus hob die Augenbrauen. Er wusste, dass er vorsichtig vorgehen musste. »Und es hat Ihnen nie Sorgen gemacht, dass Sie nichts über ihn wissen, obwohl er Sie irgendwie aufgespürt hat?«

Achselzuckend meinte Teddy: »Wir wissen, dass er bosnischer Moslem ist, der im Krieg gegen die Serben gekämpft hat. Er ist ein Selfmade-Millionär, der überall in Europa Geschäfte macht. Nicht ganz unser Niveau«, fügte er mit einem Blick auf Will lächelnd hinzu, »aber er kennt sein Handwerk.«

Fergus hörte die Bewunderung in Teddys Stimme und fragte: »Und woher wissen Sie das alles?«

»Das hat er uns natürlich erzählt, als wir ihn getroffen haben.«

Na sicher, dachte Fergus. Die Naivität der Zwillinge war geradezu unglaublich. Sie waren clever genug, um eine fast narrensichere Methode zu entwickeln, ein Drogenlabor vor dem Zugriff des MI5 zu verstecken, aber dumm genug, um jemandem, der wahrscheinlich einer der ganz Großen im internationalen Drogenhandel war, wie reife Früchte in die Hände zu fallen. Sie hatten sich weit, ganz weit, aus der Deckung gewagt.

»Und Sie glauben, Sie können ihm vertrauen?«, erkundigte sich Fergus.

Jetzt, da sein Bruder ein paar ihrer Geheimnisse verraten hatte, schien Will zu dem Entschluss gekommen zu sein, dass es nicht schaden konnte, zu betonen, wie klug sie tatsächlich waren. »Wir haben ein Vermögen gemacht, für ihn und für uns«, erklärte er selbstbewusst. »Er braucht uns mehr als wir ihn. Wir kontrollieren die Herstellung und den Nachschub. Warum sollten wir uns da Sorgen machen?«

Fergus beschloss, die Fragerei nicht zu übertreiben, und bald darauf gingen die Zwillinge nach unten in ihre Kabine. Fergus bezog in einem Klubsessel in der Nähe der Treppe Wachposten, die zu der Kabine der Zwillinge hinunterführte. Er hasste Schiffe jeglicher Art. Um sich von dem Stampfen und Rollen abzulenken, nutzte er die Zeit, um zu planen, was er und Danny in Barcelona tun mussten. Er hatte den Zwillingen zwar ein paar Informationen entlockt, doch das genügte nicht. Er musste diesem mysteriösen Millionär der Zwillinge und seiner Organisation in Europa näher kommen.

Danny war auf der Suche nach Storm. Er wusste, dass sie noch nicht in ihre Kabine gegangen sein konnte, so lange noch ein paar ihrer Gäste wach waren, daher musste sie irgendwo stecken.

Wäre der Seegang nicht so hoch gewesen, hätte er vermutet, dass sie draußen war, um frische Luft zu schnappen oder auch um sich zu übergeben. Aber die Passagiere waren gewarnt worden, dass es zu gefährlich war, und vor allen Türen nach draußen standen Mitglieder der Crew, die darauf achteten, dass nicht irgendwelche Verrückten das Risiko trotzdem eingingen.

Danny hatte schon seit Stunden auf eine Gelegenheit gewartet, mit ihr zu sprechen, aber nie waren sie länger als ein paar Minuten allein gewesen, wenn sie die Busse wechselten.

Nach ihrem rasanten Abgang aus dem Klub hätte er gerne von ihr erfahren, ob es ihr gut ging. Er war sich nicht einmal sicher, ob man ihr gesagt hatte, dass Albie tot war.

Als er durch die Fähre schlenderte, stellte er fest, dass sich die meisten Fahrgäste der Zwillinge in ihre Kabinen zurückgezogen hatten, um dort den Sturm abzuwarten. Nur drei Männer saßen noch in der Bar, hielten sich an ihrem Cognac und ihren Barhockern fest und versuchten sich gegenseitig vorzumachen, dass sie echte Seebären waren. Doch keiner von ihnen sprach viel, und mit der Zeit verfärbten sich ihre Gesichter immer grünlicher.

Im ganzen Schiff lagen Passagiere auf den Sitzen verteilt, die nicht die Vorzüge einer eigenen Kabine genossen, und viele von ihnen schworen sich, nie wieder ein Schiff zu betreten.

Doch nicht alle versuchten zu schlafen.

Hinter dem geschlossenen Café der Fähre sah er Storm am Backbordfenster stehen und in die sturmgepeitschte Nacht hinausschauen. Sie hatte ihm den Rücken zugedreht, doch als er eilig auf sie zuging, erkannte er, dass sie ernst in ihr Telefon sprach. Sie hatte ihn noch nicht entdeckt, und er kam nahe genug, um zu hören, dass sie schnell und eindringlich in einer fremden Sprache redete, bevor sie sich leicht umwandte und ihn erkannte. Sie machte große Augen, doch gleich darauf kehrte das ihm mittlerweile so vertraute strahlende Lächeln zurück. Schnell beendete sie ihr Gespräch auf Spanisch und klappte das Handy zu.

»Hallo, Danny«, sagte sie und kam auf ihn zu. »Ich habe dich schon gesucht. Die meisten sind versorgt und schlafen. Jetzt sind nur noch die letzten drei in der Bar übrig – danach können wir uns hinsetzen und uns unterhalten, wenn du magst.«

»So wie es aussieht, sitzen die da die ganze Nacht fest«, gab Danny zurück. »Mit wem hast du denn eben geredet?«

Storm sah ihn verwundert an.

»Am Telefon«, erklärte Danny.

Ihre Stirn glättete sich. »Ach, das?«, lachte sie. »Nur ein paar Absprachen mit dem Hotel in Barcelona. Einer der Gäste hatte einen Sonderwunsch, den er uns vor der Abfahrt mitzuteilen vergessen hatte. Das Übliche.« Sie lächelte. »Und jetzt wollen wir doch mal sehen, ob wir die Gebrüder Grimm da nicht ins Bett bekommen.«

Lachend ging Danny mit ihr zur Bar zurück, doch seine Gedanken überschlugen sich. Er war zwar kein Sprachgenie, aber er hatte mit Fergus lange genug in Spanien gewohnt, dass er die Sprache erkannte, wenn er sie hörte. Storm hatte den Anruf auf Spanisch beendet, aber zuvor hatte sie in einer völlig anderen Sprache geredet.

Die drei Männer in der Bar hielten sich immer noch an ihren Hockern fest. Seufzend wandte sich Storm zu Danny um und zog die Augenbrauen hoch. Danny lächelte zurück und dachte, dass sie vielleicht mit jemandem von ihrer Familie Schwedisch gesprochen hatte. Aber das würde bedeuten, dass sie ihn angelogen hatte, und das machte ihm Sorgen. Große Sorgen.

26

Fergus und Danny saßen auf einer runden Holzbank mitten im Foyer des luxuriösen Hotel Casa Fuster, wo die Zwillinge für die Dauer ihres Aufenthalts in Barcelona mit ihren Gästen abgestiegen waren. Sie beobachteten Storm, die wie ein Laufstegmodel über den glänzend polierten dunklen Marmorfußboden glitt. Erst als sie in den Lift gestiegen war und sich die Türen geschlossen hatten, wandte sich Fergus an Danny: »Eins muss man ihr lassen, sie spielt ihre Rolle perfekt.«

Da musste ihm Danny zustimmen. »Aber was für eine Rolle spielt sie?« Er hatte kein gutes Gefühl dabei, dass er Storm misstraute, obwohl er sie eigentlich sehr gern hatte. Aber er musste seinen Job erledigen und seine persönlichen Gefühle da raushalten. Er musste Fergus beweisen, dass er professionell bleiben und sich konzentrieren konnte.

Sie sahen, wie Teddy eine der großen Glastüren zur leeren Hotelbar aufstieß, sich an einen Tisch in der Ecke setzte und auf seinen Anruf wartete. Als der Barkeeper kam, schickte er ihn mit einer Handbewegung weg.

Will war noch im Foyer. Er kam zu Fergus und Danny herüber und setzte sich.

»Normalerweise lässt uns unser Freund nicht lange warten«, erklärte er ihnen. »Er scheint genau zu wissen, wann wir ankommen.«

Fast im gleichen Moment sah Fergus, wie Teddy das Handy ans Ohr hielt und einen Anruf entgegennahm, wobei er sich auf einem Zettel Notizen machte. Es dauerte nur wenige Minuten, dann stand er auf und verließ die Bar.

Beunruhigt kam er, um mit Will zu sprechen. Er zog ihn und Fergus beiseite und begann eindringlich zu reden. Danny tat so, als sei er in seine Zeitung vertieft, hörte jedoch angestrengt mit.

»Er ist *hier*!«, sagte Teddy und ließ seinen Blick unruhig zwischen Will und Fergus hin und her wandern. »Hier in Barcelona! Und er will mich und Will heute Abend sehen.«

»Hat er gesagt, warum?«, fragte Will.

»Nein«, erwiderte Teddy. »Mir gefällt das nicht. Er hörte sich so locker an wie immer, aber da ist etwas, das ich nicht ganz greifen kann ... So etwas hat er noch nie getan.«

»Kein Grund für irgendwelche Überreaktionen«, meinte Will zuversichtlich. »Vielleicht will er die Produktion erhöhen oder das Netzwerk erweitern. Hast du daran schon mal gedacht?«

Teddy war offensichtlich nicht beruhigt. »Ich will, dass Sie dabei sind«, sagte er zu Fergus.

»Oh, das werde ich. Außer Sichtweite, aber ich werde da sein. Wenn Sie wollen, kann ich Sie verdrahten, damit ich hören kann, was gesprochen wird.«

Will und Teddy sahen sich an. Danny bemerkte, dass Will leicht den Kopf schüttelte, während Teddy nickte.

»Ich glaube, du übertreibst, Teddy«, sagte Will. »Wirklich. Unsere Probleme hatten wir zu Hause, nicht hier.«

Teddy dachte darüber nach und stimmte ihm dann zu. »Seien Sie einfach nur da, Watts. Keine Kabel«, erklärte er.

Er hielt zwei kleine Zettel von dem Notizblock in der Hand. Einen davon reichte er Fergus. »Das ist die Adresse des Restaurants. Ich muss noch unsere Fahrer anrufen. Sie müssen wissen, wo der Transfer stattfinden wird.«

Danny war klar, dass es Fergus in den Fingern juckte, einen Blick auf den zweiten Zettel werfen zu können. Aber das ging nicht. Jetzt lag es an Danny, herauszufinden, wo der Meltdown-Transfer stattfand, und möglichst weitere Informationen zu bekommen, während Fergus den Kontaktmann der Zwillinge in Europa überprüfte.

27

Die olympischen Spiele von 1992 hatten Barcelona ein neues Gesicht gegeben, besonders zur Meerseite hin. Ganz neue Strandabschnitte waren eingerichtet worden und hatten einem Bezirk, der heruntergekommen und vernachlässigt gewesen war, neues Leben eingehaucht.

Jetzt war es eine belebte und beliebte Gegend. An den Stränden herrschte Tag und Nacht viel Betrieb; an langen, mit Flutlicht erhellten Abschnitten versammelten sich die jungen Leute, um Beachvolleyball zu spielen. Und viele Leute blieben stehen, um zuzusehen, bevor sie sich in eines der teuren Restaurants an der Promenade begaben.

Der Kontaktmann der Zwillinge hatte für das Treffen ein Restaurant gewählt, das nicht direkt am Wasser lag. Es hatte eine in gedämpftes Licht getauchte, breite Terrasse, auf der mit makellos weißen Tischdecken und glänzendem Besteck gedeckte Tische standen.

An der Straße gab es viele Restaurants und Bars, und Fergus saß auf der Veranda der Bar direkt neben dem Restaurant, in dem sich die Zwillinge mit ihrem mysteriösen Mann trafen.

Es war ein milder Abend, daher aßen die Zwillinge und ihre Zielperson an einem Tisch auf der Terrasse, die mit Strahlern geheizt wurde.

Fergus hatte den Typ Mann erkannt, sobald er ihn gesehen hatte. Er trug die typische Kleidung eines bosnischen

Schurken: schwarzes Polohemd, schwarze Hosen, schwarze Lederjacke. So etwas sah Fergus nicht zum ersten Mal.

Der Mann hatte die sprichwörtliche Figur eines Bulldozers – einsachtzig, massig, mit Händen wie Schaufeln und Beinen so kräftig, dass seine Oberschenkel beim Laufen aneinander rieben. Fergus schätzte ihn auf Ende vierzig. Er war leicht übergewichtig – zweifellos war er es gewohnt, gut zu essen, doch er war immer noch in recht guter Form, da schwabbelte nichts. Sein schwarzes Haar wies nur ein paar graue Strähnen auf, war aber dicht und wellig, und seine Fingernägel waren perfekt manikürt.

Er war ganz offensichtlich einer von den dicken Fischen: Aus jeder Pore verströmte er Selbstbewusstsein. Als er im Restaurant ankam, umarmte er Teddy und Will wie verlorene Söhne und schien sich ernsthaft Sorgen um Teddys Gesicht zu machen – er ließ ihn sogar die Sonnenbrille abnehmen, damit er den Schaden betrachten konnte.

Fergus überlegte angestrengt, während sie sich setzten. Will und Teddy hatten offensichtlich keine Ahnung, mit wem sie sich da eingelassen hatten. So viel hatte Fergus bereits nach dem Gespräch auf der Fähre vermutet, jetzt, wo er ihren Kontaktmann gesehen hatte, war ihm klar, dass sie tief in der Tinte steckten – bis über beide Ohren. Außerdem war ihm klar, dass jemand wie dieser Mann nie allein gekommen wäre. Also achtete er auf Dritte und ließ Gesicht und Körper ganz entspannt wirken, während sein Blick über die voll besetzte Terrasse glitt, um nach der Rückendeckung des großen Unbekannten zu suchen.

Danny war definitiv nicht entspannt. Er kroch durch das felsige Gelände über der Stadt auf sein Ziel zu, während sich Dornen in sein Fleisch gruben.

Mit dem Mietwagen, einem Corsa, war er ganz gut klargekommen, obwohl er sich schnell daran gewöhnen musste, ein Auto zu fahren, dessen Steuer auf der anderen Seite war. Aber dafür war es relativ einfach, den Bussen über die verschlungenen Straßen aus der Stadt hinaus in die Berge zu folgen. Er wusste nicht genau, wo er sich gerade befand, aber das spielte auch keine Rolle. Wichtig war nur, dass er an seinem Zielobjekt dranblieb.

Die Busse hatten schließlich an einem der vielen großen Aussichtsparkplätze mit Picknickbereichen über der Stadt angehalten. Sie waren für Touristen und Urlauber gedacht. Doch zu dieser Tages- bzw. Nachtzeit waren keine Touristen da, nur internationale Drogendealer.

Das Hauptziel der Operation Meltdown war es, das Drogenlabor aufzuspüren und zu vernichten, doch es gehörte auch dazu, herauszufinden, wie die Droge in Europa verkauft wurde. Dudley musste wissen, wer die Drogen abholte und wo sie dann hingingen. Diese Informationen würde er dann an seine europäischen Kollegen weiterleiten, damit sie den Rest des Meltdown-Netzwerkes in ihren eigenen Ländern identifizieren und zerschlagen konnten.

Beim Vorbeifahren hatte Danny gesehen, dass die Busse von der Straße in den Schutz der Bäume abgebogen waren. Etwa vierhundert Meter weiter fand er einen Seitenweg, auf dem er den Corsa verstecken konnte. Dann nahm er seine Handycam und ging zu Fuß zurück zum Parkplatz.

Als er in die Nähe des öden Geländes kam, das sein Ziel darstellte, begann er zu kriechen und überprüfte alle paar Minuten, ob er vor sich irgendwelche Anzeichen von Bewegung hören konnte.

Fergus sah zu, wie der große Unbekannte aß, als wäre es das letzte Mahl in seinem Leben. Teller auf Teller wurde an den Tisch gebracht. Fergus vermutete, dass er früher, während des Bosnienkrieges, wohl oft hatte Hunger leiden müssen, denn in diesem verwüsteten Land hatte es nur wenig zu essen gegeben. Das schien er jetzt alles nachholen zu wollen.

Teddy und Will gaben es bald auf, mit dem guten Appetit ihres Gegenüber mithalten zu wollen, und stocherten nur noch in ihrem Essen herum. Soweit Fergus es sehen konnte, schien ihr Kontaktmann den größten Teil der Unterhaltung zu bestreiten, unterstützt von weit ausladenden Gesten und einem gelegentlichen tiefen, vollen Lachen, das auf der ganzen Terrasse zu hören war und einige Gäste veranlasste, sich nach ihrem Tisch umzudrehen.

Als der Bosnier schließlich innehielt, um irgendeine Köstlichkeit zu genießen, sah Fergus, dass Teddy die Gelegenheit nutzte, ihm eine Frage zu stellen.

Der große Mann kaute langsam zu Ende und schluckte seinen letzten Bissen herunter.

Dann lächelte er breit, bevor er sich zu einer Antwort bequemte.

Die Zwillinge sahen sich an, dann fuhr Teddy fort, und das Gespräch wurde leiser fortgesetzt. Alle drei hielten die Köpfe dicht über den Tisch gesenkt. Als der Kellner kam, um die Teller abzuräumen, lehnte sich der Bosnier zurück, lachte laut, nahm die Speisekarte und redete mit dem Kellner.

Der Körpersprache der Zwillinge entnahm Fergus, dass sie ihr Gespräch für keineswegs beendet hielten, sich aber darüber im Klaren waren, dass ihr Kontaktmann nichts mehr sagen würde, bis er sich noch einen weiteren Gang bestellt hatte. Teddy wirkte nervös, und Will legte ihm beruhigend die Hand auf den Arm.

Fergus konnte nur hoffen, dass sich die Zwillinge weit genug zusammenreißen konnten, nicht zu ihm herüberzusehen und so seine Position zu verraten.

Danny hörte Motorengeräusche den Hügel heraufkommen. Es waren nur noch ein paar Meter, bevor die freie Fläche in Sichtweite kam, und er schob sich etwas schneller voran. Im Schweiß auf seinem Gesicht klebte mittlerweile Staub.

Vier Scheinwerferpaare bogen auf den Parkplatz ein und erleuchteten die Busse. Danny konnte nur schwer erkennen, ob die Crew der Zwillinge vor den Bussen stand, während die Scheinwerfer durch die Dunkelheit glitten.

Danny schaltete die Kamera und den Mini-PC an und stellte die Kamera auf Nachtmodus. Den LCD-Monitor wollte er nicht gerne verwenden, da ihn das Licht, das davon ausging, verraten konnte, also sah er stattdessen durch den Sucher. Das Licht aus der Infrarotlampe an der Handycam war für das menschliche Auge unsichtbar, doch es erhellte die Umgebung genug, dass man durch die Nachtsichtlinse die Busse und die Männer darum herum deutlich erkennen konnte. Die Bilder wurden direkt auf den PC gespielt und über eine Bluetooth-Verbindung in das G3-Handy.

Danny drückte eine Kurzwahltaste am Handy. Dann ließ er die Handycam das Geschehen mit leisem Surren aufzeichnen.

Über siebenhundert Meilen weit weg sah Dudley im abgedunkelten Kontrollraum der Operation Meltdown tief im Inneren des GCHQ, der Kommunikationszentrale der Regierung, über die Schulter des Spezialisten hinweg auf die Bilder, die von Dannys G3-Handy direkt auf den Hauptbildschirm vor ihm übertragen wurden. Die Übertragungsrate war nicht sehr gut und die Bildqualität nicht sehr hoch, aber dennoch konnte man deutlich erkennen, was dort geschah.

Das GCHQ ist das elektronische Ohr des britischen Geheimdienstes. Es sieht fast so aus wie ein modernes Fußballstadion, umgeben von riesigen Satellitenschüsseln, und liegt am Ortsrand von Cheltenham. Anhänger des Pferderennsports bekommen von der Umgehungsstraße zur Rennbahn von Cheltenham aus einen guten Blick darauf.

Vor Dudleys Augen fuhren die vier Lastwagen einzeln rückwärts an die Busse heran. Die Fahrer schalteten das Licht aus, stiegen aus, öffneten die hinteren Türen, um die Rampen herunterzulassen. Danach wurde sofort mit dem Verladen begonnen. Vom Bus zum ersten Laster wurde eine Menschenkette gebildet. Sobald er seine Ladung in Empfang genommen hatte, gingen sie weiter zum nächsten.

»Das ist ja der reinste EU-Gipfel da unten«, bemerkte der Spezialist, als Danny die spanischen, deutschen, italienischen und französischen Nummernschilder der vier Laster heranzoomte. Die Nummern wurden notiert und sofort an Dudleys Netzwerk in Europa weitergeleitet, damit man sie zu ihrem Bestimmungsort verfolgen konnte. Doch bevor Dudley es nicht befahl, würde man nichts gegen die Lieferungen unternehmen.

Der Spezialist konzentrierte sich auf die Bilder auf seinem Monitor. »Das macht er gut, so dicht heranzukommen, ohne bemerkt zu werden. Und die Kamera hält er absolut ruhig.«

Dudley nickte. »Gut gemacht, Watts Junior«, stieß er hervor.

In den Hügeln waren keine Stimmen zu vernehmen. Die ganze Operation verlief schnell und effizient. Danny vermutete, dass George und die anderen Leute der Zwillinge bereits während der Fahrt von der Stadt hierher damit begonnen haben mussten, die Drogen aus ihren Verstecken zu holen. Er ignorierte den Schweiß, der ihm in die Augen tropfte, die Dornen, die sich durch seine Jacke bohrten, und den Krampf im Arm von der Anstrengung, die Kamera ruhig zu halten, und filmte die vierundzwanzigminütige Operation, wobei er darauf achtete, so dicht wie möglich an die Gesichter heranzuzoomen, damit man sie später identifizieren konnte.

Erst als der erste Laster den Motor anließ, entspannte sich Danny ein wenig. Er hatte das Gefühl, die ganze Zeit über den Atem angehalten zu haben. Die Laster verschwanden nacheinander, zwei in die eine, zwei in die andere Richtung, und bald darauf folgten ihnen auch die Busse, die die Straße zurück nach Barcelona nahmen.

Danny blieb noch ein paar Minuten still liegen und lauschte. Er wollte sich nicht rühren, bevor er nicht sicher war, dass alle weg waren. Dann brach er die Telefonverbindung ab, steckte die Minidisk in eine Innentasche seiner Jacke – nur für den Fall, dass die Telefonübertragung nicht geklappt hatte –, steckte das Telefon und den Rest seiner Ausrüstung ein und schlich vorsichtig zu seinem Corsa zurück.

Die kleine Handycam packte er in die Tasche im Kofferraum und betrachtete einen Augenblick lang die Sterne am samtschwarzen spanischen Nachthimmel. Er war sehr zufrieden. Nach allem, was sich in den letzten paar Tagen ereignet hatte, war endlich einmal etwas genau nach Plan verlaufen. Danny lächelte, denn er wusste, dass auch sein Großvater zufrieden sein würde.

Der Bosnier nahm ein Telefongespräch entgegen, während er sein Essen genoss. Fergus winkte seinem Kellner und zahlte. Er musste darauf vorbereitet sein, loszugehen, sobald die

Zwillinge das Restaurant verließen. Nicht zum ersten Mal wünschte er sich, dass Lee noch da wäre, um dem Bosnier zu folgen, doch er wusste, dass er mehr Informationen erhalten würde, wenn er bei den Zwillingen blieb.

Der Bosnier hörte nicht auf zu kauen und nickte als Antwort auf das, was in wenigen Sekunden am Telefon gesagt wurde.

Als er das Telefon wegsteckte, lächelte er die Zwillinge an. Sein Teller war leer – scheinbar hatte er endlich genug. Aus einer Hosentasche zog er ein Bündel Euroscheine und bezahlte bar, wobei er dem Kellner ein großes Trinkgeld zurückließ.

Dann blickte er über die Schulter auf die Straße und winkte. Sofort gingen an einem Fahrzeug etwa fünfzig Meter weiter die Scheinwerfer an, und der Wagen parkte aus und fuhr vor dem Restaurant vor.

Fergus warf einen Blick auf das Auto. Es war ein großer schwarzer Mercedes mit abgedunkelten Scheiben im Fond. Auf den Vordersitzen saßen zwei schwergewichtige Kerle. Die Rückendeckung.

Der große Mann erhob sich, holte aus der Innentasche seiner schwarzen Lederjacke etwas, das aussah wie Tickets, und reichte sie den Zwillingen.

Will und Teddy standen auf, um ihm die Hand zu geben, dann schlängelte er sich zwischen den Tischen hindurch zu seinem Wagen.

Hinter dem Rückfenster eines VW-Busses, der in der Nähe des Restaurants stand, begann eine Kamera wild zu klicken. Sie kam an diesem Abend nicht das erste Mal zum Einsatz.

Sie klickte weiter, bis der Bosnier in seinen Wagen gestiegen und fortgefahren war.

In diesem Moment beging Teddy einen Fehler. Er war mit den Nerven am Ende. Er ließ sich auf seinen Stuhl fallen, drehte sich um und sah Fergus direkt an.

Wieder klickte die Kamera in dem geparkten VW-Bus.

28

Phil versuchte während der Fahrt durch die nassen, belebten Straßen verzweifelt, die Straßennamen durch die schlierigen Fenster zu erkennen. Die Straßenbeleuchtung machte die Aufgabe nicht gerade einfacher. Er drückte auf den Sendeknopf in der Gangschaltung.

»Ist es sicher, dass er in die Hayward-Street abgebogen ist?«

Die Stimme in Phils Ohr klang langsam und monoton und in etwa so begeistert wie die eines Buchhalters, der das Geld anderer Leute zählt.

»Korrekt. Ziel ist jetzt in der Mitte der Hayward Street.«

»Verstanden.«

Phil stellte immer wieder Fragen, während er sich durch den Verkehr schlängelte. Die Scheibenwischer des Autos hämmerten einen wilden Takt dazu.

Der Überwachungsleiter hatte diese Probleme mit dem Regen keineswegs. Seine mobile Kabine stand auf einem Anhänger und war vollgestopft mit Monitoren, auf denen Luftbilder von Manchester zu sehen waren, die von zwei großen Satellitenschüsseln draußen neben der Startbahn aufgefangen wurden.

Er sah, wie sich die Lichter der Autos langsam durch die dicht befahrenen Straßen bewegten. Menschen waren nur weiße Umrisse vor dem dunkleren Hintergrund der Gehwege.

Aber der Überwacher konzentrierte sich nur auf ein bestimmtes Fahrzeug: den Mini mit dem aufgesprühten, leuchtend weißen Streifen.

Phil hatte das Nummernschild des Minis überprüfen lassen und herausgefunden, dass der rothaarige Mann, den er zuvor Karottenkopf getauft hatte, ein Chemiker namens Freddie Lucas war, der gerade seinen Abschluss gemacht hatte.

Jetzt wurde der Feurige Fred von einer sogenannten Predator-Drohne verfolgt, die vom Boden aus ferngesteuert wurde. Sie kreiste in etwa 40 000 Fuß Höhe über der Stadt.

Die Predator-Drohne, ein unbemanntes Flugzeug, sieht einem Segelflugzeug ähnlich und hat eine Flügelspanne von etwa fünfzehn Metern. Sie wird seit 1995 eingesetzt und wurde zuerst im Balkankrieg als Aufklärer in den Kampfgebieten genutzt. Man nutzte sie, um bosnische Soldaten zu orten, als sie gegen die Serben kämpften, und später auch Kriminelle, die begannen, Heroin nach Italien zu schmuggeln.

Anders als ein Segelflugzeug verfügt eine Predator jedoch über einen Propeller und kann eine Höhe von bis zu 50 000 Fuß erreichen. Dabei sendet sie Echtzeitaufnahmen vom Boden an die Bildschirme. Damit können militärische Befehlshaber ein Schlachtfeld so leicht überblicken, als würden sie einen Fernseher einschalten.

Und der Lenker, mit dem Phil sprach, konnte in den verstopften Straßen der Stadt leicht ein einzelnes Fahrzeug verfolgen.

Die Predator enthielt verschiedene Kameras, von einer, mit der man die Zeitung eines Passanten an der Bushaltestelle mitlesen konnte, bis hin zu einer Wärmebildkamera, bei der Hitze als Weiß dargestellt wurde. Je wärmer ein Zielobjekt war, desto heller erschien es auf dem Bildschirm.

Die Kamera, mit der der Lenker den Feurigen Fred verfolgte, war eine FLIR, eine Infrarotkamera, gekoppelt an die starke Infrarotlampe des Fluggeräts. Ähnlich wie die Handycam, die Danny benutzt hatte, nur millionenmal stärker, richtete die Lampe einen unsichtbaren Infrarot-Strahl auf das Zielobjekt, dessen unsichtbare IR-Farbe so für die Infrarotkamera sichtbar wurde. Diese Überwachungsgeräte konnten durch Wolken, Rauch und Dunkelheit sehen. Für eine Predator herrschte jeden Tag strahlender Sonnenschein.

Im Jahr 2000 hatten die Fähigkeiten der Predator eine neue Dimension erlangt. Irgendein schlauer Kopf war auf die Idee gekommen, Hellfire-Panzerabwehrraketen und eine Laserpistole neben der Infrarotlampe anzubringen. Wenn der Lenker ein geeignetes Ziel ausmachte – zum Beispiel ein gepanzertes Fahrzeug –, konnte er den Laserstrahl einschalten und das Ziel »anspritzen« und so markieren, bevor er eines der vierzehn Geschosse unter den Flügeln der Predator losschickte. Die Hellfire ist eine lasergesteuerte Rakete, sie nimmt über den Detektor in ihrer Spitze den Laserstrahl auf und folgt ihm bis zu ihrem Ziel.

Auf diese Art und Weise wurden an Orten wie Afghanistan viele Terroristen aufgespürt und getötet. Eine Predator-Drohne fliegt so hoch, dass man sie weder sehen noch hören kann. Wenn die Terroristen also den Schutz ihrer Höhlenverstecke verlassen und in ihren Pick-ups losfahren, um britische Soldaten anzugreifen, kann der Lenker der Predator in mehreren hundert Meilen Entfernung sie mit dem Laserstrahl markieren und die Hellfires abschießen.

Die Predator-Drohne hoch über Manchester folgte jeder Bewegung des Minis, die ihr Lenker an einem grün schimmernden Monitor beobachtete.

»Zielobjekt biegt jetzt rechts ab. Rechts in die … Moment.«

Auf dem Satellitnavigationsmonitor sah er nach, wo das Fahrzeug genau war.

»Rechts in die Maple Street.«

Gleich darauf hörte er Phils Stimme im Kopfhörer.

»Roger. Ich bin in der Mitte der Hayward.«

Fred in seinem Mini hatte nicht die leiseste Ahnung, dass er mithilfe millionenschwerer Technik verfolgt wurde.

Er machte sich Sorgen, denn er dachte an Albie. Die Nachricht von seinem Tod hatte ihn schockiert. Nicht dass er Albies wegen Tränen vergossen hätte, nein, er machte sich vielmehr Sorgen um sich selbst.

Wie alle anderen im Team war Freddy hocherfreut gewesen, in das Meltdown-Geschäft einzusteigen, als die Zwillinge ihn gefragt hatten. Er kannte Teddy und Will von der Universität her, wo sie durch ihr gutes Aussehen und die Unmengen von Mamas Geld, mit dem sie um sich warfen, sehr beliebt gewesen waren.

Freddie selbst war nie sehr beliebt gewesen. Sein Name, sein feuerrotes Haar, sein zwanghaftes Verhalten und sein hitziges Temperament hatten dazu geführt, dass er nur allzu leicht zur Zielscheibe von grausamen Verspottungen wurde, die alle anderen nur für harmlose Witzchen hielten. Er wusste, dass die Zwillinge ihn ausgesucht hatten, weil er ein Einzelgänger war. Sie waren nicht befreundet. Sie verachteten ihn ebenso wie er sie.

Aber er verdiente viel Geld, also kümmerte er sich weder um die Zwillinge noch um jemand anderen. Keiner aus dem Team der Zwillinge scherte sich einen Dreck um die Opfer der Droge, die sie herstellten, um die Schäden, die Zerstörungen und den Tod, den sie hervorrief.

Doch plötzlich bekam das alles einen schalen Geschmack.

Ausgebrannte Busse, der Überfall auf Teddy und jetzt Albies Tod ... Man wusste nicht viel über Albie, in den *Manchester Evening News* war nur eine kurze Meldung über die Entdeckung seiner Leiche erschienen. Aber natürlich würde es eine Untersuchung geben, und Freddie war sich sehr wohl darüber im Klaren, was dabei herauskommen würde.

Er überlegte, ob er nicht lieber aussteigen sollte, solange es noch ging. Aber das würde nicht leicht werden. Auch ohne Albie hatten die Zwillinge noch genug Schläger, um sich der Loyalität ihrer Mitarbeiter zu versichern. Außerdem war da das Geld. Freddie verdiente es zwar leicht, aber noch leichter gab er es aus.

»Noch ein Job«, sagte er sich, während er den Mini durch die Straßen lenkte. »Noch einer, vielleicht zwei. Dann werde ich verschwinden – irgendwohin, wo sie mich nicht finden. Vielleicht Amerika, oder Australien.«

Er blinkte und fuhr langsamer. Der Lenker im Überwachungscontainer schaltete den Sprechfunk wieder ein.

»Zielobjekt hält an ... warten ... warten ... er parkt auf der linken Seite, etwa nach drei Vierteln der Maple Street.«

»Roger. Bin in der Maple.«

Der Lenker sah Freddie als kleine weiße Gestalt aus dem wegen der Hitze des Motors etwas blasseren Mini aussteigen.

»Zu Fuß weiter, auf dem Gehweg ... warten ... warten ... er ist an einem Parkautomat, zwei Autos vor seinem Mini.«

Phil fuhr die Maple Street entlang und entdeckte erst den Mini und dann Freddie.

»Phil hat Fred. Auto weiter beobachten. Ich übernehme Fred.«

Der Lenker ließ die Predator eine weite Schleife über dem Mini fliegen und sah, wie Phils Wagen kurz hinter Freddies Auto auf der anderen Straßenseite parkte.

»Roger, Phil. Auto wird beobachtet.«

Die weiße Gestalt, die Phil darstellte, stieg aus und begann Freddie zu folgen, der bereits losgegangen war.

Der Lenker hörte, wie der Propeller einer zweiten Predator auf der Startbahn aufheulte, bereit zum Take-off. Sie mussten die Stadt rund um die Uhr überwachen: Das Team hoffte, die Drogenfabrik finden zu können, indem sie Freddie folgten – er war ihre einzige Spur, und sie konnten nur hoffen, dass er eines Tages dorthin ging. Hoffentlich eines baldigen Tages.

Bis dann würden die Predators abwechselnd ihre maximalen 30-Stunden-Schichten am Himmel über Manchester verbringen.

Phil stand vor der Tür eines Immobilienmaklers und sah, wie Freddie in einem indischen Restaurant verschwand. »Armes Schwein«, stieß er hervor. Er stellte sich vor, wie Freddie im Restaurant allein an einem Tisch saß und so auszusehen versuchte, als amüsierte er sich, während er die mitleidigen Blicke der Pärchen und Gruppen an den anderen Tischen zu ignorieren versuchte.

Es kam Phil deprimierend bekannt vor. Er lächelte und zog den Kragen seiner Jacke höher. »Da ist er nicht der Einzige«, sagte er sich.

Es würde eine weitere lange, nasse Nacht werden.

29

Die blasse, wässrige Sonne ging hinter den Türmen der Kathedrale von Barcelona auf. Es war ein großartiger Anblick, doch für solche Aussichten war Dudley gerade nicht in der Stimmung.

Die Ereignisse hatten sich rasant und in eine völlig unvorhergesehene Richtung entwickelt. Und Dudley hegte eine ausgesprochene Abneigung gegen Unvorhergesehenes – eigentlich gegen alles, was sich seiner Kontrolle entzog.

Mitten in der Nacht hatte das GCHQ einen Anruf bekommen. Mehrere angespannte Anrufe später war Dudley mit Höchstgeschwindigkeit zum RAF-Stützpunkt Northolt in West-London gefahren und in einem Privatjet nach Barcelona geflogen worden.

Die Streitereien, Anschuldigungen und gegenseitigen Bezichtigungen waren hin und her geflogen, sobald er in der gesicherten Wohnung im obersten Stockwerk eines Hauses mit Blick über das Gotische Viertel Barcelonas angekommen war.

Wütend darüber, dass er diese Entwicklung nicht vorhergesehen oder auch nur in Betracht gezogen hatte, nippte er an seinem Kaffee.

Und das Erscheinen der spanischen Ausgabe der Tageszeitung *The Times* hatte ihm einen weiteren Schlag versetzt. Die Schlagzeile klang furchtbar.

Es hatte ein Leck gegeben. Irgendein Insider hatte der *Times* ein »Exklusivinterview« gegeben.

Wo das Leck war, spielte im Moment keine Rolle, schlimmer waren die katastrophalen Auswirkungen dieser Enthüllung auf das Vertrauen der Menschen und die Stimmung in der Öffentlichkeit.

Das Albtraumszenario der Experten – überall in Europa machtlose Polizeitruppen, unter der Last zusammenbrechende Gesundheitssysteme und, am schlimmsten für Dudley, die Gefahr, dass Meltdown in die Hände von Terroristen fallen könnte – all das stand da schwarz auf weiß.

Und den Enthüllungen der letzten paar Stunden zufolge schien die Befürchtung einer Verbindung zu Terror-Organisationen durchaus realistisch zu sein.

Dudley warf die Zeitung fort und stellte sich die rot glühenden Telefonleitungen zwischen der Downing Street und den großen europäischen Hauptstädten vor sowie die Fragen, die später im Unterhaus gestellt werden würden.

Es war eine Katastrophe, aus der es nur einen Ausweg gab. Die Operation Meltdown musste innerhalb weniger Tage erfolgreich abgeschlossen werden. Dann konnten die Regierung und seine eigene Behörde ihrer Geheimniskrämerei einen positiven Aspekt verschaffen und behaupten, die Informationen seien im Interesse der Öffentlichkeit zurückgehalten und demzufolge eine internationale Krise verhindert worden. Es wäre die perfekte Lösung, aber da praktisch gleichzeitig so viele Stränge verfolgt werden mussten, war das Timing außerordentlich wichtig. Immer noch mussten sie das Drogenlabor finden, und jetzt bekam die Suppe, die sie auslöffeln mussten, plötzlich einen ganz neuen Geschmack.

Es klingelte und Dudley hörte, dass einer der Bodyguards aufmachen ging. Er seufzte. Auf die nächsten paar Minuten freute er sich nicht besonders. Er warf noch einen Blick auf die Zeitung und betrachtete dann die Reihe vergrößerter Schwarz-Weiß-Aufnahmen daneben. Fotos des Bosniers, der Zwillinge – und von Fergus Watts.

Dudley hatte Fergus zu einem dringenden Treffen gebeten. Am Telefon nannte er ihm keine Gründe, das ging nicht. Er sagte ihm nur, es gebe eine »äußerst bedeutsame Entwicklung«, über die sie miteinander reden mussten.

Als Fergus eintrat, fiel sein Blick sofort auf die Fotos.

Ohne Dudley auch nur zu grüßen, rief er: »Sie haben mich fotografieren lassen!«

Er nahm eines der Fotos und hielt es Dudley unter die Nase: »Jemand hat mich beschattet, ohne dass Sie es mir auch nur gesagt haben! Was zum Teufel soll das?«

Dudley schüttelte den Kopf. »Setzen Sie sich, Mr Watts. Bitte. Und bewahren Sie Ruhe!«

»Ruhe?« Fergus warf das Foto wieder auf den Tisch. »*Ich* bin derjenige, der diese Operation leiten soll, und Sie …«

Abwehrend hob Dudley beide Hände. Er wirkte gequält.

»Bitte setzen Sie sich«, wiederholte er. »Wie ich bereits sagte – es hat eine unerwartete Entwicklung gegeben, die eine Änderung unserer Pläne notwendig macht.«

Fergus setzte sich an den Tisch und sah den Stapel Fotografien durch. Angewidert schüttelte er den Kopf, als er die Zwillinge und den mysteriösen Bosnier sah.

»Ich versichere Ihnen, dass ich bis vor ein paar Stunden nichts davon gewusst habe«, sagte Dudley. »Ich habe diese Aufnahmen nicht genehmigt.«

»Ach nein?«, fragte Fergus. »Wer war es denn dann?«

Aus einer Tür auf der anderen Seite des Raumes trat eine Frau in einem schwarzen Designer-Hosenanzug.

»Ich«, sagte sie.

Fergus starrte sie sprachlos an.

Marcie Deveraux.

30

Marcie Deveraux wirkte so überlegen wie immer, als sie Fergus' Blick erwiderte und über das ungläubige Staunen in seinem Gesicht fast lächelte.

Fergus stand langsam auf. Er sah Deveraux an, wie sie selbstbewusst und absolut gelassen dastand.

»Sie sollten das besser erklären«, forderte er Dudley auf. »Und zwar schnell.«

»Da gibt es nicht viel zu erklären«, meinte Deveraux, noch bevor Dudley etwas sagen konnte. »Ihre Drogenfahndung gefährdet meine eigene Operation. Ich will, dass Sie mir alle Informationen geben, die Sie über Enver Kubara haben, und dann verschwinden.«

»Miss Deveraux!«, warf Dudley mit erhobener Stimme ein, was äußerst selten vorkam. Er nahm die Zeitung und wies auf die Schlagzeile. »Was die Priorität angeht, so kommt meine Operation an erster Stelle.«

»Aber Sie sagten …«

»Ich weiß, was ich gesagt habe.« Dudley warf die Zeitung fort. »Aber die Lage hat sich geändert, und ich bin befugt, die Leitung der Angelegenheit zu übernehmen. Ich bin Ihr Vorgesetzter, und nicht nur meine eigene Organisation, sondern die britische Regierung sowie die meisten Regierungen in Europa, einschließlich der spanischen, stehen hinter mir.«

Deveraux Augen blitzten zornig auf. »Das ist inakzeptabel.«

»Nein, ist es nicht, Miss Deveraux. Darüber wurde an höchster Stelle befunden. Sie haben den Befehl zu kooperieren.«

Einen Moment lang herrschte eisiges Schweigen. Dudley nahm einen Schluck von seinem kalten Kaffee und sah Deveraux böse an. »Setzen Sie sich!«

Sie zuckte mit den Achseln und gehorchte dann.

»Sie auch«, wandte sich Dudley an Fergus.

Fergus setzte sich, und Dudley erzählte, was er in den vergangenen Stunden über den Kontaktmann der Zwillinge, Enver Kubara, herausgefunden hatte.

Der MI6 hatte schon lange gewusst, dass der Bosnier mehr war als nur ein Drogendealer. Mit seinen illegalen Geschäften machte er Millionen, und mit dem größten Teil dieses Geldes wurde Terrorismus gefördert.

Viele Gruppierungen auf der Welt profitierten von seinen Sponsorgeldern, doch die größten Summen waren für die Taliban in Afghanistan in ihrem Krieg gegen die britische Armee bestimmt.

Die Briten hasste Kubara ganz besonders, was seine Ursachen noch im Bosnienkrieg hatte. Damals waren die Briten angeblich auf Friedensmission im Kriegsgebiet gewesen, unter dem Befehl der UNO und mit eingeschränkten Einsatzbestimmungen. Das bedeutete, dass sie nicht Partei ergreifen durften und nicht einschreiten konnten, als die ethnischen Säuberungen unter der unschuldigen Bevölkerung begannen.

Als Kubaras eigenes Dorf angegriffen worden war, befanden sich die Briten nur eine knappe halbe Stunde entfernt. Er war sicher, dass sie genau wussten, was vor sich ging – es geschah in dieser Gegend ständig und überall –, aber sie taten nichts, um ihnen zu helfen.

Kubara wollte sich dafür rächen – an allen. Sie hatten ihnen nicht den Schutz gewährt, der jedem Menschen zustand. Sie hatten den Tod seiner Frau nicht verhindert. Und jetzt, wo die britische Armee in Afghanistan damit beschäftigt war, das Land wieder aufzubauen, bekam er die Gelegenheit zur Rache.

Die Briten waren in einen neuen Krieg mit den Taliban gezogen worden, den diese durch den Verkauf riesiger Mengen von Heroin finanzierten und so immer stärker wurden. Und Kubara war ihr bevorzugter Kunde. Er kaufte das Zeug nicht nur, er gab ihnen auch eine Menge von dem Geld ab, das er mit dem Verkauf machte.

Seit Marcie Deveraux zum MI6 gegangen war, hatte sie all ihre Energie auf Enver Kubara konzentriert. Monatelang hatte sie ihn durch ganz Europa verfolgt. Ihre Mission war seine Eliminierung.

Bei mehreren Gelegenheiten hatte sie dicht davor gestanden, doch ihre Zielperson war gewieft und erfahren. Er hatte Jahre auf dem Schlachtfeld verbracht, gekämpft und seine Überlebenstaktiken verfeinert. Er kannte alle Tricks, alle Ausweichmanöver und wurde so stark bewacht wie ein Präsident.

Jetzt war Deveraux ihrem Ziel näher als je zuvor. Als sie den Tipp bekamen, dass Kubara ein Treffen in Barcelona hatte, hatten sie blitzschnell reagiert.

Die Fotos vor dem Restaurant sollten lediglich eine letzte Bestätigung sein, dass sie ihren Mann gefunden hatten. Deveraux hatte den Anschlag bereits geplant; es würde geschehen, bevor Kubara die Stadt verließ. Vielleicht war das ihre einzige Chance.

Dann bekam sie die Fotos …

Dudley lehnte sich zurück und sah von Deveraux zu Fergus.

»Es gibt eine Möglichkeit«, meinte er. »Das heißt, dass wir zusammenarbeiten und unsere Mittel und Informationen zusammenwerfen müssen.«

»Auf gar keinen Fall«, unterbrach Fergus schnell. »Wenn Sie im Ernst glauben, wir könnten …«

»*Mr Watts*!«, fuhr Dudley erneut auf. »Ich habe keine Lust, Sie und Miss Deveraux wie ein paar streitsüchtige Schulkinder zu behandeln, also bitte unterbrechen Sie mich nicht! Wenn ich fertig bin, sind Sie dran! Beide. Wenn ich fertig bin.«

Fergus holte tief Luft und sah Deveraux an.

»Aus offensichtlichen Gründen hat niemand von uns so eine Situation gewollt«, fuhr Dudley wieder ruhiger fort. »Aber es kann funktionieren. Es eröffnet uns eine völlig neue Möglichkeit, *all* unsere Ziele zu erreichen. Aber wir müssen uns gemeinsam anstrengen, und keiner darf nur in seinem eigenen Interesse handeln. Wirklich *alle* Ziele müssen erreicht werden.«

»Das ist eine blöde Idee«, fand Fergus. »Selbst wenn wir zustimmen, wir kennen sie doch.« Er starrte Deveraux böse an. »Sie wird einwilligen, mit uns zusammenzuarbeiten, und dann genau das tun, was sie will, und uns dabei höchstwahrscheinlich auch noch umbringen. Egal was sie jetzt sagt, Sie haben keine Garantie dafür, dass sie ihr Wort auch hält.«

Deveraux lächelte leise, und Fergus vermutete, dass sie wohl etwas ganz Ähnliches gedacht hatte.

Doch das Lächeln wurde von Dudleys nächsten Worten fortgewischt: »Doch, das habe ich, Mr Watts.«

Deveraux konnte nur mit wachsendem Unmut zuhören, als er fortfuhr:

»Dies wird mein letzter Job, und es ist gleichzeitig auch mein wichtigster. Meltdown ist eine globale Bedrohung und muss gestoppt werden. Diese Mission darf nicht fehlschlagen. Wenn Miss Deveraux irgendetwas, auch nur die kleinste Kleinigkeit, unternimmt, was den Erfolg meiner Operation gefährden könnte, dann werde ich dafür sorgen, dass ihre Karriere beendet ist. Dann wird sie in der Firma nicht einmal mehr Tee kochen dürfen.« Er wandte sich um und sah Deveraux direkt in die Augen. »Haben Sie mich verstanden … Marcie?«

Das war keine leere Drohung. Dudley war als ruhiger, in Verhalten wie in Erscheinung unauffälliger Mann bekannt. Doch er hatte im gesamten britischen Sicherheitssystem große Macht und gewaltigen Einfluss bis in die höchsten Stellen der Regierung; in den letzten dreißig Jahren hatten alle Premierminister auf ihn gehört.

Selbst Deveraux war klar, dass es keinen Sinn hatte, zu widersprechen. Sie nickte langsam und ernst.

Dudley lächelte schwach. »Wenn *meine* Operation erfolgreich ist, ist *Ihre* es auch. Also *werden* Sie vollständig kooperieren.«

»Ja, aber wenn ich auch Ihre Mission übernehme, brauche ich mehr Leute. Ich habe vier Agenten draußen, aber ich brauche mehr, wenn wir Kubara verfolgen und uns um die Zwillinge kümmern sollen.«

»Miss Deveraux! Lassen Sie mich eines klarstellen!« Dudleys ließ seine vielen Jahre als Vorgesetzter durchscheinen. »Dies ist nicht länger nur Ihre Mission. Meine Mission hat Vorrang, und die untersteht Watts. Sie arbeiten mit ihm zusammen. Das ist ein Befehl. Dank Watts wissen wir, dass Kubara sich heute Abend erneut mit den Zwillingen bei einem Fußballspiel treffen will. Er hat Tickets für eine VIP-Loge. Wir müssen sofort ein paar Dinge organisieren und haben keine Zeit, Verstärkung aus England anzufordern. Wir müssen mit dem zurechtkommen, was wir haben.«

»Was? Ein lahmer Greis und ein unerfahrener Junge, der keine Befehle befolgen kann?«

»Danny hat sich bewährt; er hat bewiesen, dass er im Team operieren kann – und was Watts angeht, er hat Erfahrungen aus mehr Operationen, als Sie wahrscheinlich je durchführen werden.«

Dudley wandte sich an Fergus. »Was halten Sie davon?«

Fergus zuckte mit den Achseln. »Ich musste früher schon mit Arschlöchern zusammenarbeiten.«

»Das ist nicht die Einstellung, die ich erwarte, Mr Watts. Die Operation muss an erster Stelle stehen.«

»Okay«, stimmte Fergus zu. »Aber Danny hat da ein Wörtchen mitzureden, und ich fürchte, dass er der Tatsache, dass sie mitspielt«, meinte er mit einem Kopfnicken zu Deveraux, »nicht wirklich viel abgewinnen kann.«

»Dann sollten Sie ihn überzeugen, Mr Watts«, empfahl ihm Dudley müde. »Der Erfolg dieser Operation darf durch nichts gefährdet werden!«

31

Danny war im Hotel in der Nähe der Zwillinge geblieben, um Wache zu halten. Sie nahmen ein spätes Frühstück mit Storm und einigen ihrer Gäste ein, während Danny an der Rezeption saß, in einem Reiseführer blätterte und dabei die Eingangstür und den Gang zum Frühstücksraum im Auge behielt.

Die Zwillinge platzten fast vor nervöser Energie nach dem Abendessen mit ihrem Kontaktmann am Tag zuvor. Will war offensichtlich aufgeregt, Teddy wirkte angespannt und hatte darauf bestanden, dass entweder Danny oder Fergus die ganze Zeit über bei ihnen blieben. Als Fergus von Dudley den Befehl erhalten hatte, sich mit ihm zu treffen, hatte er Teddy angerufen und ihm erzählt, er wolle sich eine Karte für das Fußballspiel von einem Schwarzhändler besorgen, damit er während des Spiels in ihrer Nähe bleiben konnte, falls sie ihn brauchten.

An der Rezeption wuselten ein paar Leute herum, die spät aus- oder früh eincheckten, aber das war nichts Ungewöhnliches. Danny sah seinen Großvater zur Tür hereinkommen.

Fergus kam gleich auf ihn zu. »Alles in Ordnung?«

Danny nickte zum Restaurant. »Sie sind da drin. Zum Brunch, wie sie es nennen.«

Fergus führte Danny in eine ruhige Ecke, wo sie sich ungestört unterhalten konnten. Er wusste zwar, dass das nicht der geeignete Ort für ihr Gespräch war, aber er hatte keine Wahl, wenn er nicht riskieren wollte, dass Teddy aus dem Restaurant kam und feststellen musste, dass seine Bodyguards verschwunden waren.

»Was wollte Dudley?«, erkundigte sich Danny bei seinem Großvater, als sie sich setzten. »Gibt es ein Problem?«

»So könnte man es auch nennen. Es scheint, dass unsere Operation einer anderen in die Quere kommt.«

»Wem denn? Dem spanischen Geheimdienst?«

»Nein, unserem … und das wird dir nicht gefallen.« Fergus hielt inne. »Mir gefällt es auch nicht. Es ist beschissen.« Mit einem Blick auf Danny fuhr er fort: »Die andere Operation wird von Deveraux geleitet. Sie ist hier.«

Danny riss vor Schreck die Augen auf. »Was …?«

»Sie ist auch hinter dem Kontaktmann der Zwillinge her – er heißt Kubara; und – welche Überraschung – er ist ganz tief in Terrorismus und so was verwickelt.«

Dannys Schreck wandelte sich in Zorn und er hob die Stimme. »Dudley hat uns schon wieder angelogen – er hat versprochen …«

Fergus bedeutete ihm, leise zu sein. »Dudley hat bis gestern Abend nichts davon gewusst«, sagte er leise und hielt Dannys wütendem Blick stand. »Deveraux' Team hat Bilder von Kubara und den Zwillingen geschossen. Als sie mich auf den Fotos gesehen hat, hat sie eins und eins zusammengezählt. Das hat Dudley hier auf den Plan gerufen. Er soll den Grabenkrieg zwischen dem MI6 und uns beenden.«

Danny wandte sich fluchend ab. Fergus wartete, bis Danny tief durchgeatmet hatte und versuchte, sich zu beruhigen. Schließlich sagte er mit kaum beherrschtem Zorn:

»Und was jetzt? Wohin gehen wir?«

Fergus schüttelte den Kopf. »Nirgendwohin. Wir bleiben. Wir führen die Operation weiter durch.«

»Also geht sie?«

»Nein. Es wird jetzt eine gemeinsame Operation. Unter meiner Leitung.«

»Was?«, zischte Danny laut. »Du erwartest doch nicht im Ernst, dass ich mit der Person zusammenarbeite, die kaltblütig Elena erschossen hat! Und du hast der Sache zugestimmt, ohne mich auch nur zu fragen …«

Fergus bemerkte, dass die Leute in der Lobby zu ihnen hinübersahen. Er musste Danny beruhigen, damit sie nicht aufflogen.

»Nein, habe ich nicht. Ich habe ihnen gesagt, dass ich mit dir sprechen muss, bevor ich irgendetwas zustimme. Aber ich glaube, wir sollten weitermachen. Dudley scheint Deveraux unter Kontrolle zu haben …«

»Ja sicher«, höhnte Danny.

»Wir werden auf sie aufpassen müssen«, warf Fergus schnell ein. »Aber diese Mission ist wirklich wichtig, Danny. Wenn es Phil gelingt, in England das Drogenlabor ausfindig zu machen, und wir hier Erfolg haben, dann haben wir die Chance, dem Ganzen ein Ende zu bereiten. Und dann sind wir draußen. Für immer. Willst du es nicht zu Ende bringen?«

Danny wandte sich ab und starrte auf die belebte Straße. »Nicht mit ihr. Ich kann nicht.« Er sah seinen Großvater angewidert an. »Und wie kannst du das?«

Fergus seufzte. »Es ist ein Job, Danny. Wenn dieser Meltdown-Mist herauskommt …« Er setzte neu an: »Noch eine Operation, und wir sind draußen. Danny, du weißt doch, die einzige Art, mit so einer Sache fertig zu werden, ist einfach weiterzumachen. Sich zu konzentrieren. Und die Gefühle beiseitezulassen.«

Gefühle, dachte Danny. Sein Großvater war immer ein

beherrschter Agent gewesen, distanziert, rücksichtslos. So hatte er überlebt. Er hatte schreckliche Dinge mitangesehen, sogar, wie seine Freunde starben, aber er hatte es immer geschafft, weiterzumachen. Er konzentrierte sich nur auf zwei Dinge: die augenblickliche Mission und das Überleben. So wie jetzt.

»Na ja, ich bin nicht du.«

Einem Moment lang herrschte angespanntes Schweigen. Fergus sah einige Gäste der Zwillinge aus dem Restaurant kommen. Offensichtlich war der Brunch vorbei, daher würden auch die Zwillinge bald kommen. Ihre Zeit war um.

»Nein, bist du nicht.« Fergus hatte genug. »Okay, Danny, du bist draußen. Dudley wollte, dass du mitmachst, weil wir unterbesetzt waren und keine Zeit hatten, Ersatz zu beschaffen. Er hat gesehen, wozu du fähig bist, und war beeindruckt. Aber wenn du damit nicht fertig wirst, nutzt du niemandem.« Er stand auf, um zu gehen.

»Warte!«, rief Danny schnell. Er holte tief Luft und verkündete: »Ich mache es.«

»Wie bitte?«, fragte Fergus.

»Ich mache es. Nicht für dich, nicht für Dudley. Ich mache es für Elena.«

Fergus zeigte sich nicht begeistert. »Für Elena? Geht es dabei wieder um irgendeine Art von Rache? Wenn es das ist, will ich dich nicht dabeihaben.«

»Nein! Ich werde es tun, weil ich glaube… ich weiß… dass es das ist, was Elena gewollt hätte. Sie wäre nicht ausgestiegen, und ich werde das auch nicht tun.«

Fergus sah Danny einen Moment lang ernst und schweigend ins Gesicht. Dann nickte er: »Na gut. Du bist dabei.« Die Spannung zwischen ihnen ließ nach. »Aber lass es dir nicht zu Kopf steigen, dass Dudley dich dabeihaben will.«

Danny nickte grinsend. »Und was machen wir jetzt?«

»Wir gehen davon aus, dass Kubara die Formel für das Meltdown will, was heißt, er will das Geschäft von den Zwillingen übernehmen. Heute Abend beim Fußballspiel wird er wohl nichts unternehmen, nicht in einem Stadion voller Leute. Wahrscheinlich wird es nach dem Spiel passieren.«

Danny dachte einen Moment lang nach. »Was ist mit den Zwillingen? Haben sie einen Verdacht?«

Fergus schüttelte den Kopf. »Will scheint zu glauben, dass Kubara der nette Onkel Enver ist, aber Teddy macht sich wegen des Treffens heute Abend Sorgen. Ich werde ihn beruhigen. Wir müssen sicher sein, dass sie zu dem Spiel gehen.«

»Und was soll ich tun?«, erkundigte sich Danny.

»Du beobachtest Kubaras Wagen vor dem Stadion«, erklärte Fergus. »Lass ihn nicht aus den Augen. Ich werde in der Menge sein. Dudleys Kontaktleute bringen schon die Überwachungsgeräte in Kubaras Loge an, und wir bekommen alle Empfänger, damit wir wissen, was da vor sich geht.«

»Hört sich gut an«, fand Danny.

»So gut es eben geht. Aber denk dran, Deveraux hat sich zwar zu allem bereit erklärt, aber es gefällt ihr nicht. Egal, was heute Abend passiert, sie hat immer noch ihre eigenen Pläne.«

Die Zwillinge hatten sich ein Taxi zum Stadion bestellt. Während sie an der Hotelbar darauf warteten, gab Fergus ihnen letzte Anweisungen und versuchte, Teddy aufzumuntern. Er bat sie um ihre neuen Telefonnummern und speicherte sie in sein eigenes Handy ein.

»Lassen Sie die Telefone die ganze Zeit über eingeschaltet«, riet Fergus den beiden. »Wenn es irgendwelche Schwierigkeiten gibt, geben Sie mir ein Signal, indem Sie mich kurz anklingeln. Dann hole ich Sie raus.«

»Ich rechne nicht mit Schwierigkeiten«, meinte Will zuversichtlich und sah seinen Bruder geringschätzig an. »Ich weiß gar nicht, was du hast, Teddy. Unser Kontakt ist ein Geschäftsmann. Er kann ein gutes Geschäft erkennen, wenn er es sieht. Er will es lediglich verbessern. So viel hat er gestern Abend verlauten lassen.«

Teddy wirkte keineswegs überzeugt, daher versuchte Fergus ihn weiter zu beruhigen: »Wenn Sie jetzt weglaufen, was macht das dann für einen Eindruck auf Ihren Mann? Und was bedeutet es für Ihr Geschäft? Treffen Sie ihn, unterhalten Sie sich mit ihm. Sie haben mich dabei, damit ich die Sache in die Hand nehme, falls es unangenehm wird. Ich bin da. Es wird schon gut gehen.«

Teddy nickte. »Sie haben sicher Recht. Es ist nur, dass ich nach Siddie …«

»Siddie war ein Schmalspurganove. Soweit ich das sehe, spielt dieser Kerl in einer ganz anderen Liga. Er verdient mit Ihnen eine Menge Geld; lassen Sie ihn mehr verdienen. Und verdienen Sie mit.«

Will war dazu bereit. »Du hast dir Sorgen gemacht, dass unser Geschäft vielleicht zu Ende ist«, meinte er zu seinem Bruder. »Aber das stimmt nicht. Ich glaube, das ist erst der Anfang. Ein völlig neuer Anfang.«

32

Das Camp Nou in Barcelona ist das drittgrößte Fußballstadion der Welt. Auf drei Reihen von Zuschauerrängen, die in den Himmel aufragen, können mehr als Hunderttausend Menschen sitzen.

Von der luxuriösen VIP-Loge aus verfolgte Kubara gebannt das Spiel. Er sah Ronaldinho einen Pass von Deco annehmen, den er erst an einem Verteidiger, dann am nächsten vorbeidribbelte und dann schräg aufs Tor schoss, sodass der gegnerische Torwart den Ball nur mit Mühe halten konnte. Die Menge stöhnte unisono auf. »Dieser Ronaldinho, der ist Klasse, was?«, grinste Kubara die Zwillinge an.

Er wandte sich um, um sich auf dem Monitor an der Rückwand der Loge die Wiederholung anzusehen, ohne den winzigen Sender zu bemerken, der dort verborgen war und jedes seiner Worte und alle seine Bewegungen übertrug.

Teddy und Will konnten die Fußballspieler nicht auseinanderhalten – sie schafften es gerade noch, die Mannschaften nicht durcheinanderzubringen –, aber sie nickten lächelnd und versuchten mit einem nervösen Blick auf Kubaras großen, völlig kahlen Bodyguard, der hinten in der Loge stand, Interesse zu heucheln. Er schenkte dem Spiel wenig Beachtung, dafür wurde er schließlich nicht bezahlt. Er behielt seinen Boss und dessen Gäste im Auge.

Als der gegnerische Torwart den Ball ins Feld zurückschoss, stand Kubara auf und ging zum beeindruckenden

Büfett hinüber, an dem er sich erneut den Teller vollschaufelte. Die Zwillinge nippten am Mineralwasser und sahen sich an, wobei sie wiederholt auf die Uhr sahen. Sie hätten wirklich gerne gewusst, was Kubara ihnen zu sagen hatte.

Fergus erging es ebenso. Er stand in einer Menge von Katalanen, die sich riesige Schinkensandwiches von den Imbissständen in die Figur schoben. Wäre er aufgestanden und hätte sich umgedreht, hätte er direkt in die VIP-Loge sehen können, doch er richtete seinen Blick aufs Spielfeld. Dank der Kopfhörer, die er trug und die mit dem Überwachungssystem verbunden waren, wusste er genau, was in der Loge gesprochen wurde. Der Kopfhörer sah aus wie einer von einem Bluetooth-Handy, daher schöpfte niemand Verdacht, am allerwenigsten die aufgeregten Katalanen, die völlig im Fußballspiel aufgingen.

Danny saß in seinem gemieteten Corsa vor dem Stadion, hörte über seinen Kopfhörer, was vor sich ging, und beobachtete Kubaras schwarzen Benz. Der Fahrer sah sich das Spiel auf dem Fernseher im Auto an.

Marcie Deveraux saß mit zwei Kollegen ebenfalls vor einem Monitor und sah und hörte von einem Büro in der Nähe des Stadions aus mit.

Alle warteten darauf zu hören, was Kubara vorhatte.

Fergus lieferte eine gute Vorstellung von einem Fußballfan, als Barça ein paar schöne Pässe spielte. Plötzlich gab Ronaldinho von weit außerhalb des Strafraums einen so gewaltigen Schuss ab, dass der Ball an den Händen des Torwarts vorbeiflog und in der oberen Ecke des Netzes landete. Ihm platzte fast das Trommelfell, als Kubara begeistert aufschrie. Deveraux sah ihn auf dem Bildschirm aufspringen und schreiend die Fäuste in die Luft heben.

Auch Danny hörte ihn und konnte eine Siegesgeste beobachten, als der Arm des Mercedesfahrers durch das offene Wagenfenster stieß. Er selbst war kein Fußballfan, ebenso wenig wie Fergus, der von schreienden, kreischenden Katalanen umgeben war, die vor Freude tanzten und sprangen. Der Mann zu seiner Rechten fasste ihn an den Schultern, strahlte ihn mit tabakfleckigen Zähnen an und umarmte ihn wie einen verlorenen Bruder.

Kurz nachdem sich die Menge wieder beruhigt hatte, kündigte die Pfeife des Schiedsrichters das Ende der ersten Halbzeit an, und Applaus brandete im Stadion auf.

Kubara aß immer noch. Er hatte es offensichtlich nicht eilig, zur Sache zu kommen. Stirnrunzelnd sah er die Zwillinge an. »Sie sollten etwas essen – Sie müssen doch bei Kräften bleiben«, forderte er sie auf.

»Wir haben keinen Hunger«, erklärte Teddy.

»Wir haben schon gegessen«, fügte Will hinzu.

Kubara lachte. »Ich auch.« Er klopfte sich auf den Bauch. »Aber da ist immer noch Platz für etwas mehr.«

Teddy wollte die Sache vorantreiben. »Sie sagten, Sie müssten mit uns reden ...«

Kubara kaute nachdenklich weiter und schluckte dann seinen Bissen hinunter. »Reden? Ich sagte, wir müssten reden? ... Ich kann mich gar nicht daran erinnern. Wann habe ich denn das gesagt?«

»Im Restaurant«, sprudelte Teddy hervor. »Sie sagten, zur Halbzeitpause würden wir uns unterhalten.«

Der Bosnier legte den Kopf schief und sah abwesend durch die Fensterscheibe vor der Loge, als ob er versuchte, sich an das Gespräch vom vergangenen Abend zu erinnern.

»Ach ja«, meinte er dann und zuckte die Schultern. »Meine Pläne. Die können warten. Ich genieße den Fußball. Finden

Sie nicht auch, dass Barcelona das beste Team der Welt ist? Diese Geschicklichkeit… Wir warten bis nach dem Spiel.«

Deveraux warf einen Blick auf einen ihrer Kollegen. »Schlauer Mistkerl«, meinte sie, als sie die Taktik erkannte. »Er hält sie hin und schürt die Spannung.«

Für Teddy war es zu viel. Er sprang auf. »Nein! Bitte – Sie können es uns doch auch jetzt sagen! Wir haben ein Recht darauf, zu wissen, was Sie vorhaben!«

»Teddy!«, mahnte Will, stand selbst auf und nahm seinen Bruder am Arm. »Wir sollten Mr Kubara nicht drängen. Wir wollen ihm doch nicht die Freude an dem Spiel verderben.«

Kubara lächelte Teddy an und legte ihm eine seiner riesigen Pranken auf die Schulter.

»Nein, du hast Recht, mein Freund«, erklärte er und stieß Teddy fest in seinen Sitz zurück. »Ihr habt *wirklich* das Recht, über meine Pläne Bescheid zu wissen, daher werde ich es euch sagen…«

Er griff in die Innentasche seiner Lederjacke und nahm einen dünnen, massiv silbernen Zahnstocher hervor. Vorsichtig steckte er ihn in den Mund und holte etwas zwischen seinen Backenzähnen hervor. Teddy und Will sahen zu, wie er seine Lippen ableckte und ihnen zuzwinkerte, dann steckte er den Zahnstocher wieder weg.

»Der Grund für unser Treffen…«, begann er, immer noch offen und freundlich, »… nun, es ist ganz einfach. Ich werde euer Geschäft übernehmen.«

Teddy blieb der Mund offen stehen. Er war sprachlos.

»Nein«, erklärte Will bestimmt. »Ich fürchte, da haben Sie etwas missverstanden, Mr Kubara. Wir sind nicht daran interessiert, zu verkaufen.«

Kubaras höhnisches Lachen klang drohend. »Ihr Leute – selbst Jungen wie ihr – ihr glaubt immer noch, dass ihr die

Welt regiert, oder? Ihr glaubt immer noch, wir hätten Angst vor euch, was? Aber ihr seid gar nichts. Ihr *verkauft* nicht an mich. Ich *übernehme*. Ihr seid nicht stark, ihr seid schwach. Von jetzt an arbeitet ihr für mich.«

Teddy starrte ihn immer noch mit offenem Mund an, aber Will wurde rot vor Zorn. »Wie können Sie es wagen! Sie können uns nicht einfach Befehle geben und uns herumkommandieren! Wir sind ... wir sind britische Staatsbürger! Wir werden nicht für Sie arbeiten!«

Kubara trat einen Schritt auf Will zu, sodass dieser zu seinem eigenen Platz zurückstolpern musste.

»Oh doch, ihr werdet.« Kubara lachte zufrieden und nickte langsam. »Du, für dich habe ich wenigstens etwas Respekt, du hast versucht zu kämpfen. Zwar sinnlos, aber immerhin.« Teddy sah er höhnisch grinsend an. »Der da? Der ist ... gar nichts.«

Er wandte sich wieder an Will. »Ihr beide kommt mit mir in meine neue Fabrik. Sie ist in ...« Lächelnd hielt er inne. »Weit weg jedenfalls. Dort werdet ihr für mich arbeiten, das Labor einrichten und mit der Produktion von Meltdown anfangen. Ihr werdet meinen Leuten die Formel und den Herstellungsprozess zeigen. In der Zwischenzeit läuft die Produktion in England weiter, bis wir sie nicht mehr brauchen.«

Er brach ab, als er bemerkte, wie Teddy heimlich etwas aus seiner Jackentasche zu holen versuchte.

Kubara lächelte. »Willst du euren Bodyguard rufen, Teddy?« Dann verschwand das Lächeln plötzlich. »Gebt mir eure Telefone. Alle beide. Sofort.«

Teddy sah Will unglücklich an.

»Das können Sie nicht tun!«, rief Will.

»Ich würde ungerne meinen Freund dort hinten bitten, sie euch mit Gewalt abzunehmen.«

Langsam und zögernd reichten ihm die Zwillinge ihre Handys. Kubara steckte sie in die Jackentasche und wandte sich wieder seinem Essen zu.

Als das Spiel weiterging, wurde es wiederum die meiste Zeit von Barcelona bestimmt, und nach ein paar Minuten anhaltend druckvollem Spiel wurde der portugiesische Mittelfeldspieler Deco im Strafraum gefoult.

»Elfmeter!«, schrie Kubara – ebenso wie alle Katalanen im Camp Nou.

Der Schiedsrichter war derselben Meinung. Deco legte den Ball auf den Elfmeterpunkt und brachte ihn gelassen im Netz unter. Das Station kochte: zwei zu null.

Kubara unterbrach seine Feierlaune und schien ein paar Minuten lang ernsthaft nachzudenken. Dann winkte er plötzlich seinem Bodyguard, der sein Handy zog und eine Nummer wählte.

Danny sah, wie der Fahrer im Mercedes den Anruf entgegennahm.

»Stand by! Stand by! Mercedesfahrer am Telefon. Warten ... zieht Jacke an.«

Der Bodyguard in der VIP-Loge nickte Kubara zu, dass alles bereit war.

Dann wandte er sich lächelnd an die Zwillinge. »Macht nicht so ein enttäuschtes Gesicht, Jungs«, meinte er. »Ich kümmere mich um euch.«

Ohne Vorwarnung verschwand das Lächeln, und seine Stimme nahm einen drohenden Tonfall an. »Falls ihr euch weigert oder in irgendeiner Weise Widerstand leistet, werde ich noch heute Abend einen von euch beiden umbringen.« Achselzuckend fügte er hinzu: »Ist mir egal, welchen. Für mich seid ihr beide sowieso gleich.«

33

Die schwarze Limousine fuhr los.

»Stand by! Stand by! Mercedes unterwegs!«

Durch den Lärm nach dem Strafstoß konnte Fergus kaum verstehen, was los war. Es war ohrenbetäubend. Alles stand, schrie, klatschte und tobte erfreut darüber, dass ihre Mannschaft ein weiteres Tor erzielt hatte. Er musste sich an den Sitzreihen durch die begeisterten Anhänger kämpfen.

Am Ende der Reihen sah er zur Loge hinüber und fluchte. Kubara hatte früher gehandelt, als er vermutet hatte. Er blieb stehen, um zu prüfen, ob man ihn durch den Lärm der Menge noch hören konnte.

»Fergus unterwegs. Danny, bist du noch dran?«

»Ja. Stop! Stop! Stop! Mercedes steht vor dem Ausgang. Motor läuft… Fahrer telefoniert.«

»Roger. Wenn sie jetzt herauskommen, schaffe ich es nicht, dranzubleiben. Du übernimmst. Bestätigen, Danny.«

»Roger.«

»Gut. Deveraux, wir brauchen Luftunterstützung, um Danny mit unserem Team abzulösen. Wir müssen unter allen Umständen am Zielobjekt bleiben, sie könnten sich überall in Europa verstecken. Deveraux bestätigen!«

Deveraux telefonierte bereits mit Dudley. »Reichweite – ganz Europa. Und groß genug für mein Team und… Watts und den Jungen.« Die letzten Worte spuckte sie fast aus.

Fergus wartete immer noch.

»Deveraux bestätigen!«

»Dudley arrangiert gerade den Transport!«

Immer noch kämpfte sich Fergus durch die Menge und versuchte verzweifelt, Danny zu erreichen, damit sie dem Mercedes zusammen folgen konnten. Das würden sie so lange tun, bis Deveraux mit ihrem Team in der Luft war und sie an Bord nehmen konnte.

»Roger. Wir können Kubara noch nicht festnehmen. Nicht bevor wir wissen, wo in England die Drogenfabrik ist. Wir müssen beide Angriffe koordinieren, sonst kann eine Seite die andere warnen.«

Deveraux zischte zornig zurück.

»Das weiß ich!«

Sie sah, wie Kubara mit seinem Leibwächter sprach. Er sprach zu leise, als dass das Mikrofon im Fernseher seine Worte hätte auffangen können. Als der Bodyguard zum hinteren Teil der Loge zurückging, konnten die Zwillinge die halbautomatische Makarov-Pistole sehen, die er unter der Jacke trug. Besorgt sahen sie sich an.

Lächelnd wandte Kubara sich zu ihnen um. »Alles in Ordnung, Jungs? Freut ihr euch auf euren Ausflug?«

Da die Zwillinge nicht antworteten, stieß Kubara erneut eine Drohung aus: »Denkt daran, ich brauche nur einen von euch. Wenn einer versucht, wegzulaufen oder um Hilfe zu rufen, werde ich einen von euch beiden töten und alles tun, was nötig ist, um sicher von hier wegzukommen.« Er sah sie finster an. »Ist euch klar, dass ich es ernst meine?«

Ohne auf eine Antwort zu warten, verließ er die Loge und ging zum Ausgang.

Als sie auf dem weichen Teppich den Gang entlanggingen, dicht gefolgt von dem Leibwächter, hörten sie ein erneutes Freudengeheul aus dem Camp Nou.

Kubara schüttelte den Kopf. »Es ist eine Schande, ein so gutes Spiel zu verpassen.«

Danny hatte sein Zielobjekt gesichtet.

»Stand by! Stand by! Zwillinge, Kubara und Bodyguard steigen in den Mercedes. Warten … warten … Jetzt unterwegs zum Hauptausgang. Deveraux, ich brauche hier Unterstützung. Funktioniert der Tracker?«

Dannys Handy wurde vom spanischen Geheimdienst geortet, sodass Deveraux' Monitor seine Position bis auf zehn Quadratmeter genau anzeigen konnte.

»Wir haben dich. Bleib am Zielobjekt.«

»Roger. Fährt auf die Hauptstraße und biegt nach rechts zum Kreisverkehr ab.«

Danny bog ebenfalls rechts ab und fädelte sich zwei Wagen hinter dem Mercedes in den Verkehr.

»Zielobjekt im Kreisverkehr. Vorbei an erster Ausfahrt … vorbei an zweiter Ausfahrt … vorbei an dritter. Er kehrt um!«

Fergus hatte es endlich aus dem Stadion geschafft und lief zu Deveraux' Büro.

»Das soll Verfolger enttarnen! Nicht hinterherfahren!«

Danny nahm die dritte Ausfahrt, während der Mercedes den Blumenkreis einmal umrundete und in die Richtung zurückfuhr, aus der er gekommen war. Allerdings nicht weit.

»Mercedes außer Sicht!«

Sobald der Mercedesfahrer außer Sicht war, wendete Danny in den Gegenverkehr hinein und fuhr zurück. Er wurde angehupt und Bremsen quietschten, die Fahrer fluchten und drohten ihm mit der Faust, als er sich wieder in den Verkehr eingliederte.

»Mercedes immer noch außer Sichtweite. Ich suche.«

Danny fuhr um den Kreisverkehr und hielt in allen Straßen nach dem Mercedes Ausschau.

»Danny hat mögliches Zielobjekt. Erste Ausfahrt!«

Er nahm die erste Ausfahrt und drängte sich durch den Verkehr, wobei er versuchte, den schwarzen Umriss vor sich im Auge zu behalten.

Die Atmosphäre im Mercedes war entspannter, zumindest bei Kubara, dem die Klimaanlage kühle Luft entgegenblies. Der Leibwächter saß auf dem Beifahrersitz und Kubara hinten zwischen den Zwillingen, die Arme um sie gelegt wie der nette Onkel, für den Will ihn gehalten hatte. Er zog sie an sich. »Macht euch keine Sorgen wegen der Fahrerei«, meinte er. »Er sorgt nur dafür, dass uns keiner eurer Freunde folgt.«

Die Zwillinge sahen sich an, sagten aber nichts. Scheinbar wusste dieser Bosnier alles.

Kubara wandte sich an Teddy. »Nun, ich möchte, dass du ein paar deiner Leute in England anrufst. Ich gebe dir dein Telefon.« Er holte ein Handy aus der Tasche.

Teddy nahm es wortlos und sah Kubara fragend an.

»Guter Junge. Ruf deine Leute an. Sag ihnen, wir brauchen eine neue Lieferung Meltdown. Sie sollen heute Nacht noch damit anfangen; lass deine Chemiker zusammenarbeiten – ich weiß, dass sie das normalerweise nicht tun …«

Teddy unterbrach ihn. Er suchte verzweifelt nach irgendetwas, um Kubara aufzuhalten oder seine Pläne auch nur zu verzögern. »Aber unsere Sicherheitsleute sind hier in Barcelona mit den Bussen. In England ist niemand, der für die Sicherheit der Vorgänge sorgen kann und …«

»Genug! Keine Ausflüchte mehr! Ich kann es mir nicht erlauben, dass es zu Nachschubengpässen kommt, während ihr das neue Labor einrichtet. Wir werden ihnen sagen, wie der Transport nach Europa organisiert wird. Lass sie es einfach machen. Ich will, dass die Produktion auf vollen Touren läuft!«

Teddy sah seinen Bruder an. Jeder Befehl, den Kubara gab, schien ein weiterer Schritt zu ihrer Vernichtung zu sein. Es war ganz offensichtlich, dass er sie nur so lange am Leben lassen würde, wie er sie brauchte.

Kubaras nächste Worte machten nur allzu deutlich, dass jedes Mitglied der Operation nur so lange leben würde, bis er hatte, was er wollte: »Ihr gebt mir die Namen und Adressen der beiden Chemiker, die für euch arbeiten!«

»Danny ist dran! Danny ist dran! Mercedes jetzt auf dem Weg aus der Stadt! Kein Straßenname, fährt Richtung Westen.«

Deveraux blickte auf den Überwachungs-Monitor.

»Wir haben dich.«

34

Lee lag immer noch bewusstlos in seinem Privatzimmer im Krankenhaus. Über dem Mund hatte er eine Sauerstoffmaske, eine Infusionsnadel im Arm, und aus einem Herzmonitor ertönte ein stetes Piepen. Es hatte Komplikationen gegeben: Das Messer hatte eine seiner Nieren verletzt, und der hohe Blutverlust durch das lange Warten auf den Krankenwagen war sehr schwerwiegend.

Phil sah ihn an. Er wusste nicht, was er sagen sollte. Gerne hätte er etwas gesagt, aber es fiel ihm nicht leicht, Gefühle zu zeigen. Nicht dass Lee ein Wort gehört hätte, was er hätte sagen können.

Also sprach Phil über die Arbeit. »Wir finden das Drogenlabor, Mann – keine Sorge. Wir finden es, und dann kriegen wir sie alle dran.«

Er neigte sich zu ihm und flüsterte Lee ins Ohr: »Albie ist tot.« Phil lächelte, er wusste, dass das Lee freuen würde. »Hat sich an Meltdown überfressen.«

In seiner Jacke begann das Handy zu vibrieren. Er zog es hervor und erkannte die Nummer. Es war die Predator-Überwachung.

Mr Monoton war zurück. »Er ist unterwegs, aus der Stadt Richtung Norden.«

»Okay.«

Phil klappte das Handy zu und flüsterte Lee zu: »Ich muss weg, Mann. Die Ärzte sagen, dass du jetzt stabil bist. Ich schätze, in ein paar Monaten läufst du wieder herum. Wir sehen uns.«

Im Auto drückte Phil auf den Sendeknopf. Er sprach eindringlich, es war das erste Mal, dass Freddie den Großraum Manchester verließ.

»Phil unterwegs. Wo ist er?«

Der Lenker der Predator-Drohne sprach immer noch mit der gleichen monotonen Stimme, die in etwa so aufregend war wie die Zeitansage.

»Immer noch Richtung Norden auf der A 56, nach Prestwick und zur M 60.«

Freddie in seinem Mini sah das Schild zur M 60 vor sich; es waren noch sechzehn Kilometer. Er fuhr wesentlich schneller als sonst. Der Anruf von Teddy hatte ihn ernsthaft durcheinander gebracht, denn der hatte merkwürdig, fast verängstigt geklungen. Und solche Anweisungen hatte er ihm noch nie gegeben. Freddie gefiel es nicht, mit dem zweiten Chemiker zusammenzuarbeiten, und das auch noch am selben Ort wie das letzte Mal. Er kannte den anderen Kerl überhaupt nicht. Aber er konnte sich schlecht weigern. Wenn er nicht kam, würde ihn jemand suchen; diese Drohung stand immer im Raum. Er konnte nicht fortlaufen. Diesmal nicht.

Am gleichen Tag hatte Freddie in den Zeitungen über Meltdown gelesen. Vielleicht hatten die Zwillinge es auch gesehen und waren deshalb fast genauso in Panik geraten wie er selbst. Terroristen, Aufruhr auf den Straßen oder solche Dinge kümmerten ihn wenig. Diesmal musste das letzte Mal sein; er würde sich einen kleinen Bonus verschaffen, indem er ein paar Pakete Meltdown abzweigte. Dann würde er verschwinden, und zwar ganz weit weg.

Er drückte das Gaspedal durch. Seine Gier war stärker als die Vernunft, die ihm riet, umzukehren und in die entgegengesetzte Richtung zurückzufahren.

Mr Monoton meldete sich erneut bei Phil, der mittlerweile ebenfalls die Stadt verlassen hatte.

»Zielperson an der Autobahn … warten … warten … fährt vorbei. Zielperson weiter Richtung Norden auf der A 56 nach Bury.«

Phil betätigte den Sendeknopf.

»Roger.«

Die Predator kreiste hoch über dem Zielobjekt am nächtlichen Himmel. Vierzigtausend Fuß tiefer folgte Phil der A 56 mit einem Update zu ihrer Zielperson.

»Durch Whitfield durch, immer noch Richtung Bury.«

Phil blieb ruhig und professionell, doch zusehends optimistisch. Dies musste der Durchbruch sein, auf den sie gewartet hatten. Vielleicht konnte er Fergus endlich ein paar gute Nachrichten zukommen lassen, bevor die Nacht vorbei war. Als er Whitfield erreichte, meldete sich Mr Monoton wieder.

»Er biegt rechts ab … rechts. Von der A 56, auf halbem Weg nach Bury. Warten …«

Phil wurde langsamer, um nicht die Abfahrt zu verpassen, die Freddie genommen hatte.

»Zielperson fährt auf ein altes Flugplatzgelände auf der anderen Seite von Hollins. Dort ist jetzt ein Industriegebiet. Er geht in einen der Hangars. Warten … jetzt außer Sicht.«

Phil hatte die Schilder nach Hollins gesehen.

»Welcher Hangar? Welcher Hangar?«,

schrie er, als er von der A 56 nach Hollins abbog.

Mr Monoton blieb ruhig.

»Ist NVG einsatzbereit?«

»Natürlich habe ich ein Nachtsichtgerät!«

»Okay, ich markiere den Hangar. Jetzt markiert.«

Phil war inzwischen an dem Dorf Hollins vorbei gefahren und folgte nun den Schildern zum Industriegebiet. Der hohe Drahtzaun des ehemaligen Flugplatzes war noch da, ebenso wie die Tore, doch die waren jetzt ständig offen und eines von ihnen hing in einem seltsamen Winkel in den Angeln. Phil fuhr kurz vor dem Tor von der Straße ab und schaltete das Licht aus.

Er stieg aus, ging zum Kofferraum und holte das NVG aus seiner Tasche. Noch bevor er es aufsetzte, konnte er vor sich die halbkreisförmige Anlage der Hangars und der anderen Gebäude erkennen. Das NVG sah aus wie eine Skibrille, hatte aber schwarzes Glas anstelle von hellem. Phil sah damit aus wie ein riesiges Insekt. Er rückte sich die Brille zurecht, schaltete sie ein und hörte das leise Summen der Batterien. Gleich darauf erschien die Welt in verschwommenem Grün,und Phil entdeckte einen hellen weißen Lichtstrahl, der sich aus dem Nachthimmel zu einem Hangar auf der anderen Seite der alten Landebahn zog.

Immer noch mit der Brille stieg Phil wieder ins Auto.

»Hab ihn. Kannst den Laser ausschalten.«

Nach ein paar Sekunden verschwand der Strahl wieder in den Wolken. Ohne das Licht einzuschalten näherte sich Phil dem Tor. Außerdem betätigte er einen Schalter unter dem Armaturenbrett, der dafür sorgte, dass ihn kein Bremslicht verriet.

Mit Hilfe des NVG fuhr er auf den Flugplatz, hielt sich auf seiner Seite der Landebahn möglichst weit von dem Hangar entfernt, den er anpeilte – er wollte nicht von jemandem entdeckt werden, der dort vielleicht Wache hielt. Hinter einem Ziegelgebäude parkte er, nahm die Brille ab und holte seine

MP5 unter der Gummimatte vor dem Beifahrersitz hervor. Dann stieg er aus.

Er überprüfte, ob seine SIG fest im Halfter saß, und ging auf den Hangar zu. Plötzlich blieb er stehen. Die Türen öffneten sich und Phil hörte das Geräusch eines großen Motors. Als er wieder zum Tor sah, bemerkte er einen riesigen Lastwagen.

35

Der Geländewagen raste aus der Stadt zum Flughafen, um sie zu ihrem Transportmittel zu bringen.

Fergus warf Deveraux einen Blick zu, als sein Telefon klingelte.

Es war Phil. Obwohl seine Stimme ruhig klang, konnte Fergus die verhaltene Freude darin hören.

»Ich glaube, wir haben hier etwas. Könnte eine Weile dauern, aber ich bleibe dran.«

»Halt mich auf dem Laufenden«, meinte Fergus. Mehr musste er nicht sagen. Phil hatte nur ein Ziel: das Drogenlabor zu finden und zu vernichten. Sie mussten keine Zeit mit weiteren Details verschwenden.

Deveraux wandte sich zu Fergus um. »Und?«

»Scheint, wir machen in Großbritannien Fortschritte.«

Sie nickte. Wie immer konzentrierte sie sich nur auf ihre Seite der Operation, doch sie behielt Dudleys Warnung im Kopf, dass ihre Mission auf keinen Fall Vorrang vor der seinen hatte.

Kubaras schwarzer Mercedes fuhr nach Norden, tief ins Landesinnere von Katalonien, während Danny im Schutz der Dunkelheit seinen Corsa etwas näher kommen ließ. Der Mercedesfahrer würde im Rückspiegel nur Scheinwerfer erkennen.

Sobald Teddy die von Kubara geforderten Anrufe gemacht hatte, hatte der Bodyguard ihre Telefone geschnappt, die Simkarten und Akkus herausgenommen und die Telefone sowie die Einzelteile nacheinander aus dem Fenster geworfen. Mit Hilfe der Telefonsignale konnte sie jetzt niemand mehr orten.

Aber Danny folgte ihnen immer noch.

»Keine Veränderung. Neunzig, hundert Stundenkilometer, immer noch Richtung Norden.«

Fergus übernahm den Funkverkehr, während Deveraux am Handy mit ihrem Team am Flughafen sprach.

»Roger. Sobald wir in der Luft sind, holen wir dich ab.«

»Das muss aber schnell passieren. Der Mercedes biegt nach links in die Dunkelheit ab. Ich kann nicht folgen. Ortet meine Position! Position orten!«

Danny fuhr langsamer, als er sah, wie die Scheinwerfer des Mercedes die tiefschwarze Nacht links vor ihm erhellten. Er wollte Fergus genau wissen lassen, wo die Abbiegung war. Das Trackingsystem am Handy würde es bestätigen.

»Nähere mich der Abzweigung … Achtung … jetzt!«

Danny fuhr noch ein Stück weiter, fuhr dann rechts ran und schaltete den Motor aus.

»Danny zu Fuß weiter. Ich nehme das Handy.«

Er griff sich die Kamera, stieg aus und rannte los, während sich die Lichter des Mercedes etwa einen Kilometer vor ihm in der Dunkelheit verloren.

Dornenbüsche verhakten sich in seinen Jeans, als er durch das staubige, unebene Gelände rannte, die Kamera fest im Griff. Sein Mund war trocken, und Schweiß tropfte ihm aus jeder Pore. Er rannte so schnell er konnte. Alles, was zählte, war, das Zielobjekt zu erreichen.

Aus knapp zweihundert Metern Entfernung konnte er ein elektronisches Surren hören, das er sofort erkannte: Die Rotorblätter eines Hubschraubers setzten sich in Bewegung und wurden immer schneller, während der Motor hochfuhr.

Danny näherte sich dem Zielobjekt, schaltete die Handycam ein, verband sie mit dem Telefon und begann aufzuzeichnen. Mit dem starken Zoom konnte er die Details der Szene vor ihm aufnehmen.

Der Sikorsky S-92-Helikopter stand bereit, die großen Rotorblätter hatten jetzt ihre volle Geschwindigkeit erreicht. Sie beschrieben einen großen Kreis in der Luft und wirbelten mit enormer Kraft den Staub in die Höhe. Ein Stück weiter waren die verfallenen Reste eines Bauernhofes und ein Tanklastzug zu erkennen, der offensichtlich den Helikopter betankt hatte.

Der S-92 war nur etwas für wirklich reiche Leute, für die Bill Gates oder die Herrscher der ölreichen arabischen Länder dieser Welt. Oder für Top-Drogenhändler wie Enver Kubara.

Der S-92 war eine Weiterentwicklung des Sikorsky S-70, des Blackhawk der US-Army und des Seahawk der US-Navy. Seine Doppelmotoren sorgten für enorme Leistung und eine Reichweite von sechshundert Seemeilen.

Es gab militärische Versionen und Versionen für die Luft-Boden-Rettung vom S-92, doch hier wartete die zivile Ausführung darauf, abzuheben. Dieses Fluggerät erhob den luxuriösen Hubschrauberflug auf ein völlig neues Niveau. Es gab Platz für mindestens neunzehn Passagiere, die in bequemen Ledersesseln Platz nehmen konnten, und einen dicken, flauschigen Teppich auf dem Boden – was bedeutete, dass Gespräche mit normaler Lautstärke möglich waren. Es gab sogar eine gut gefüllte Bar.

Teddy und Will wussten davon nichts und interessierten sich auch nicht dafür, als sie aus dem Mercedes herausbeordert und über das offene Gelände geschleift wurden. Sie hielten sich geduckt und näherten sich der offenen Seitentür.

Danny beobachtete sie und meldete Fergus über sein Handy: »Sie fliegen von hier aus weiter.«

Teddy war der Erste, der hinaufstieg, Will folgte ihm rasch. Sie sahen sich in der Kabine um und hatten fast das Gefühl, einen ihrer eigenen Luxusbusse zu besteigen. Doch das elegante Innere war es nicht, was sie erschrocken nach Luft schnappen ließ, als sie eintraten. Hinten im Hubschrauber saß bereits jemand. Storm.

Kubara folgte Teddy und Will und stieß sie in die Sitze. Teddy sah Storm an, dann den Bosnier und versuchte einmal in seinem Leben etwas Gutes zu tun.

»Es gibt keinen Grund, sie mitzunehmen. Sie weiß nichts. Sie kann Ihnen nicht helfen. Bitte lassen Sie sie gehen!«

Kubara ignorierte seine Bitte schlicht. Der Bodyguard stieg ebenfalls in den Helikopter und zog die Tür zu. Sein Boss gab dem Piloten bereits Anweisungen zum Abflug.

Mit einem kraftvollen Donnern hob der Helikopter in den Nachthimmel ab, und Danny sah vom Boden aus, wie er in Richtung Meer verschwand. Schnell lief er zurück zum Corsa, um seinen Bericht abzuliefern.

Im Sikorsky wandte sich Teddy zu Storm um.

»Es tut mir leid, Storm«, sagte er. »Es tut mir wirklich sehr leid.«

36

Der Hubschrauber, in dem Danny flog, war in jeder Hinsicht anders als der Sikorsky, auf seine Art jedoch mindestens ebenso beeindruckend.

Der Cougar war ein schnörkelloser Militärhubschrauber. In seinem Laderaum konnten neunundzwanzig Kampfsoldaten sitzen, auf roten, nylonbezogenen Klappsesseln, die man herausnehmen konnte, um mehr Platz für Ladung oder für Bahren zu schaffen.

Die Innenwände waren mit dünner Silberfolie bezogen. Damit wurden die Kabel geschützt, die an der Aluminiumkarosserie dahinter lagen.

Eine Unterhaltung in normaler Lautstärke war unmöglich; die beiden Turbomotoren befanden sich direkt über den Passagieren, sodass sie schreien oder sich mit Kopfhörer und Mikrofon über das Intercom unterhalten mussten.

Der Geruch von verbranntem Kerosin lag in der Luft, und der Boden war mit festem, sandbestreutem Teer bedeckt, damit man auch bei Nässe Halt hatte.

Danny saß zum ersten Mal in einem Hubschrauber und war einer von nur sieben Passagieren. Die anderen waren Fergus sowie Deveraux und ihr vierköpfiges Team. Sie waren einsatzbereit. Sie mussten einsatzbereit sein, denn niemand wusste, wo es hinging oder wie lange der Flug dauern würde.

Sie trugen alle volle Schutzkleidung, in deren linker Brusttasche eine Keramikplatte steckte. Beim Aufprall eines Geschosses zerspringt diese Platte und hält so die Kugel auf. Keramik ist zwar als Schutzschild extrem hart, allerdings empfindlich in der Handhabung, daher müssen die Träger immer gut auf ihre Keramikplatten aufpassen.

Deveraux und ihr Team hatten als eigentliche Waffe eine MP5, an der unter dem Lauf eine Lampe angebracht war, deren Lichtstrahl genau auf das anvisierte Ziel gerichtet war. Außerdem hatten sie einen Laserstrahl neben der Lampe, der genauso funktionierte, aber präziser war und im Dunkeln benutzt werden konnte, wenn das Team Nachtsichtgeräte trug.

Außerdem trugen die fünf Leute als zweite Waffe jeder eine halbautomatische SIG-9-mm-Pistole an einem Bein, die Ersatzmagazine am anderen. Sie trugen sie in einem Beinhalfter, weil die Schutzkleidung es erschwerte, eine Waffe aus dem Gürtel zu ziehen.

Fergus und Danny waren als Einzige nicht voll ausgerüstet, und damit war Fergus nicht zufrieden. Er sah sich um und stellte erfreut fest, dass Danny schlief. Das war eine wichtige Lektion: zu lernen, jede sich bietende Gelegenheit zum Schlafen zu nutzen.

Fergus saß direkt hinter Deveraux. Sobald sie ihre Jacke und Waffen überprüft hatte, klopfte er ihr auf die Schulter.

Als sie sich zu ihm umdrehte, wies er mit einem Kopfnicken auf ihre Tasche und schrie dann: »Was ist mit Danny und mir?«

Deveraux schüttelte den Kopf. »Ich mache das mit meinen Leuten, und zwar als Team. Ich will nicht, dass mir Batman und Robin in die Quere kommen.«

»Das ist eine gemeinsame Operation!«, schrie Fergus zurück. »Sie kennen Dudleys Befehle. Ich habe das Kommando. Wir brauchen Waffen!«

Deveraux zögerte. Sie hatte gehofft, es vermeiden zu können, ihnen die beiden SIG-Pistolen auszuhändigen, die sie in Dudleys Auftrag für Fergus und Danny besorgt hatte. Widerstrebend griff sie in ihre Tasche und nahm die Pistolen heraus, mit jeweils nur einem Ersatzmagazin.

»Die sind nur zu Ihrer Verteidigung da. Zu Ihrem Schutz. Kommen Sie mir nicht in die Quere! Ich kann nicht für Ihre Sicherheit garantieren, wenn Sie oder der Junge mir in die Schusslinie geraten.«

Fergus lächelte. Die Warnung war nur allzu deutlich, und er schätzte, dass sie mehr als glücklich sein würde, falls er oder Danny ihr auch nur im Entferntesten in die Schusslinie geraten würden. Aber er würde dafür sorgen, dass das auf keinen Fall geschehen konnte.

Die Stimme des Piloten erklang aus dem Intercom. »Er ist soeben in den französischen Luftraum eingedrungen. Hält sich immer noch dicht an der Küste.«

Dudley war für die Verfolgung des Sikorsky verantwortlich, wobei er mit den Experten im GCHQ in Cheltenham zusammenarbeitete.

Der Helikopter wurde durch die Flugleitzentralen der EU verfolgt. Sicherlich hätten alle Länder das GCHQ unterstützt, wenn genügend Zeit für derartige Vorbereitungen gewesen wäre. Aber die gab es nicht, und es war auch nicht notwendig, denn die Experten des GCHQ konnten sich leicht in die Systeme hacken. Sie berichteten dem Piloten des Cougar direkt, der über die Kopfhörer alles an Deveraux und Fergus weiterleitete.

So wussten sie genau, wohin der Sikorsky flog, hatten aber immer noch keine Ahnung, welches Ziel er hatte.

Kubara labte sich an einem Teller mit Brot und kaltem Braten. Er musste bei Kräften bleiben.

Teddy beobachtete ihn, doch er hatte zu viel Angst, um ihm Fragen zu stellen, und fürchtete sich außerdem vor den Antworten.

Will hatte die Augen geschlossen und lehnte den Kopf ans Fenster. Er schlief nicht, das war völlig unmöglich. Aber er dachte nach. Das hatte er viel getan, seit sie an Bord des Hubschraubers gegangen waren.

Er hatte mehrere Male zu Storm hinübergesehen. Sie schien völlig ruhig und gelassen, las sogar eine Zeitschrift so ungerührt, als ob sie sich auf einer Vergnügungsreise befände, einer Art Überraschungsfahrt ins Ungewisse.

Plötzlich sank der Hubschrauber in einem Luftloch ab. Will schlug die Augen auf und sah, wie Kubara ein großes Stück Brot mit Fleisch in den Mund schob. Wieder sackte der Sikorsky ab und er kaute zufrieden weiter. Will hätte sich am liebsten übergeben.

Der Bosnier lächelte Will an und hob den Teller, um ihm etwas anzubieten. Will brachte kaum die Energie auf, überhaupt den Kopf zu schütteln.

Storm schlug ihre Zeitschrift zu, warf sie auf den Sitz neben sich und ging zu Kubaras Sofa hinüber. Lächelnd setzte sie sich neben ihn und nahm zum Erstaunen der Zwillinge ein kleines Stück Fleisch von seinem Teller und steckte es in den Mund.

Teddy konnte nicht länger schweigen. »Storm! Was machst du denn da? Bleib weg von ihm!«

Sie lächelte ihn an. »Oh Teddy! Ich weiß wirklich nicht, wie du so lange so dumm gewesen sein konntest.«

Teddy starrte sie an, und sein müdes Hirn mühte sich ab, die Situation zu verstehen.

Storm lächelte immer noch über die völlige Verwirrung, die sie in seinem Gesicht las. »Du kapierst es nicht, was, Teddy? Selbst jetzt noch nicht.«

Er konnte es nicht verstehen. Vielleicht war es die Angst, die Furcht vor diesem Flug ins Ungewisse, aber er verstand immer noch nicht, was Storm ihm zu sagen versuchte.

Aber Will wurde auf einmal alles furchtbar klar. »Sie hat Recht«, meinte er kopfschüttelnd. »Wir waren saublöd!«

Kubara lachte über Teddys verblüfftes Gesicht. »Habt ihr euch nie gefragt, wie ich euch gefunden habe? Und woher ich genau wusste, was ihr tut? Immer? Die Laster, die Busse? Ja, ihr habt mir die Grundlagen erklärt, aber habt ihr euch nie gefragt, warum ich offensichtlich immer mehr wusste, als ihr mir gesagt habt? Aber nein, ihr wart arrogant, viel zu arrogant.«

Teddy sah erst seinen Bruder und dann wieder Kubara an. »Soll das heißen … heißt das, Storm arbeitet für Sie?«

Wieder lachte Kubara. »Oh, mehr als das, Teddy. Viel mehr als das.«

Diesmal sahen die Brüder Storm an und versuchten, das Ausmaß dessen zu begreifen, was er sagte.

»Sie ist … sie ist …?« Teddy versuchte verzweifelt auszusprechen, was er dachte. »Ist sie … Ihre Geliebte?«

Storm schüttelte den Kopf. »Also irgendwie wusste ich, dass ihr das denken würdet, wenn es so weit ist. Noch jemand, auf den ihr eifersüchtig sein könnt. Aber nein, Teddy, ich bin nicht seine Geliebte.«

»Was dann?«

Kubara neigte sich zu ihnen. »Habt ihr Engländer nicht ein Sprichwort, das besagt, Blut sei dicker als Wasser?«

Teddy schnappte nach Luft. Das war doch unmöglich.

Aber Kubara nickte stolz. »Ja, Storm ist meine Tochter.

Die beste Tochter, die man sich wünschen kann.« Er küsste sie auf die Wange. »Und das Ebenbild ihrer schönen Mutter.«

37

Der Sikorsky ging langsam tiefer, und der Pilot verkündete im Cougar über das Intercom: »Er geht runter. Scheinbar will er zum Hubschrauberlandeplatz in Monaco. Was soll ich tun?«

»Abwarten!«, verlangte Fergus, bevor Deveraux noch die Chance hatte, etwas in ihr Mikro zu sagen.

»Roger«, antwortete der Pilot.

Deveraux wandte sich an Fergus, um eine Erklärung zu bekommen.

»Wir wissen nicht, ob das sein endgültiges Ziel ist«, sagte er. »Vielleicht tankt er nur auf. Wir warten, bis wir sicher sind, und können uns in der Zwischenzeit auch einen Platz zum Auftanken suchen.«

Deveraux nickte. Fergus hatte Recht. Sie mussten in der Lage sein, schnell nachzutanken, falls der Sikorsky sich auf einen längeren Flug vorbereitete.

Der Hubschrauberlandeplatz von Monaco liegt auf einem Stück Land, das dem Meer abgewonnen wurde, und ist ein beliebter Ankunftsort für die Besucher des Millionärsspielplatzes in Monte Carlo und die Einwohner von Nizza.

Der Sikorsky landete sanft, und gleich darauf erhob sich Kubara. Seine dunklen Augen blickten auf Teddy und Will. »Meine Warnung von vorhin gilt immer noch.« Er wies auf seinen Leibwächter, der die ganze Zeit über als schweigsame

Drohung im Hubschrauber gesessen hatte. »Wenn ich euch nicht im Auge behalten kann, wird er es tun. Ständig.«

Beim Aussteigen sahen Teddy und Will die Lichter von Monte Carlo an der Küste glitzern. Im Hafen lagen Yachten, so groß wie Kreuzfahrtschiffe, viele mit einem eigenen Helikopter an Deck. Die Zwillinge waren zum Grand Prix in Monaco gewesen, doch all das – sozusagen ihr früheres Leben – schien im Moment Lichtjahre entfernt. Alles Normale schien Lichtjahre entfernt zu sein.

Kubara ging, um mit einem der Beamten des Hubschrauberlandeplatzes zu sprechen, daher blieben dic Zwillinge mit Storm unter den wachsamen Augen des Bodyguards allein zurück.

Storm betrachtete die Küste.

Teddy stellte sich neben sie. »Willst du uns das erklären?«, fragte er leise.

Sie zuckte die Schultern. »Hat das einen Sinn?«

Plötzlich wurde Teddy zornig. »Natürlich hat das einen Sinn! Schließlich hast du uns in diese Falle gelockt!«

»Ihr habt euch selbst hierher gebracht. Man kann euch kaum als unschuldige Opfer bezeichnen.«

»Du hast uns zum Narren gehalten«, zürnte Will.

»Das war nicht sonderlich schwierig«, lachte Storm.

Die Beleidigungen störten Teddy nicht länger, aber eines musste er noch wissen. »Ich verstehe das immer noch nicht. Wie kann er dein Vater sein?«

Storms Blick wurde weicher, als sie sagte: »Meine Mutter war als ehrenamtliche Mitarbeiterin einer Hilfsorganisation in Bosnien. Dort traf sie meinen Vater, sie verliebten sich und heirateten. Sie gab alles auf, um mit ihm zusammen sein zu können.«

Wieder blickte sie auf das dunkle Meer. »Als meine Mutter

schwanger wurde, dachten sie, dass sie in seinem Heimatdorf sicherer sein würde. So war es auch, zumindest eine Zeit lang. Ich wurde geboren, während mein Vater im Krieg kämpfte. Dann wurde das Dorf angegriffen, meine Mutter wurde getötet und...« Sie hielt einen Moment inne. »Ein paar Leute entkamen. Meine Tante schmuggelte mich fort, und wir versteckten uns in den Bergen. Als mein Vater mich wiederfand, war ich zwei Jahre alt.«

»Aber er hat dich in England zur Schule geschickt«, meinte Will. »Warum hat er das getan, wenn er die Briten doch so sehr hasst?«

»Weil es dort sicher war. Weil er wollte, dass ich eine gute Schulbildung bekomme. Weil er das englische System ausnutzen wollte, alles nehmen wollte, was es zu bieten hat. Weil er genau wusste, dass sich ihm eines Tages eine Gelegenheit wie bei euch beiden bieten würde. Und er hat Recht behalten. Mein Vater hat immer Recht.«

Noch bevor die Zwillinge noch etwas sagen konnten, kehrte Kubara zu ihnen zurück. Das Ende ihres Gespräches hatte er mitbekommen. »Dann kennt ihr jetzt also die ganze Geschichte? Das ist gut. Kommt, wir gehen.«

Die HMS *Cornwall*, eine Fregatte vom Typ 22, kreuzte im nördlichen Mittelmeer nach einem Freundschaftsbesuch im Tiefwasserhafen von Villefranche in Frankreich.

Es war alles Routine: Es ging darum, die Flagge zu hissen und die *Entente Cordiale* zwischen Großbritannien und seinem nächsten Nachbarn zu pflegen.

Doch jetzt stand der Crew eine Aufgabe bevor, die nichts mit Routine zu tun hatte: Sie sollten im Dunkeln einen Helikopter auftanken, den sie nicht kannten.

Die Dunkelheit stellte kein Problem dar, das Schiff hatte

für solche Gelegenheiten starke Strahler an Bord. Der Lynx-Helikopter der Fregatte war in den Hangar zurückgeschickt worden, und der Landeplatz am Heck des Kriegsschiffes war bereit für die Landung des neuen Besuchers.

Die See war ruhig, und es gab keinen Grund zur Annahme, dass die Operation nicht reibungslos verlaufen würde. Doch als die Crew die Lichter des Cougars entdeckte, der auf das Deck nieder schwebte, breitete sich eine angespannte Stimmung um den Landeplatz herum aus. Jeder hatte seine Aufgabe, und niemand wollte derjenige sein, der die Aktion vermasselte.

Während einer Blitzbetankung bei laufendem Motor bleiben Crew und Passagiere des Hubschraubers an Bord und der Rotor läuft weiter. Wenn alles glatt geht, ist es eine Sache von Minuten, und die Mannschaft der HMS *Cornwall* war entschlossen, es funktionieren zu lassen.

Blitzbetankungen werden meistens bei Hubschraubern im Einsatz durchgeführt, wenn sie Truppen zu einem Ziel bringen sollen, das vielleicht vierhundert Kilometer weit weg ist, während der Hubschrauber nur eine Reichweite von zweihundert Kilometern hat. Dann fliegen größere Hubschrauber mit Treibstofffässern in entlegene Gebiete auf der Strecke und werden so zu mobilen Tankstellen. Auf einem Schiff ist es komplizierter, da es nur wenig Spielraum für das Betankungsteam sowie den Hubschrauberpiloten gibt.

An Bord des Cougars fühlte Danny sich wesentlich wohler, nachdem er eine Weile geschlafen hatte. Erstaunt sah er zu, wie der Helikopter tiefer ging und sauber landete.

Sofort erschien die Mannschaft an Deck. Mit ihren dunkelblauen, feuerfesten Overalls und weißen Gesichtsmasken sahen sie eher aus wie die Mechaniker eines Formel-1-Teams als wie Seeleute. Sie rannten los und klemmten Bremsklötze hinter die Räder des Cougar, damit er stabil blieb. Gleichzeitig zogen mehrere Seeleute den schweren Tankschlauch zum Hubschrauber sowie das dicke Kabel, das ihn mit dem Schiff verband, damit er geerdet war. Ohne diese Vorsichtsmaßnahme konnte der kleinste Funken zu einer Katastrophe führen.

Sobald der Hubschrauber gelandet war, zog das Crewmitglied, das für die Ladung verantwortlich war und hinten beim Team gesessen hatte, die rückwärtigen Türen des Cougars auf und sah während des Tankvorgangs nach, ob alles in Ordnung war. Durch ein Kabel in seinem Helm war er mit dem Intercom des Piloten verbunden.

Während des gesamten Tankvorgangs stand ein Mannschaftsmitglied vor dem Hubschrauber, sodass ihn Pilot und Copilot sehen konnten. Er hielt die Arme gekreuzt: Das bedeutete, dass der Pilot die Maschine genau dort halten sollte, wo sie stand, da der Vorgang noch nicht abgeschlossen war.

So bekamen die Piloten zwei voneinander unabhängige Informationen über den Vorgang, visuell und verbal, denn das Crewmitglied im Heck gab die Infos über den Fortschritt der Aktion über Funk durch. Als zusätzliche Sicherheitsmaßnahme wurden die Seitentüren geöffnet, damit die Passagiere im Fall eines Feuers schnell aussteigen konnten.

Der Lärm war ohrenbetäubend, und es stank nach Kerosin. Durch die Hitze der beiden Motoren war es im Inneren so heiß wie in einem Backofen. Danny sah dem Betankungsteam zu, das wie die Ameisen um den Hubschrauber wuselte, während sich das Schiff mit der Dünung hob und senkte.

Er sah seinen Großvater an, der tief in Gedanken schien. Danny klopfte ihm auf die Schulter und schrie: »Unglaublich!«, mit einem Kopfnicken zu den Männern vor dem Helikopter.

»Was?«

»Das! Das Auftanken!«

»Oh. Ja, ja … mir ist nur gerade etwas eingefallen. Habe ich dir je von Binsy erzählt?«

»Von wem?«

»Binsy Murray!« Auch Fergus musste schreien.

»*Binsy*?«, wiederholte Danny.

»Bins – wie *binoculars* – Fernglas. Jemand beim Regiment. Wir nannten ihn Binsy, weil er so eine dicke Brille trug. Das war im Falkland-Krieg – wir waren auf einer Fregatte und warteten darauf, von einem Hubschrauber aufgenommen zu werden.«

Danny schüttelte den Kopf und fragte sich, warum sein Großvater ihm ausgerechnet jetzt eine Geschichte erzählen wollte. Doch dann erkannte er, dass Fergus nervös wirkte, und verstand plötzlich, was los war. Fergus zeigte nur an einem Ort Anzeichen von Furcht, und das war auf einem Schiff – egal ob Boot oder Dampfer, groß oder klein. Er mochte es einfach nicht.

»Was ist denn passiert?«

»Na ja, Binsy und ich sind gerade zu einem Scout-Helikopter gegangen, als zwei argentinische Jets im Tiefflug herangekommen sind und versucht haben, die britischen Schiffe zu bombardieren. Ein paar hatten sie schon versenkt.«

»Haben sie euch getroffen?«, Danny bemühte sich interessiert zu wirken. Das war er auch wirklich, aber hauptsächlich versuchte er, seinen Großvater von dem schaukelnden Schiff unter ihnen abzulenken.

»Nein, sie haben uns verfehlt. Aber unser Schiff lag in der Mitte der Flotte – Flugabwehrraketen pfiffen über uns hinweg, und alles ging in Deckung, einschließlich mir. Nur Binsy nicht. Er stand da mit seinem Allzweck-Maschinengewehr und hat einen gesamten Patronengurt mit zweihundert Schuss auf die Maschinen abgefeuert. Er hat natürlich nichts getroffen, aber danach fühlte er sich besser.«

Fergus warf einen Blick auf das Deck. Der Tankvorgang war abgeschlossen, und das Erdungskabel wurde entfernt, dann zog sich das Tankteam zurück.

»Jedenfalls, als wir vier Tage später von unserer Mission zur Hauptinsel zurückgekommen sind, rief der Flottenchef an, dankte Binsy für seinen Versuch und bat ihn, so etwas möglichst nicht wieder zu tun.«

»Warum denn das?«, wollte Danny wissen.

»Die Flugzeuge hat er zwar nicht getroffen, dafür aber unsere eigenen Schiffe. Der Typ war eine größere Gefahr für die Flotte als die gesamte argentinische Luftwaffe!«

Danny blickte lachend durch die offenen Türen des Cougars.

Die Bremsklötze wurden entfernt. Während das Crewmitglied von hinten berichtete, was los war, versicherte sich der Mann vor dem Hubschrauber noch einmal, dass alle in Sicherheit waren, bevor er die vor der Brust verschränkten Arme löste und gen Himmel streckte.

Die Türen des Cougars schlossen sich und mit kraftvollem Aufbrüllen hob der Hubschrauber ab.

»Nette Geschichte, Großvater!«, rief Danny.

Fergus nickte lächelnd und machte es sich wieder bequem. Schiffe würde er nie mögen, nicht mal die der Royal Navy.

38

Warten, beobachten und Geduld aufbringen gehörten zum Job, aber Phils Geduld wurde auf eine harte Probe gestellt.

Er sah, wie ein riesiger Lastwagen langsam in den alten Hangar gefahren wurde. Die Türen wurden nicht hinter ihm geschlossen. Der Grund dafür wurde klar, als eine Minute später ein zweiter Lkw mit einem identischen Anhänger erschien und ebenfalls in den Hangar fuhr.

Diesmal wurden die Türen geschlossen, Phil wartete, er war viel zu erfahren, um gleich hinzulaufen. Und es war gut so, denn ein paar Minuten später öffnete sich eine der Türen einen Spalt, und zwei Männer traten heraus und schlossen sie hinter sich wieder.

Sie schienen nicht Wache zu halten, dazu verhielten sie sich zu unbekümmert. Phil vermutete, dass es die Lkw-Fahrer waren, die sich die Beine vertraten. Vielleicht wurden sie für das, was im Hangar vor sich ging, auch nicht gebraucht und würden später wieder gerufen werden. Wer auch immer sie waren, sie hielten Phil von dem ab, was er tun musste.

Der Hangar bestand aus massivem Beton und konnte einem glatten Bombentreffer widerstehen. Er hatte keine Fenster, nur die massiven Schiebetüren an einer Seite und eine kleine Metalltür auf der Rückseite.

Phil hatte die Rückseite überprüft und die Metalltür entdeckt, doch bevor er näher kommen konnte, hatten ein paar Hunde angefangen zu bellen und zu heulen. Als er die Wagen der Polizeihundestaffel sah, zog er sich schnell in die Deckung zu seinem eigenen Auto zurück. Er wusste, dass er nur von der Vorderseite aus herausbekommen konnte, was im Hangar vor sich ging. Vorausgesetzt, die beiden Deppen vor der Tür gaben ihm die Gelegenheit dazu.

Er konnte nicht hören, was sie sagten, dazu waren sie zu weit entfernt. Er konnte nur schwach ihre Umrisse erkennen und gelegentlich das Aufleuchten eines Feuerzeugs und das Glimmen ihrer Zigaretten, die sie in Kette rauchten.

Phil überlegte schon, ob er es erneut an der Hintertür versuchen und riskieren sollte, an den Hunden vorbeizukommen, ohne sie erneut aufzuregen, da erschien plötzlich ein Lichtstrahl, als die Vordertüren einen Spalt aufgingen und die beiden Männer hindurchschlüpften. Hinter ihnen wurden die Tore wieder geschlossen.

Jetzt schien das Warten ein Ende zu haben, doch Phil ließ ihnen noch zehn Minuten Zeit, bevor er sich selbst hinter seinem Auto hervorschlich, weit genug von seinem Zielobjekt entfernt, um unbemerkt die Landebahn überqueren zu können. Er rannte hinüber und suchte hinter dem Zaun, der die Mietwagen und -laster schützte, Deckung. Langsam schlich er sich näher heran, wobei er jedes Geräusch zu vermeiden suchte, um nicht wieder die Hunde zu wecken.

Schließlich erreichte er den Hangar. Die einzige Möglichkeit hineinzusehen bot der schmale Spalt auf Bodenhöhe, wo die Türen zusammenstießen. Er ließ sich hinunter und legte ein Auge an den Spalt – und sah alles, was er wissen musste.

Dicht neben der Tür parkte der Mini, aber interessanter war das, was im hinteren Teil des Hangars zu sehen war. Die beiden Lkw standen mit den Rückseiten zueinander, und die Seitenwände waren heruntergelassen worden. Im Inneren befanden sich Maschinen, und in jedem Anhänger lief eine Gestalt in einem weißen Kittel herum, prüfte und probierte. Phil wusste nicht genau, was er da vor sich hatte, aber das spielte auch keine Rolle mehr. Es war eindeutig genug – in einem der Laster stand Freddie und lief herum wie ein zerstreuter Professor.

Die Männer stellten dort Meltdown her.

»Clever«, meinte Phil anerkennend. »Wirklich clever.«

39

»Ich möchte den Premierminister sprechen. Sofort.«

Dudley machte keine halben Sachen. Er musste Maßnahmen ergreifen, und zwar sofort, was bedeutete, dass er ein zweites Mal die Erlaubnis dazu vom Premierminister selbst einholen musste.

Dieser befand sich gerade auf einer Konferenz zur globalen Erwärmung in New York. Jetzt, da Dudley wusste, wo das Drogenlabor war, plante er selbst ein wenig globale Erwärmung in einem ganz speziellen Gebiet nördlich von Manchester.

Am Telefon erklang eine Stimme. »Ich verbinde Sie jetzt mit dem Premierminister, Sir.«

Drei Sekunden später hörte er eine wesentlich vertrautere Stimme: »Ja, Dudley?«

Sie verschwendeten keine Zeit mit Begrüßungen und Höflichkeitsfloskeln. Schnell erläuterte Dudley die Situation und stellte seinen Antrag.

Die offizielle Arbeit des Premierministers für diesen Tag war zwar vorbei, doch er hatte keineswegs Freizeit. Außerdem war er nicht allein. Über einen Lautsprecher hörten Privatsekretäre und Berater mit an, was Dudley zu sagen hatte.

Erst nachdem Dudley ihm alle Informationen gegeben und um die Erlaubnis zum Zuschlagen gebeten hatte, sprach der PM wieder. »Einen Moment bitte!«

Die Verbindung wurde unterbrochen. Dudley wusste, dass

sich der PM beriet. Seine Berater würden kaum erfreut darüber sein, erneut Spezialkräfte auf britischem Boden einzusetzen. Das alte Flugfeld lag näher an unbeteiligten Dritten als das verlassene Lager in Glasgow. Wenn darüber etwas bekannt wurde, wäre es ein gefundenes Fressen für die Medien, besonders, wenn die Operation fehlschlug. Man konnte den PM sogar beschuldigen, Großbritannien zu einem Militärstaat machen zu wollen.

Aber er kannte die Risiken. »Dudley?«

»Ja, Premierminister?«

»Sind Sie hundertprozentig sicher, dass Sie das Drogenlabor gefunden haben?«

Dudley hatte noch nie einen PM angelogen, und damit würde er auch jetzt nicht anfangen. Das war der Grund, warum man ihm stets vertrauen konnte. »Premierminister, ich würde Sie nicht um die Erlaubnis zu einer solch riskanten Operation bitten, wenn ich nicht fest davon überzeugt wäre, dass die Situation die Maßnahme rechtfertigt.«

Wieder wartete er, und knapp eine Minute später hatte er wieder den Premierminister am Ohr. »Wie bereits früher muss dies eine verdeckte Operation sein mit einer vollständig plausiblen Cover-Geschichte. Der Geheimdienst oder die SAS werden darin selbstverständlich nicht erwähnt werden.«

»Wir haben zwei verschiedene Geschichten bereits vorbereitet, Sir. Nach der Aktion werden wir entscheiden, welche wir benutzen wollen.«

Nach einem weiteren kurzen Moment des Zögerns hörte er: »Nun gut. Viel Glück.«

Mehr musste nicht gesagt werden. Die Sache lief.

Von seinem eigenen Auto aus beobachtete Phil weiter den Hangar, während er sich mit den Einsatzleitern der Teams in Hereford besprach. Er gab ihnen die genaue Lage und weitere Einzelheiten des Zielobjekts durch. Sie konnten alle Informationen brauchen, die er ihnen geben konnte: Was für Türen hatte der Hangar? Wie kam man am besten dorthin? Waren Dritte in der Nähe?

Bald darauf konnten die Einsatzleiter selbst sehen, was die kreisende Predator aufzeichnete, und mit dem Blick auf die Monitore planten sie ihren Einsatz.

Es würde ein Blitzangriff werden, der von Beginn bis Ende nur fünfzehn Minuten dauerte. Der Helikopter würde ein Stück weit vom Zielobjekt entfernt landen, damit ihn niemand hörte – weder die Personen im Hangar noch irgendwelche Dritte.

Das Angriffsteam würde den letzten Kilometer zum Flugplatz zu Fuß zurücklegen und auf den Befehl zum Angriff auf den Hangar warten. Alle Personen im Hangar mussten getötet und alles darin zerstört werden. Dann würden sie zum wartenden Hubschrauber zurücklaufen, nach »H« zurückkehren und nie ein Wort über diesen Einsatz verlieren. Phil würde sie über eventuelle Veränderungen informieren, wenn sie das letzte Stück zu Fuß kamen.

Der Flug dauerte nur eine gute Stunde, doch mit dem eigentlichen Angriff musste man länger warten. Dudley bestand immer noch darauf, dass alle Teile der Operation gleichzeitig ausgeführt wurden, solange sich die Umstände nicht änderten.

Das war schwierig, aber nicht unmöglich. Und es hing immer noch davon ab, wo Enver Kubara die Zwillinge hinbrachte.

40

Der Sikorsky befand sich über Deutschland und flog Richtung Norden. Er flog jetzt tiefer, klebte fast am Boden.

Knapp zwanzig Minuten dahinter folgte ihm der Cougar in der gleichen Weise. Der Pilot hielt sich dicht am Boden, um dem Radar zu entgehen.

Im Intercom erklang die Stimme des Piloten. »Soweit ich das sehe, gibt es von hier an nur noch Ackerland oder Wald, bis Russland. Ich schätze, dass wir bald landen werden – sonst gibt es meilenweit keine Möglichkeit mehr aufzutanken. Wenn sie weiter nach Osten fliegen, wird ihnen der Treibstoff ausgehen.«

Fergus sah Danny, Deveraux und ihr Team an. Er wollte wissen, ob sie es alle gehört hatten und darauf vorbereitet waren.

Dannys Begeisterung über seinen ersten Hubschrauberflug war schon lange verflogen. Der ständige Kerosingeruch bereitete ihm Kopfschmerzen, und wie alle anderen wollte er nur noch, dass etwas geschah.

Er dachte an Storm in Barcelona und ob er sie je wiedersehen würde. Sie musste schon vor Stunden entdeckt haben, dass er, Fergus und die Zwillinge verschwunden waren. Vielleicht machte sie sich Sorgen, vielleicht hatte sie sogar versucht, ihn zu erreichen. Andererseits war Danny froh, dass sie noch in Spanien war. Er wollte nicht, dass sie in der Nähe war, wenn die Schießerei losging.

Fergus und Deveraux sprachen mit Dudley und erhielten so die Neuigkeiten über das Drogenlabor und das SAS-Antiterror-Team.

Phils Telefon hatte eine ständige Konferenzschaltung mit Dudley, Fergus, Deveraux und dem Einsatzleiter des Antiterror-Teams. Sogar Mr Monoton, der immer noch die Predator-Drohne über Manchester lenkte, war mit einbezogen worden. Alle wichtigen Mitspieler in Dudleys kompliziertem Plan sollten wissen, was auf dem Flugfeld geschah, sobald er den Befehl gab.

Im Inneren des Sikorsky war mittlerweile das Licht gedämpft worden, und sowohl Teddy als auch Will waren in einen unruhigen Schlaf gefallen. Auch Storm döste, während Kubara sich mit einem batteriebetriebenen Rasierer die Stoppeln aus dem Gesicht kratzte.

Alle blickten gleichzeitig auf, als ein Crewmitglied auf ihn zukam. Nach einem kurzen Gespräch verschwand der Mann wieder im Cockpit, während Kubara seinem Leibwächter winkte.

Daraufhin ging dieser nach hinten und öffnete einen Schrank, sein Boss jedoch stand auf und ging zu den Zwillingen hinüber.

Er beugte sich zu ihnen, legte ihnen die riesigen Hände auf die Schultern und schüttelte sie sanft. Sofort waren sie wach und blickten dem Bosnier erwartungsvoll ins frisch rasierte Gesicht.

»Wir sind fast da«, verkündete er milde lächelnd. »Macht euch bereit.«

Der Bodyguard kam mit mehreren Paaren nagelneuer Gummistiefel durch den Hubschrauber geschlurft. Zwei Paare waren grün.

Diese reichte Kubara den verwirrten Zwillingen.
»Ihr werdet sie brauchen. Da, wo wir hingehen, ist es sehr matschig.« Wieder lächelte er und nickte zu den Stiefeln hin. »Für euch sind die grünen. Soweit ich weiß, trägt die britische Oberschicht immer grüne Gummistiefel. Ich möchte, dass ihr euch wie zu Hause fühlt.«

41

Der Chinook mit dem Antiterror-Team war in einem Feld knapp einen Kilometer vom Flugplatz entfernt gelandet. Es lag zwar dicht an der Autobahn, doch keiner der Fahrer, die in der Dunkelheit daran vorbeifuhren, hatte auch nur die leiseste Ahnung, dass er sich so dicht an einem voll ausgerüsteten SAS-Sturmtrupp befand.

Plötzlich erklang Phils Stimme durch die Konferenzschaltung: »Stand by! Stand by! Hier gibt es vielleicht ein Problem!«

Phil hörte das Grollen eines schweren Dieselmotors. Es war kein gutes Zeichen. Scheinbar machte sich mindestens einer der Laster zur Abfahrt bereit. Wenn die Fahrzeuge jetzt losfuhren, hatte das Antiterror-Team keine Möglichkeit, den Hangar rechtzeitig zu erreichen.

Dudley hörte es in Barcelona; Fergus und Deveraux hörten es über Deutschland; der Einsatzleiter des Antiterror-Teams auf dem Feld und der Lenker der Predator in seinem Container. Alle warteten auf Phils nächste Worte.

»Motor an.«

Mr Monoton klang so ruhig, als nähme er eine Bestellung für einen Big Mac an.

»Motor an.«

Phil setzte sein Nachtsichtgerät auf und beobachtete, wie die Türen des Hangars aufglitten. Freddie schob die eine Tür auf, ein anderer die zweite. Scheinbar war die Arbeit für diesen Abend getan, und sie wollten abziehen.

Phil sah den grünen Umriss des einen Lasters. Seine Seitenwände waren bereits hochgeklappt und offenbar war alles weggepackt worden.

»Sie ziehen ab. Wir verlieren sie. Wir brauchen eine Entscheidung.«

Dudley in Barcelona wusste, dass es nur eine Möglichkeit gab. »Zugriff!«

Von nun an hing alles von Phil und Mr Monoton ab.

»Der erste Lkw verlässt den Hangar. Wenn sie das Gelände verlassen, kriegen wir sie nicht mehr. Markieren Sie ihn!«

»Roger. Markiert, jetzt.«

Phil sah, wie der Laserstrahl vom Himmel schoss und den Laster traf, der langsam aus dem Hangar rollte. Mit knirschenden Gängen wurde er langsam schneller.

Er entfernte sich bereits in Richtung Ausfahrt, als Phil den Befehl gab:

»Go! Go! Go!«

»Roger. Go.«

Mr Monoton drückte auf einen Knopf an seiner Konsole, und sofort wurde eine Hellfire-Rakete gezündet und löste sich vom Flügel der Predator. Der Detektor in ihrer Spitze zuckte auf der Suche nach dem Laserstrahl, dem sie folgen sollte. Es dauerte nicht lange. Schon ein paar Sekunden später senkte die Hellfire die Nase und schoss zur Erde hinunter.

Dudley wusste, dass die Chance auf einen koordinierten Angriff vertan war. Er musste die Hellfires einsetzen. Das SAS-Antiterror-Team konnte ebenso gut einpacken und gehen. Dudley selbst blieb nur die Hoffnung, dass der Angriff schnell und gründlich sein würde.

Phil wartete. Die Predator war zu hoch oben, als dass jemand das tödliche Geschoss hätte bemerken können. Der

Laserstrahl folgte dem Lastwagen über die Piste und zuckte über die Seite und das Dach.

»Der zweite Laster fährt aus dem Hangar!«,

meldete Mr Monoton.

Die Rakete schlug in den ersten Laster ein, fünf Sekunden nachdem sie den Laserstrahl geortet hatte.

Ein grellweißer Blitz zuckte auf und ein lauter Knall zerriss die Stille. Die Druckwelle der Explosion warf Phil zu Boden. Der Anhänger des Lasters wurde in die Luft geschleudert, fiel zurück, und das ganze Fahrzeug explodierte in einem Feuerball.

»Der zweite!«, schrie Phil in sein Telefon. »Jetzt der zweite!«

Mr Monoton hatte nichts für lange Gespräche übrig.

»Roger.«

Phil sah, wie der Laserstrahl sich auf den zweiten Laster richtete. Der Fahrer war mit quietschenden Bremsen vor dem Hangar stehen geblieben, als er das erste Fahrzeug explodieren sah. Er saß noch im Wagen, offensichtlich in Panik, und wusste nicht, ob er Gas geben, still sitzen bleiben oder hinausspringen und weglaufen sollte.

Er bekam nicht die Gelegenheit, eine Entscheidung zu fällen. Sekunden später explodierte auch der zweite Laster in einem Feuerball und die Druckwelle warf Phil zu Boden.

Er konnte die Hitze der brennenden Laster spüren, und als er aufsah, bemerkte er, dass die Flammen des zweiten Wagens ins Innere des Hangars züngelten. Das Nachtsichtgerät brauchte er nicht mehr – das ganze Gelände wurde von den Flammen erhellt.

Doch vom Feurigen Fred war nichts zu sehen. Vielleicht versteckte er sich noch irgendwo im Hangar.

Phil nahm sein MP5, um den Job zu Ende zu bringen, als

der Mini plötzlich aus dem Hangar schoss wie ein Formel-1-Ferrari. Im Licht der Flammen sah Phil, dass Freddie fuhr, das Steuer mit einer Hand umklammerte und mit der anderen hektisch auf sein Handy tippte. Die Nummer, die er wählte, klingelte nicht einmal, denn das Gerät lag in Einzelteilen auf einer Straße in Spanien.

Mr Monoton meldete sich wieder.

»Der Mini fährt weg. Soll ich ihn aufhalten?«

»Ja!«

Der Mini war bereits markiert. Er fuhr gerade am ersten Laster vorbei, als ihn die Rakete traf und das Fahrzeug als gleißender Feuerball in die Luft flog und auf dem Dach landete.

Mr Monoton klang so gelassen wie immer, als er meldete:

»Alle Ziele zerstört. Was ist das für ein Lärm?«

Phil musste lächeln. »Hunde. Die ticken hier total aus.«

42

Der Matsch war schwer und schwarz, wie Kubara gesagt hatte. Er saugte sich an ihren Gummistiefeln fest, als sie dem Strahl seiner Taschenlampe durch den Wald folgten. Schließlich erblickten sie vor sich ein Licht, und beim Näherkommen erkannten sie, dass es aus einem langen, einstöckigen Gebäude auf einer Lichtung kam.

Nur zögernd betraten Teddy und Will die Lichtung hinter Kubara und Storm, doch der große Leibwächter stieß sie grob vorwärts.

Vor dem Gebäude erwartete sie ein Empfangskomitee aus fünf weiteren von Kubaras Schlägern, alle mit Kalashnikovs bewaffnet. Das Haus machte nicht den Eindruck eines Industriegebäudes, es schien eher zu einer Art Bauernhof zu gehören.

Kubara sah sich nach den Zwillingen um. Sie zitterten, doch das lag nicht nur an dem schneidend kalten Wind, der durch die Bäume pfiff.

»Keine Angst«, rief er ihnen zu. »Drinnen ist es viel wärmer.«

Die Wachen traten beiseite und Kubara stieß die Tür auf und ging hinein.

Dort war es tatsächlich wärmer, und außerdem recht hell. Teddy und Will zogen die Stiefel aus, ersetzten sie durch ihre eigenen Schuhe und sahen sich um. Sie befanden sich in einer Art Eingangsbereich. An der Vorderseite des Gebäudes zog sich ein Gang entlang, ein weiterer direkt vor ihnen führte offenbar zu weiteren Räumen im hinteren Teil des Hauses.

Das konstante Brummen eines Generators, der offensichtlich für Licht und Wärme sorgte, wurde plötzlich vom Lärm des abhebenden Sikorskys übertönt.

Teddy war wieder in resigniertes Schweigen verfallen, doch Will stellte immer noch Fragen. »Wo sind wir hier? Was ist das für ein Ort?«

»Wir sind in Deutschland, so gerade noch. Und das hier? Das war einst für Hühner – viele Tausend Hühner.« Kubara schnüffelte. »Wir versuchen es immer wieder, aber wir können den Geruch nach Hühnermist einfach nicht wegbekommen. Jetzt gehört das alles euch.«

»Soll das heißen, wir sollen hier wohnen?«

Kubara zuckte mit den Achseln. »Wohnen und arbeiten. Zumindest für eine kurze Zeit. Ganz in der Nähe, hinter dem Wald, ist ein Haus, und vielleicht lassen wir euch später dorthin ziehen. Wenn ihr hart arbeitet, wovon ich überzeugt bin. Fürs Erste werdet ihr es hier sehr bequem haben, hier gibt es alles, was ihr braucht.«

Will warf seinem Bruder einen Blick zu und wandte sich dann an Storm. Ihr Blick war hart und ihre Stimme kalt, als sie ihm erklärte: »Ich werde euch hier keine Gesellschaft leisten. Ich werde morgen …« Sie sah auf ihre Uhr und verbesserte sich: »… nachher nach Hause fahren.«

»Und wo ist das, zu Hause?«

Storm lächelte. »Ganz weit weg.«

»Meine Tochter hat sich einen langen Urlaub verdient«, warf Kubara stolz ein. »Aber ihr müsst arbeiten. In ein paar Stunden kommen eure neuen Kollegen, denen ihr alles beibringen werdet. Ich werde euch alles zeigen, und dann solltet ihr euch eine Weile ausruhen.«

Will blickte zur Tür und fragte sich, ob es sich nicht lohnte, selbst jetzt noch einen Fluchtversuch zu wagen.

»Denk nicht mal dran, Will«, warnte ihn Kubara. »Hier könnt ihr nirgendwohin fliehen, und es wird niemand kommen, um euch zu helfen. Nicht einmal euer Freund Mr Watts.«

Entmutigt blickten sich die Zwillinge an. Sie hatten schon lange erkannt, dass sie nicht auf eine Rettung durch Fergus hoffen konnten.

»Natürlich weiß ich über ihn Bescheid«, sagte Kubara und lächelte seine Tochter an. »Ich wollte ihn schon töten, aber Storm mag den Jungen, Danny. Und ich kann ihr nie etwas abschlagen. Nun, seht euch euer neues Labor an. Ich bin sicher, es wird euch gefallen.«

Der Pilot des Cougars hatte einen Landeplatz gefunden – eine Lichtung in einer Bodensenke an einem Flüsschen, das sich durch den Wald schlängelte.

Das Zielgebäude befand sich etwa achthundert Meter entfernt. Die Senke und die hohen Bäume schirmten das Geräusch des landenden Cougars zwar ab, doch der Pilot wusste, dass er es nicht riskieren konnte, noch näher heranzukommen.

Er nannte ihnen die Koordinaten des Zielobjekts, die sie in ihre kleinen GPS-Geräte eingaben. So konnten sie die Position exakt bestimmen.

Wenn das Team sich in Bewegung setzte, würde es von den GPS-Geräten geleitet werden, die ihnen ständig anzeigten, wo sie sich befanden. Zivile GPS-Geräte zeigen die Position von Objekten auf etwa zehn Meter genau an, bei den Militärversionen beträgt der Radius nur einen Meter.

Die Motoren des Cougars liefen noch und würden auch

weiterlaufen, bis das Team seinen Einsatz vollendet hatte und zum Abflug bereit war. Hubschrauber schalten im Einsatz selten die Motoren aus, denn eine Operation könnte leicht durch Probleme beim Start gefährdet werden.

Deveraux' Team war bereit. Es hatte seinen eigenen Einsatzleiter, der die Befehle geben würde, wenn sie ihre endgültige Angriffsposition erreicht hatten; diese Befehle würden sogar Deveraux und Fergus befolgen. Das Team wusste genau, was es tun musste, aber es war die Sache des Einsatzleiters, zu entscheiden, *wie* es gemacht wurde.

Doch bevor sich die Türen öffneten, gab Deveraux Fergus und Danny noch eine letzte Warnung mit. »Mischen Sie sich ja nicht in irgendeiner Weise in die Art und Weise ein, in der dieser Angriff durchgeführt wird«, drohte sie. »Sie bleiben die ganze Zeit hinter mir und meinem Team. Wenn Sie uns in die Quere kommen, gefährden Sie unser Ziel, Kubara auszuschalten, und bringen sich selbst in Lebensgefahr.«

Danny lächelte. »Ja, das würde Ihnen gefallen, was? Das könnte Ihnen gerade so passen, nicht wahr?«

Fergus sah seinen Enkel kopfschüttelnd an. Er wusste, dass Deveraux im Prinzip jedes Recht hatte, so etwas zu sagen. Er selbst hatte sich schon häufig in einer solchen Team-Situation befunden. Das Team funktioniert wie eine Maschine, bei der jedes Einzelteil davon abhängt, dass die anderen Teile effizient arbeiten.

Aber das bedeutete nicht, dass Fergus bereit war, sein eigenes Ziel bei dieser Operation zu vernachlässigen. Auch er hatte einen Job zu erledigen. Er sollte dafür sorgen, dass die Zwillinge getötet wurden.

Er nickte Deveraux zu. Dann gingen die Türen des Hubschraubers auf und der Angriff begann.

43

Als Danny auf den Boden sprang und zu laufen anfing, hatte er das Gefühl, als gäben die Beine unter ihm nach. Die langen Stunden untätigen Herumsitzens im Helikopter forderten ihren Tribut, aber er zwang sich weiter, und bald kehrte die Kraft in seinen Beinen zurück.

Der Einsatzleiter hatte beschlossen, nicht taktisch auf das Ziel zuzugehen. Sie würden einfach so schnell laufen, wie sie konnten – der Angriff musste so schnell wie möglich kommen, wenn sie Kubara erreichen wollten, bevor er von der Zerstörung des Drogenlabors erfuhr. Denn dann blieb er möglicherweise nicht dort, wo er war, vielleicht hatte er sogar ein Auto in der Nähe. Das Team musste schnell handeln.

Jedes Mitglied verfügte über sein eigenes Kommunikationsgerät. Über den Kopfhörer würden sie weitere Befehle ihres Einsatzleiters empfangen, sobald sie den Angriffspunkt erreichten und genau sehen konnten, was vor ihnen lag.

Danny lief genauso schnell wie die anderen durch den Wald den Abhang hinauf. Er war schon immer ein guter Läufer gewesen, daher hatte er keine Schwierigkeit, mit den anderen Schritt zu halten.

Für Fergus war das nicht so einfach. Obwohl er sich sehr fit hielt, war er nicht nur wesentlich älter als alle anderen, sondern hatte auch schon zweimal eine Kugel in den rechten Oberschenkel bekommen. Er konnte einfach nicht mehr rennen.

Der Ausgangspunkt für den Angriff war ein seichter Entwässerungsgraben am Waldrand. Direkt vor ihnen lag offenes Gelände, und etwa zweihundert Meter weiter stand ein flaches Gebäude.

Als Fergus den Startpunkt erreichte, lag das Team bereits im Graben und betrachtete die lange, dunkle Form ihres Ziels durch die Nachtsichtgeräte. Sie hörten einen Generator brummen und sahen Licht, das durch ein paar Fenstern an der Vorderseite des Gebäudes fiel. Draußen schien sich nichts zu rühren.

Es war eisig kalt, und der schneidende Wind, der über die Lichtung fegte, ließ die Bäume schwanken und rauschen. Das kam ihnen gelegen, alles, was das Geräusch des herannahenden Teams übertönte, war hilfreich.

Danny sah Deveraux mit dem Einsatzleiter sprechen; sie suchten alle möglichen Zugänge. Das oberste Prinzip des Häuserkampfes ist es, so viele Mitglieder des Teams wie möglich auf einmal in das Zielobjekt zu bringen. Auf diese Weise kann das Team das Innere des Gebäudes so schnell übernehmen, dass die X-Rays keine Zeit zum Reagieren haben.

Der Einsatzleiter hatte die Türen an den beiden Enden des Gebäudes bemerkt. Sie waren geschlossen, aber man konnte nicht sagen, ob sie auch verriegelt waren.

Doch das sollte kein Problem darstellen: Jedes Mitglied des Teams hatte eine Haftladung zum Sprengen von Türen in der hinteren Tasche seiner Schutzkleidung.

Während das Team die Ladungen bereit machte, sah sich Deveraux stirnrunzelnd nach Fergus um, der gerade den Graben erreichte. Dann flüsterte sie dem Einsatzleiter ein paar Worte zu, der daraufhin nickte und sich an einen großen Mann zu seiner anderen Seite wandte.

Deveraux stand auf und ging zu Fergus. »Sie sind draußen, Watts«, erklärte sie. »Sie sind ein noch größeres Risiko, als ich es in Erinnerung hatte – Sie können sich ja kaum bewegen. Sie werden die anderen nur in Gefahr bringen, wenn Sie nicht mithalten können.«

»Nein! Ich habe hier einen Job zu erledigen, genauso wie Sie!«

Danny hatte mit den anderen im Graben gelegen, doch jetzt richtete er sich auf und ging zu seinem Großvater und Deveraux hinüber. »Was ist los?«, wollte er wissen.

»Ich will, dass du deinen Opa zum Hubschrauber zurückbringst. Er ist ein Risiko und du auch. Ich hätte mich nie darauf einlassen sollen, euch auch nur an Bord zu nehmen.«

»Wir sind Teil dieses Einsatzes, Deveraux«, erinnerte sie Fergus. »Sie kennen Dudleys Befehle.«

»Dudley ist nicht hier. Dudley kriegt, was er will, aber ich werde es auf *meine* Art und Weise machen!«

»Deveraux, hören Sie …«

Während sie sich auf Deveraux konzentrierten, hatte weder Fergus noch Danny den großen Mann bemerkt, der hinter ihnen auftauchte. Er zog einen stählernen Teleskopschlagstock unter seiner Jacke hervor, und als ihm Deveraux beim Näherkommen zunickte, holte er rasch damit aus und hieb ihn Fergus auf das rechte Knie.

Fergus ging zu Boden und sein Schmerzensschrei wurde vom Wind fortgerissen.

Instinktiv griff Danny nach seiner SIG, doch der große Mann packte ihn am Arm.

»Du weißt genau, dass das keine gute Idee ist, Danny«, sagte Deveraux. »Du weißt, dass ich diese Mission nicht gefährden darf.«

Danny war klar, dass sie recht hatte. Der Einsatz musste durchgeführt werden, egal, was sie tat. Dudley würde sich später mit ihr befassen. Also nahm er die Hand von der Waffe und kniete sich neben Fergus nieder, der sich das Knie hielt. Die Kniescheibe war ganz offensichtlich gebrochen, sodass Fergus kaum in der Lage war, zum Hubschrauber zurückzukehren.

Der große Mann steckte den Schlagstock weg und sah Fergus an. »Tut mir leid, Mann. Befehl.«

Deveraux zeigte weit weniger Mitleid, als sie Fergus' schmerzverzerrtes Gesicht sah. »Sie können von Glück sagen, dass ich Sie nicht habe erschießen lassen, Watts. Bring ihn in den Hubschrauber zurück, und bleibt da, bis das hier vorbei ist!«, schnauzte sie Danny an und wandte sich dann kopfschüttelnd um. »Ein Greis und ein Kindersoldat. Lächerlich.«

Der Einsatzleiter und das restliche Team hatten sich aus der Auseinandersetzung herausgehalten; sie konzentrierten sich ganz und gar auf ihren Einsatz. Als Deveraux wieder zu ihnen kam, gab der Einsatzleiter seine Befehle.

»Mobile Startreihe«, befahl er.

Das bedeutete, dass sich jeder so schnell wie möglich dem Zielobjekt nähern sollte. Sie würden sich in zwei Gruppen aufteilen, die jeweils zu einer der Türen liefen. Sie sollten diese Türen erreichen, wenn nötig, die Sprengladungen anbringen und hineinstürmen, bevor überhaupt jemand bemerkte, dass sie da waren.

Doch eine mobile Startreihe bedeutete auch, dass sie während ihrer Überquerung des offenen Geländes verwundbar waren. Falls man sie bemerkte, würde sich zwar ihr Ziel nicht ändern – sie mussten so schnell wie möglich durch die Türen eindringen –, aber in diesem Fall mussten sie sich ihren Weg dorthin erkämpfen, denn es waren die einzigen bekannten Zugänge.

Der Einsatzleiter prüfte, ob alle bereit waren.

»Los!«

44

Die beiden Angriffstrupps stürmten los. Deveraux folgte ihnen im Abstand von fünf Metern in Richtung der linken Tür.

Danny sah ihnen nach und blickte dann auf seinen Großvater. »Schaffst du es allein zum Hubschrauber?«, fragte er.

Schmerzen waren für Fergus nichts Neues. Sein rechtes Bein hatte im Laufe der Jahre so viel abbekommen, dass es wohl ein eigenes Kapitel in einem medizinischen Fachbuch verdient hätte. Er hatte zwar höllische Schmerzen, doch er konnte noch klar denken. »Ohne mich gehst du nirgendwo hin«, stieß er zwischen den Zähnen hervor.

»Ich muss gehen, Großvater. Ich muss das durchziehen, wie du gesagt hast. Ich werde nicht zulassen, dass mir Deveraux auch das noch nimmt.«

Aber Fergus befürchtete, dass Danny ein weiteres Opfer von Deveraux werden würde, wenn er nicht auf ihn aufpasste. »Bleib bei mir, Danny. Bitte.«

Aber Danny hörte gar nicht zu. »Schaffst du es zurück?«

Fergus nickte, denn er sah ein, dass es sinnlos war, Danny aufhalten zu wollen. »Und wenn ich den ganzen Weg kriechen muss.«

Die beiden Angriffstrupps waren etwa auf halbem Weg über die Lichtung, als schnelle Blitze aus den Mündungen der Kalashnikovs zuckten und das Geräusch von Maschinengewehrfeuer die Luft erfüllte.

Danny befand sich bereits auf offenem Gelände und wandte sich nach links, hinter Deveraux her.

Sie war in Deckung gegangen, als das Feuer eröffnet wurde, und kroch durch den Matsch zum Rest des Teams, das das Feuer erwiderte. Beim Näherkommen sah Danny, wie einer der Männer des Teams getroffen wurde und zu Boden ging.

Sein Partner war der Einsatzleiter. Er konnte in diesem Moment nichts für seinen Kameraden tun, er musste den Kampf mit dem Feind aufnehmen und die Tür erreichen. Das Team feuerte und rückte vor, so wie Danny und Lee es auf dem Übungsgelände getan hatten. Stets hielt jemand die Mündungsfeuer vor ihnen unter Beschuss, während die anderen vorrückten.

Danny lief weiter auf das Maschinengewehrfeuer zu, als ob es gar nicht da wäre. Bei jedem Schritt versanken seine Füße im Schlamm, während sich um ihn herum lauter Geschosse in den Boden gruben.

Er hatte Angst, aber da er wusste, dass er nichts dagegen unternehmen konnte, rannte er einfach weiter.

Er hielt den Blick auf die vor ihm kauernde Deveraux gerichtet. Als sie sich zu dem gefallenen Mann umblickte, bemerkte sie ihn hinter sich. Fluchend stand sie auf und rannte weiter auf das Zielobjekt zu. Ihr MP5 hatte sie verloren. Danny vermutete, dass es im Matsch versunken war, als sie sich zu Boden geworfen hatte.

Er erreichte den Verletzten und erkannte in ihm den Mann, der Fergus mit dem Schlagstock niedergeknüppelt hatte. Sein linkes Bein war voller Blut, und mit schmerzverzerrtem Gesicht presste er einen Notverband auf die Wunde. Danny wusste genau, dass er ihm am besten helfen konnte, wenn er ihn liegen ließ. Deshalb war der Einsatzleiter einfach weiter vorgerückt. Je eher der Kampf vorbei war, desto schneller würde der Angeschossene richtige medizinische Versorgung bekommen.

»Los«, zischte er Danny durch die Zähne zu. »Mach weiter!«

Danny nickte und rannte weiter, den Kopf gesenkt, während ihm der Matsch bei jedem Schritt an den Füßen klebte. Die anderen Teammitglieder rückten immer noch weiter vor, doch Danny hatte Deveraux aus den Augen verloren. Daher ließ er sich in den eisigen Schlamm fallen und suchte das Gelände ab. Schließlich entdeckte er sie, sie kroch am Zielobjekt nach links. Und wo Deveraux hinging, da würde auch Danny sein.

Als Danny einen weiten Bogen machte, sah er sich nach dem Feuergefecht zwischen dem Team und den Besetzern des Gebäudes um. Das Team gewann endlich an Boden.

Danny kroch auf dem Bauch fast hundert Meter vom Kampfgeschehen weg. Er war allein im Dunkeln. Deveraux konnte er nicht mehr sehen, aber offenbar suchte sie nach einem weiteren Eingang auf der Rückseite des Gebäudes. Das Team musste seine Befehle ausführen: Ihr Ziel war es, durch die Türen an der Vorderseite einzudringen. Aber Deveraux suchte nach Alternativen.

Danny stand auf, seine Hose förmlich mit Matsch vollgesogen, und rannte auf die Rückseite des Gebäudes. Es war fast vollkommen dunkel, kein Licht schimmerte durch die Fenster, doch aus einer Tür am anderen Ende fiel ein leichter Lichtschein. Sie war angelehnt, und als er näher kam, sah er, dass sie nach innen aufging.

Er presste sich auf der Seite, an der sie in den Angeln hing, flach an die Wand, senkte die SIG, holte tief Luft und versuchte, seine Atmung zu kontrollieren, damit er besser zielen konnte.

Die drei letzten Finger der rechten Hand krümmte er um den Pistolengriff, der Zeigefinger lag leicht auf dem Abzugsbügel.

Seine Gedanken durchliefen rasend schnell die lebenswichtigen Details, die er während seiner Ausbildung und bei seinem Großvater gelernt hatte. Kurz dachte er an Fergus und hoffte, dass er es sicher zum Helikopter zurück geschafft hatte.

Danny konnte hören, dass das Feuergefecht auf der Vorderseite des Gebäudes weiterging, doch darum konnte er sich jetzt keine Gedanken machen. Er hob die SIG und stieß die Tür auf.

45

Als die Schießerei begann, hatte Kubara überlegt, ob er fliehen sollte, doch es war alles so schnell geschehen. Einer seiner Leute hatte ihm geraten, in Deckung zu bleiben, während sie sich um die Angreifer kümmerten.

Der große Raum, in dem Kubara das Labor unterbringen wollte, befand sich an der Rückseite des Gebäudes. Dort gab es keine Fenster, nur Kunstlicht – die Zwillinge sollten sich schließlich auf die Arbeit konzentrieren. Aber das bedeutete auch, dass er nicht sehen konnte, was draußen vor sich ging.

Fluchend lauschte er dem Feuergefecht. Unter anderen Umständen wäre er bei seinen Männern in vorderster Kampflinie gewesen. Doch jetzt musste er an Storm denken. Sie war sein Ein und Alles, und er hätte jederzeit sein Leben für sie gegeben.

Die Lage war verzweifelt, aber nicht hoffnungslos. Noch nicht. Der Feind, wer auch immer das war, war noch nicht ins Gebäude eingedrungen, und seine eigenen Männer waren gute, handverlesene Soldaten. Vielleicht konnten sie die Angreifer vernichten, bevor sie es nach drinnen schafften.

Er fragte sich kurz, wer sie wohl waren und wie sie ihn aufgespürt hatten, schüttelte dann aber den Kopf – für solche Spekulationen hatte er keine Zeit. Er beschloss, diesen Raum am Ende des Gebäudes zu seiner letzten Verteidigungsstellung zu machen, falls es den Angreifern gelang, hineinzukommen.

Sein persönlicher Leibwächter war noch bei ihm, jetzt mit einer Kalashnikov bewaffnet. Storm stand bei ihrem Vater und lächelte ihn zuversichtlich an. Er lächelte zurück und nickte, um ihr zu versichern, dass alles gut gehen würde.

Die Zwillinge kauerten zusammen in der hintersten Ecke des Raumes, so weit von der Tür entfernt wie möglich.

Kubara starrte sie finster an und schwenkte die Pistole in ihre Richtung. »Aufstehen!«

Teddy und Will erhoben sich, einen Moment lang voller Angst, dass ihnen der Bosnier eine Kugel in den Kopf jagen würde.

»Hier rüber! Schnell!«

Er zeigte den Zwillingen mit der Pistole genau, wo er sie haben wollte.

Langsam näherten sie sich der Tür in der Erkenntnis, dass Kubara sie als erste Verteidigungslinie aufbaute. Wenn jemand hereinplatzte, würden sie mit Sicherheit die ersten Opfer sein.

Kubara stellte sich mit Storm hinter die Tür. Wenn sie sich öffnete, hatte er so Zeit zu reagieren, bevor jemand erschien.

Vor Angst zitternd standen die Zwillinge nebeneinander. Teddy fasste nach der Hand seines Bruders und hielt sie ganz fest.

Danny ging von der Tür aus in einen schmalen, schwach erleuchteten Eingangsbereich, der zu einem Gang führte. Er legte beide Hände um den Griff der SIG. Mit offenem Mund und Augen sah er sich vorsichtig um und lauschte.

Langsam schob er sich in den Gang vor. Links befand sich eine Tür, die zur Vorderseite des Gebäudes führen musste, der Klang der Automatikwaffen kam eindeutig von dort.

Rechter Hand führte ein zu beiden Seiten mit offenen Türen gesäumter Gang weiter.

Im Weitergehen bemerkte er in einem der Zimmer rechts eine Bewegung. Er wandte sich um, den Finger am Abzug leicht gekrümmt, bereit, mitten auf die dunkle Gestalt zu feuern, die auf ihn zukam.

Es war Deveraux, die Waffe genauso erhoben wie Dannys.

Kurz sahen sie sich an, dann bedeutete Deveraux Danny mit einem Kopfnicken wortlos, die anderen Zimmer zu überprüfen. Scheinbar war sie nach allen Differenzen jetzt bereit, lieber mit dem Kindersoldaten zusammenzuarbeiten anstatt gegen ihn, damit ihre Mission ein Erfolg wurde.

Danny ging weiter und prüfte die Zimmer auf der linken Seite. Deveraux war hinter ihm und sah rechts nach, aber Danny konzentrierte sich völlig auf das, was er tat. Auf der Vorderseite des Gebäudes tobte nur wenige Meter entfernt ein Feuergefecht, und doch schien es etwas völlig Unabhängiges zu sein, eine andere Schlacht oder sogar nur ein Traum. Das Gewehrfeuer erklang in Dannys Kopf seltsam gedämpft, obwohl er den Korditgeruch wahrnahm, der langsam durch alle Ritzen des Gebäudes drang.

Danny funktionierte automatisch, sein Training begann sich auszuzahlen. *Hart trainieren, leicht kämpfen. Leicht trainieren, hart kämpfen – und sterben.*

Er näherte sich dem Ende des Ganges. Es blieb nur noch eine Tür übrig, direkt vor ihm. Sie war geschlossen. Irgendetwas – Instinkt, Training, Intuition, er wusste selbst nicht genau, was – sagte ihm, dass sich hinter dieser geschlossenen Tür Kubara und die Zwillinge befanden.

Er wollte als Erster hineingehen. Er musste sie erledigen. Er musste es einfach durchziehen.

Deveraux war immer noch ein Stück hinter ihm, sie kam

gerade aus dem letzten Raum auf der rechten Seite heraus. Danny wusste, dass sie darauf bestehen würde, als Erste hineinzugehen, wenn sie ihn erst erreicht hatte.

Plötzlich flog die Tür am anderen Ende des Ganges auf. Deveraux wandte sich um, um zu sehen, wer dort kam, und feuerte sofort aus ihrer SIG. Einer von Kubaras Leuten duckte sich wieder hinter die Tür, und Deveraux zog sich in das Zimmer auf der rechten Seite zurück, bereit zu schießen, sobald er sich zeigte.

Danny wusste, dass er die geschlossene Tür sofort angreifen musste. Jetzt gleich.

46

Danny fasste nach der Klinke und stieß die Tür mit der Schulter auf. Sofort sah er die Zwillinge, die ihn aus ein paar Metern Entfernung entsetzt ansahen.

Doch seitlich hinter ihnen nahm er eine Bewegung wahr, die einer Waffe, die sich auf ihn richtete. Das reichte Danny. Er fixierte einen kahlen Schädel und große Augen über schwarzem Leder, als sein Gegner die Kalashnikov an die Schulter hob. Dannys Gehirn verarbeitete die Informationen, die seine Augen ihm meldeten, im Bruchteil einer Sekunde. Er erkannte, dass die Zwillinge keine Bedrohung darstellten, doch der sich bewegende Kopf, auf den er sich konzentrierte, konnte gut einer der roten Ballons sein, auf die er in der Ausbildung Doppelschüsse abgegeben hatte.

All das dauerte nur einen kurzen Augenblick, doch Danny kam es vor, als geschähe es in Zeitlupe. Er stand breitbeinig in der Tür, um sicheren Halt zu haben, beide Hände fest um den Pistolengriff geklammert. Dannys SIG kämpfte mit der Kalashnikov um die Schussposition.

Er sah die Mündung der SIG klar, während der kahle Kopf verschwamm, dann drückte Danny zweimal den Abzug und schoss. Beide Kugeln trafen den Gegner in den Kopf, bevor dieser seine eigene Waffe abfeuern konnte. Und diesmal flog nicht nur roter Kreidestaub durch die Luft, diesmal war es Blut.

Sein Gegner stürzte, die Kalashnikov schepperte zu Boden und schlitterte auf Danny zu.

Der starrte sie an. Er wusste, was er getan hatte, doch er dachte nicht weiter darüber nach. Die offene Tür schirmte ihn von der linken Seite des Raumes ab, doch der entsetzte Gesichtsausdruck der Zwillinge und das Zucken ihrer Augen nach rechts sagte ihm, dass sich dort noch jemand versteckte. Es musste Kubara sein. Aber warum schoss er nicht?

Danny trat die Tür zurück und drehte sich, die Pistole noch im Anschlag, um. Dort stand Kubara, die eigene Pistole erhoben.

In diesem Augenblick erkannte er Storm.

Sein Mund blieb offen stehen und er zögerte.

Das gab Kubara die Gelegenheit, den Abzug seiner Makarov zu drücken.

»Nein!«, schrie Storm.

Ein Klicken. Eine Ladehemmung. Kubara starrte die Pistole an, und Danny erkannte, dass er immer noch eine Chance hatte. Doch bevor er feuern konnte, war Storm vor Kubara gesprungen.

»Nicht, Danny! Er ist mein Vater!«

»Was?«

»Es ist wahr! Ich schwöre es! Ich konnte es dir nicht sagen! Bitte erschieß ihn nicht!«

Danny war völlig durcheinander. Hinter ihm hörte er den Klang der Waffen aus anderen Gebäudeteilen, doch am lautesten klangen Storms Worte in seinen Ohren. Es war einfach zu viel. Ihr Vater? Das war doch nicht möglich. Es ergab einfach keinen Sinn.

Teddy und Will zogen sich weiter in die Raummitte zurück, fort von Danny und Kubara.

»Es stimmt«, schrie Teddy. »Töte ihn!«

»Ja! Erschieß den Scheißkerl!«, kreischte Will. »Los, erschieß ihn!«

Hinter sich hörte Danny eine Bewegung – Schritte im Raum –, und noch bevor er sich umdrehen und zielen konnte, wurde gefeuert.

Die Zwillinge hatten ihre letzten Worte gesprochen. Die Kugeln trafen sie in Kopf und Brust, und Deveraux feuerte weiter, bis ihre zuckenden Körper an die Wand schlugen und sie auf einer Höhe mit Danny stand.

Sie ignorierte ihn völlig und konzentrierte sich stattdessen auf Kubara. Storm stand immer noch vor ihm, und Danny war sofort klar, dass Deveraux keine Fragen stellen würde, sie würde beide erschießen.

Kubara stieß seine Tochter fort, immer noch mit dem Mechanismus seiner Waffe kämpfend. Plötzlich gab er auf und warf sich auf Deveraux. Instinktiv hob Danny den rechten Arm, um Deveraux' Pistole zur Seite zu schubsen, damit sie nicht zielen konnte, aber dabei verlor er seine eigene SIG.

Deveraux geriet kurz aus dem Gleichgewicht. Danny hechtete nach der Kalashnikov, die der Leibwächter hatte fallen lassen. Er zielte auf den Lauf und den Pistolengriff, rollte über die rechte Schulter ab und ergriff die Waffe mit beiden Händen.

Er hörte die beiden Schüsse, mit denen Deveraux Kubara niederstreckte, Storms Schrei, und als er auf die Knie hochkam, sah er, wie Deveraux auf ihr letztes Ziel anlegte. Storm.

Danny gab einen Feuerstoß ab – zum Zielen blieb ihm keine Zeit –, und Deveraux' Körper wurde nach vorne geschleudert, als die Kugeln sie trafen.

Eine Sekunde später erklang eine Explosion von der anderen Seite des Gebäudes. Die Sprengladungen an den Türen waren detoniert. Das Team, oder was noch davon übrig war, drang ein. Das Feuer aus den Automatikwaffen ging zwar noch weiter, wurde aber schwächer. Es hatte den Anschein, als sei die Schlacht fast gewonnen.

Danny sprang auf und zerrte Storm von der Leiche ihres Vaters weg.

»Du musst hier weg!«, schrie er. »Los, verschwinde! Zur Hintertür. Schnell!«

»Ich … ich kann nicht. Mein Vater …«

»Er ist tot! Geh, sonst bringen sie dich auch noch um!«

Storm blickte zu Kubara, der reglos am Boden lag. Dann sah sie kurz Danny an.

Und dann war sie fort.

Danny hörte, wie sich ihre Schritte im Gang entfernten, und wandte sich Deveraux zu.

Über ihr stehend tropfte sein Schweiß in ihr Gesicht. Die Kugeln hatten sie in die Beine und den Rücken getroffen. Ihr Bauch hob und senkte sich schwer, und ihr Blut floss auf den kalten Betonboden, wo es sich mit dem des toten Leibwächters und Kubaras mischte, sodass es aussah, als trieben alle drei in einem roten See.

Deveraux blieb bei Bewusstsein, während sie langsam starb, aber Danny hatte ihr noch etwas zu sagen.

»So habe ich das nicht gewollt. Ich wollte, dass Sie leiden, bevor Sie sterben. Für Elena, für das, was Sie ihr angetan haben und was Sie sie haben durchmachen lassen, bevor sie starb.«

Deveraux hustete, und Blut floss aus ihrem Mundwinkel. Sie bemühte sich zu sprechen. »Na los schon, Danny. Du hast gewonnen.«

Danny sah sie an und bemerkte, dass ihre Augen glasig wurden. »Ich habe nicht gewonnen, Elena ist immer noch tot«, meinte er kopfschüttelnd.

»Tu es einfach.«

Danny zielte auf Deveraux' Stirn und gab einen einzelnen Schuss ab.

Es war vorbei.

Irgendwo im Gebäude schlug eine Tür auf. Das Feuer aus den Autmatikgewehren hatte aufgehört und ein Brite kam den Gang entlang und brüllte Befehle.

Er ließ die Kalashnikov fallen und trat von den Leichen weg, als das Team hereinkam. Er hob beide Arme – er kannte die Prozedur: Die Hände heben, damit er nicht als Bedrohung angesehen wurde, und sich dann identifizieren.

»Ich bin es! Danny! Keine Waffen! Ich bin unbewaffnet. Ich bin Danny!«

Epilog

Drei Monate später

Fergus, Danny und Dudley gingen langsam die große Treppe hinunter; beim Vorbeigehen wurden sie von den Portraits früherer Premierminister angestarrt wie von einer Ehrengarde aus den Seiten des politischen Geschichtsbuches.

Marcie Deveraux hatte für ihre heroischen Taten sowohl bei der Operation Meltdown sowie bei ihrer Mission zur Ausschaltung Kubaras posthum das Georgskreuz verliehen bekommen, den höchsten zivilen Orden in Großbritannien.

Ihre Tapferkeit, ihre hervorragenden Führungsqualitäten und ihr Tod durch feindliches Feuer wurden lobend erwähnt.

Ihre Beerdigung war eine kleine, private Angelegenheit gewesen, bedingt durch die Arbeit des Inlandsgeheimdienstes. Auch die Verleihung des Ordens würde in der Presse keine Erwähnung finden, doch zumindest war sie in Downing Street Nr. 10 vom Premierminister persönlich vorgenommen worden.

Er hatte den Orden Deveraux' trauernden, aber gefassten Eltern und ihrem Bruder überreicht, der seiner jüngeren Schwester verblüffend ähnlich sah.

Danny und Fergus hatten keine Orden bekommen. Es störte sie nicht, und es war sowieso unmöglich. Offiziell hatten sie schließlich gar nicht an der Operation Meltdown teilgenommen. Doch der Premierminister hatte es sich nicht nehmen lassen, ihnen persönlich zu danken und ihnen herzlich die Hände zu schütteln.

Für Fergus zählte viel mehr, dass seine Tage als gesuchter Verbrecher endgültig vorbei waren. Nicht dass er hätte flüchten können – er konnte kaum laufen; die Krücke, auf die er sich stützte, würde von nun an fester Bestandteil seines Lebens sein. Aber zumindest hatte Dudley Wort gehalten und seine Akte reingewaschen.

Fergus, Danny und Dudley hatten sich entschuldigt und waren, so schnell es die Höflichkeit erlaubte, gegangen. Sie ließen den Premierminister tief im Gespräch mit Deveraux' Bruder zurück, während seine Assistenten danebenstanden, auf die Uhr sahen und auf den Augenblick warteten, an dem sie endlich einschreiten und den PM zu seiner nächsten Verabredung scheuchen durften.

Danny ging vor seinem Großvater und Dudley, die wesentlich langsamer liefen. Er betrachtete die Portraits der Premierminister. Alle wirkten ernst, streng, staatsmännisch. Und ihre durchdringenden Blicke schienen Danny zu folgen, als er vorbeiging. Er lächelte. Vielleicht wussten sie es; vielleicht durchschauten sie sein Geheimnis. Aber sie würden es nicht verraten.

Die offizielle Autopsie hatte ergeben, dass Deveraux von den Kugeln aus der Kalashnikov von Kubaras Leibwächter getötet worden war. Niemand würde nachfragen, wessen Finger am Abzug des Gewehrs gelegen hatte; offensichtlich hatten sie sich im letzten Schussgefecht gegenseitig getötet.

Am Fuß der Treppe wandte sich Danny zu Dudley und seinem Großvater um. Dudley wirkte zufrieden. Immerhin war die Operation Meltdown ein voller Erfolg gewesen, und er durfte endlich in seinen längst fälligen Ruhestand gehen. Mit der Bekanntgabe der Ehrenliste des nächsten Jahres würde dann auch der Ritterschlag folgen.

Die Zerstörung der beiden Lastwagen, des Minis und des Flugzeughangars sowie die damit zusammenhängenden tragischen Todesfälle wurden als unglückliche Unfälle bezeichnet: ein Feuer, das durch einen alten Blindgänger ausgelöst worden war, der dort über sechzig Jahre lang unentdeckt gelegen hatte.

Dudley hatte sich die Geschichte mit der alten Bombe ausgedacht. Erst hatte er an eine »explodierende Gasflasche« gedacht, doch die Bombe erschien passender, fast wie ein Tribut an die wahren Helden, die einst von diesem Flugplatz aus gestartet waren.

Was die Headingham-Zwillinge anging, so wurden sie offiziell als vermisst gemeldet, zuletzt gesehen worden waren sie bei einem Fußballspiel in Barcelona. Ihre Mutter ließ Privatdetektive an dem Fall arbeiten – so schnell würde sie die Suche nach ihren geliebten Jungen nicht aufgeben.

Die Formel für Meltdown war weg, vernichtet mit dem Tod seiner Erzeuger und ihrer Komplizen. Die vier Lastwagen waren von den verschiedenen Geheimdiensten quer durch ganz Europa verfolgt worden, und man hatte die Vertriebswege zerstört, bevor die Ladungen vernichtet wurden. Dudley wusste, dass in einigen Laboratorien der Regierungen Wissenschaftler an den noch verbliebenen Tabletten arbeiteten und versuchten, hinter das Geheimnis ihrer Herstellung zu kommen. Sie wollten es wissen, nur für den Fall, dass irgendein anderer brillanter Chemiker jemals die Antwort darauf finden sollte und da weiter machte, wo die Zwillinge aufgehört hatten.

Doch das war nicht Dudleys Problem. Er hatte seinen Job gemacht. Bis ins kleinste Detail. Es war alles perfekt geplant gewesen.

Für die Ehrung hatte Dudley seinen geliebten Mantel ausziehen müssen, doch als ein Bediensteter der Downing Street mit dem Kleidungsstück über dem Arm kam, begrüßte er ihn mit einem Lächeln wie einen alten Freund.

Er zog den Mantel über und begann ihn zuzuknöpfen. Fergus stützte sich am Fuß der Treppe auf seinen Stock und sah ihm zu.

»Im Laufe meiner Karriere hatte ich vier davon«, meinte Dudley nachdenklich. »Diesen hier habe ich schon dreizehn – nein vierzehn Jahre.« Er seufzte. »So etwas bekommt man heute nicht mehr.«

Sie wurden zur Tür gebracht. Dudley ging voran auf die Downing Street und nickte dem uniformierten Polizisten zu, der beiseitetrat, um sie vorbeizulassen.

Am Bordstein stand ein Auto.

Dudley schloss den obersten Knopf an seinem Mantel und sah dann Danny an. »Eine sehr bewegende und passende Zeremonie, finde ich.«

Dannys Gesicht verriet absolut nichts. »Ja, ich glaube, sie ist so gestorben, wie sie es sich gewünscht hat.«

Dudley erwiderte seinen Blick kurz und nickte dann. »Ja, da hast du sicher Recht. Viel Glück, Danny«, sagte er und reichte ihm die Hand.

»Vielen Dank.« Danny schüttelte die ausgestreckte Hand.

Dudley wandte sich an Fergus und schüttelte auch ihm die Hand. »Und auch für Sie viel Glück, Mr Watts. Wenn Sie meinen Rat befolgen, treten Sie etwas kürzer. Wir sind schließlich beide nicht mehr die Jüngsten.«

Er sah zu dem wartenden Wagen. »Nun, ich nehme die

U-Bahn. Jetzt, wo ich offiziell in Rente bin, gibt es für mich keine Stretchlimos mehr.«

Er nickte noch einmal und ging dann zielstrebig fort.

Danny lächelte seinen Großvater an. »Willst du mitfahren?«

Fergus schüttelte den Kopf. »Ich glaube, ich mache einen Spaziergang. Der Doktor sagt, ich soll das Knie so viel wie möglich bewegen.«

Sie sahen sich einen Moment lang schweigend an. Ihr langes Abenteuer war nun endlich zu Ende, und von nun an würde ihr Leben in völlig unterschiedlichen Richtungen verlaufen.

Aber Fergus hatte noch eine Frage. »Also, jetzt kannst du es mir ja erzählen – was ist mit Deveraux passiert?«

»Du weißt doch, was passiert ist«, gab Danny völlig reglos zurück.

»Tatsächlich?«

»Ja. Genau das, was im Bericht steht.«

Fergus nickte langsam. Es war, als ob er sich selbst vor vielen Jahren sähe. Er dachte an die vielen Male, die er seinen Enkel angeschrien und getobt hatte, weil er Befehle nicht befolgte und sich nicht an die Einsatzroutine hielt. Aber jetzt war ihm klar, dass er sich geirrt hatte. Danny hatte viel gelernt, es gab nichts mehr, was er ihm hätte beibringen können.

Fergus lächelte. »Du meldest dich, ja?«

»Wenn ich kann. Du weißt, dass es manchmal schwierig werden könnte.«

»Ja, weiß ich«, erwiderte Fergus.

Er umarmte seinen Enkel und hielt ihn ein paar Sekunden fest. Als er zurücktrat, bemerkte Danny, dass er feuchte Augen hatte.

»Pass auf dich auf, Danny«, sagte er schnell und ging dann fort.

Nach ein paar Schritten rief er der Gestalt hinterher, die fast schon die Tore am Ende der Downing Street erreicht hatte: »Dudley!«

Dudley sah sich um, blieb stehen und wartete auf Fergus, der mit seinem Krückstock wie ein Veteran bei der Parade am Jahrestag des Waffenstillstands auf ihn zukam. Er zeigte ihnen, dass er trotz seiner Verletzung, trotz der Jahre des Kampfes und der Einsätze immer noch stark war. Und es immer sein würde.

Es ging immer um Stolz – bei ihm selbst und bei seinem Enkel.

Danny sah ihnen kurz nach, dann öffnete er die Beifahrertür des wartenden Autos und stieg ein.

Der Fahrer wandte sich um und sah ihn an. »Alles klar?«

»Ja, war ganz gut«, lächelte Danny. »Der Premierminister lässt grüßen.«

Lee lachte und ließ den Motor an, während Danny sein Handy hervorzog und eine bestimmte SMS-Nachricht suchte, die er bekommen hatte.

Bin in Sicherheit. Danke. X.

Er wusste, dass er sie nie wiedersehen würde. Es war Zeit, völlig neu anzufangen. Die Nachricht wurde gelöscht.

Die hydraulische Stahlbarriere am Ende der Straße senkte sich, und das Auto fuhr langsam auf die Whitehall hinaus.

Fergus und Dudley standen an den hohen schwarzen Toren. Beide hoben eine Hand und winkten Danny zum Abschied, und er winkte zurück.

Dann bog das Auto rechts ab und fuhr schnell davon, zum Thames House, dem Hauptquartier des MI5.

ENDE

Andy McNab / Robert Rigby

Enttarnt

288 Seiten ISBN-10: 3-570-30284-9
ISBN-13: 978-3-570-30284-2

Danny Watts will in die Army. Doch weil sein Großvater, der ehemalige Top-Agent Fergus Watts, seine Militäreinheit verraten haben soll, wird Danny abgelehnt. Danny sucht nach dem Mann, der seinen Traum zerstört hat: sein untergetauchter Großvater. Zu spät bemerkt Danny den Verfolger an seinen Fersen. Irgendwer will sicherstellen, dass Fergus Watts und die Wahrheit nicht mehr ans Licht kommen.